人民共和國文化與文學叢書

三 編

李 怡 主編

第 **10** 冊

枯萎的語言之花
—— 1949 至 1965 年中國大陸的文學（上）

張 檸 著

花木蘭文化出版社

國家圖書館出版品預行編目資料

枯萎的語言之花——1949 至 1965 年中國大陸的文學（上）／
張檸 著—初版—新北市：花木蘭文化出版社，2016〔民 105〕
目 2+194 面；19×26 公分
（人民共和國文化與文學叢書 三編；第 10 冊）
ISBN 978-986-404-657-7（精裝）
1. 中國當代文學 2. 文學評論
820.8　　　　　　　　　　　　　　　　　　105012612

ISBN-978-986-404-657-7

9 789864 046577

人民共和國文化與文學叢書
三 編 第 十 冊　　　　　　　ISBN：978-986-404-657-7

枯萎的語言之花
—— 1949 至 1965 年中國大陸的文學（上）

作　者　張　檸
主　編　李　怡
企　劃　北京師範大學民國歷史文化與文學研究中心
　　　　四川大學現代中國文化與文學研究中心
總 編 輯　杜潔祥
副總編輯　楊嘉樂
編　輯　許郁翎、王　筑　美術編輯　陳逸婷
印　刷　普羅文化出版廣告事業
出　版　花木蘭文化出版社
社　長　高小娟
聯絡地址　235 新北市中和區中安街七二號十三樓
　　　　　電話：02-2923-1455／傳真：02-2923-1452
網　址　http://www.huamulan.tw 信箱 hml810518@gmail.com
初　版　2016 年 9 月
全書字數　277610 字
定　價　三編20冊（精裝）台幣36,000元

枯萎的語言之花

—— 1949 至 1965 年中國大陸的文學（上）

張檸　著

作者簡介

張檸，北京師範大學教授，北京師範大學中國當代文學與文化研究中心主任。主要研究領域爲 20 世紀中國文學、中國鄉土文化和當代大眾文化。著有《民國作家的觀念與藝術》《文學與快樂》《土地的黃昏》《中國當代文學與文化研究》《感傷時代的文學》《敘事的智慧》等著作。

提　　要

　　本書主要是介紹 1949 ～ 1965 年間中國大陸文學發生和發展的基本情況。本書是作者編撰《中國當代文學編年史》過程中大量原始資料積累基礎上寫成的，對一些重大問題主觀評價較少，以客觀材料的陳述爲主。本書特別關注當代中國文學「前 17 年」的文學生產環境、作家隊伍的形成、作家管理和培養模式、作品生產和傳播方式、重大社會文化思潮的來龍去脈，以及在這種特殊的文學環境之中，文學敘事模式、抒情風格等文學形式和文體學的形成機制。本書材料豐富，史論結合，並對當代文學的一些重要作品進行了全新的解讀。

正在成爲「知識」建構的中國現當代文學研究——「人民共和國文化與文學叢書」三輯引言

李　怡

一

　　回顧自所謂「新時期」以來的中國現當代文學研究的發展，我們會明顯發現一條由熱烈的思想啓蒙到冷靜的知識建構的演變軌跡：1980 年代的鋪天蓋地的思想啓蒙讓無數人爲之動容，1990 年代以來的日益冷靜的學科知識建構在當今已漸成氣候。前者是激情的，後者是理性的，前者是介入現實的，後者是克制的，與現實保持著清晰的距離，前者屬於社會進步、思想啓蒙這些巨大的工程的組成部分，後者常常與「學科建設」、「知識更新」等「分內之事」聯繫在一起。

　　當文學與文學研究都承載了過多的負荷而不堪重負，能夠回返我們學科自身，梳理與思索那些學科學術發展的相關內容，應當說是十分重要的。很明顯，正是在文學研究回返學科本位之後，我們才有了更多的機會與精力來認眞討論我們自己的「遊戲規則」問題——學術規範的意義，學術史的經驗，以及學科建設的細節等等。而且，只有當一個學科的課題能夠從巨大而籠統的社會命題中剝離出來，這個學科本身的發展才進入到一個穩定有序的狀態，只有當旁逸斜出的激情沉澱爲系統的知識加以傳播與承襲，這個學科的思想才穩健地融化爲文明體系的有機組成部分。從這個意義上說，正在成爲「知識」建構的中國現當代文學研究，是我們學科成熟的眞正標誌。

　　當然，任何一種成熟都同時可能是另外一些新的危機的開始，在今天，當我們需要進一步思考學科的發展與學術的深化之時，就不得不正視和面對這樣的危機。

二

　　當中國現當代文學研究在日益嚴密的「學術規範」當中成為文明體系知識建設的基本形式，這是不是從另外一個方向上意味著它介入文明批判、關注當下人生的力量的某種減弱，或者至少是某些有意無意的遮蔽？

　　學術性的加強與人生力量的減弱的結果會不會導致學科發展後勁的暗中流失？例如，在 1980 年代，中國現當代文學研究的曾經輝煌在很大程度上得之於廣大青年學子的主動投入與深切關懷，在這種投入與關懷的背後，恰恰就是中國現當代文學研究的人生介入力量：中國現當代文學與廣大青年思考中、探索中的人生問題密切相關。在這個時候，中國現當代文學的存在主要不是作為一種「學科知識」而是自我人生追求的有意義的組成部分。在那個時候，不會有人刻意挑剔出現在魯迅身上的「愛國問題」、「家庭婚姻問題」乃至「藝術才能問題」，因為魯迅關於「立人」的設想，那些「任個人而排眾數，掊物質而張靈明」的論述已經足以成為一個「重返人性」時代的正常的人生的理直氣壯的張揚。同樣，在「五四」作家的「問題小說」，在文學研究會「為人生」，在創造社曾經標榜「為藝術」，在郭沫若的善變，在胡適的溫厚，在蔡元培的包容，在巴金的真誠，在徐志摩的多情，在蕭紅的坎坷當中，中國現當代文學不斷展示著它的「回答人生問題」的能力，而中國現當代文學研究則似乎就是對這些能力的細緻展開和深度說明。今天的人們可能會對這樣的提問方式及尋覓人生的方式感到幼稚和不切實際，然後，平心而論，正是來自廣大青年的這份幼稚在事實上強化了中國現當代文學的魅力，造就和鞏固了一個時代的「專業興趣」。今天的學術界，常常可以讀到關於 1980 年代的批判性反思，例如說它多麼的情緒化，多麼的喪失了學術的理性，多麼的「西化」，也許這些反思都有它自身的理由，然而，我們也不得不指出，正是這些看似情緒化的中國現當代文學研究方式，不斷呈現出某些對現實人生的傾情擁抱與主體投入，來自研究者的溫熱在很大的程度上煽動了青年學子的情感，形成了後來學術規範時代蔚為大觀的學術生力軍。

　　從 1980 到 1990，從「人生問題」的求解到「專業知識」的完善，這樣的轉換包含了太多的社會文化因素，其中的委曲非這篇短文所能夠道盡。我這裏想提到的一點是，當眾所週知的國家政治的演變挫折了知識分子的政治熱情，是否也一併挫折了這份熱情背後的人生探險的激情？當知識分子經濟地位的提高日益明顯地與專業本位的守衛相互掛靠的時候，廣大的中國現當代

文學工作者的自我定位是否也因此已經就發生了根本性的改變？

而這些自我生存方式的改變是不是也會被我們自覺不自覺地轉化爲某種富有「學術」意味的冠冕堂皇的說明？

如果眞是這樣，那麼，作爲今天的文學研究者，我們不僅要保持一份對於非理性的「激情方式」的警惕，同樣也應該保持一份對於理性的「學術方式」的警惕。

三

在中國現當代文學研究日益成爲知識建構工程的今天，有一種流行的學術方式也值得我們加以注意和反思，這就是「知識社會學」的研究視野與方法。

知識社會學（sociology of knowledge）著力於知識與其它社會或文化存在的關係的研究。其思想淵源雖然可以追溯到歐洲啓蒙運動以來的懷疑論傳統和維科的《新科學》，首先使用這一詞彙的是 1924 年的馬克斯·舍勒，他創用了 Wissenssoziologie 一詞，從此，知識社會學作爲一門獨立的學科確立了起來。此後，經過卡爾·曼海姆、彼得·伯格和托馬斯·盧克曼的等人的工作，這一研究日趨成熟。1970 年代以後，知識社會學問題再次成爲西方社會科學研究中的焦點。據說，對知識的考察能夠從知識本身的邏輯關係中超越出來，轉而揭示它與各種社會文化的相互關係，乃是基於知識本身的確在一個充滿了文化衝突、價值紛爭的時代大有影響，而它所置身的複雜的社會文化力量從不同的方向上構成了對它的牽引。

同樣，文化的衝突與價值的紛爭不僅是 1990 年代以降中國知識界的普遍感受，它們更好像是中國近現當代社會發展過程的基本特徵。中國現當代文化的種種「知識」無不體現著各種文化傳統（西方的與古代的）、各種社會政治力量（政黨的、知識分子的與民間的、國家的）彼此角逐、爭奪、控制、妥協的繁複景象，中國現當代文化的許多基本概念，如眞、善、美，「爲人生」、「爲藝術」、現實主義、浪漫主義、現當代主義、古典主義、象徵主義、生活等等至今也沒有一個完全統一的解釋，這也一再證明純知識的邏輯探討往往不如更廣闊的社會文化的透視，此種情形聯繫到馬克思「社會存在決定社會意識」這一著名的而特別爲中國人耳熟能詳的觀點，當更能夠見出我們對「知識社會學」的強大的需要。事實是，在西方知識社會學的發生演變史上，馬

克思的確就是爲知識社會學給出了一條基本原理，即所有知識都是由社會決定的。正如知識社會學代表人物曼海姆所指出的那樣：「事實上，知識社會學是與馬克思同時出現：馬克思深奧的提示，直指問題的核心。」〔註1〕

今天的中國現當代文學研究，正需要從不同的角度揭示出精神的產品背後的複雜社會聯繫。這樣的揭示，將使我們的文化研究不再流於空疏與空洞，而是通過一系列複雜社會文化的挖掘呈現其內部的肌理與脈絡，而這樣的呈現無疑會更加的理性，也更加的富有實證性，它與過去的一些激情式的價值判斷式的研究拉開了距離。近年來，學術界比較盛行的關於現當代傳媒與現當代文學關係、現代社會體制與現當代文學關係、現代政治文化與現當代文學關係、現代經濟方式與現當代文學關係等等的探索都是如此。

當然，正如每一種研究方式都有它不可避免的局限一樣，知識社會學的視野與方法也有它的限度。具體到中國現當代文學的闡釋當中，在我看來，起碼有兩個方面的局限值得我們加以注意。

其一是「關係結構」與知識創造本身的能動性問題。知識社會學的長處在於分析一種知識現象與整個社會文化的「關係」，梳理它們彼此間的「結構」，這樣的研究，有可能將一切分析的對象都認定爲特定「結構」下「理所當然」的產物，從而有意無意地忽略了作爲知識創造者的各種能動性與主動性，正如韋伯認爲的那樣，把知識及其各種範疇歸併到一個以集體性爲基礎的潛在結構之中容易導致忽視觀念本身的能動作用，抹殺人作爲主體參與形成思想產品的實踐活動。關於中國現當代文學的研究也是如此，一方面，我們應該對各種社會文化「關係網絡」中的精神現象作出理性的分析，但是，在另一方面，卻又不能因此而陷入到「文化決定論」的泥沼之中，不能因此忽略現代中國知識分子面對種種文化關係之時的獨立思考與獨立選擇，更不能忽視廣大知識分子自身的生命體驗。在最近幾年的中國現當代文學與現當代文化研究當中，我以爲已經出現了這樣的危險，值得我們加以警惕。

其二便是知識社會學本身的難題，即它學科內部邏輯所呈現出來的相對主義問題。正如默頓指出的那樣，知識社會學誕生於如下假定，即認爲即使是真理也要從社會方面加以說明，也要與它產生於其中的社會聯繫起來，因爲不僅謬誤、幻覺或不可靠的信念，而且真理都受到社會（歷史）的影響，這種觀念始終存在於知識社會學的發展中。西方批評界幾乎都有這樣的共

〔註1〕曼海姆：《知識社會學導論》中譯本97頁，臺灣風雲論壇有限公司1998年。

識：知識社會學堅持其普遍有效性要求就意味著主張所有的知識都是相對的，所以說全部知識社會學都面臨著一個共同的相對主義問題，知識社會學止步於眞理之前，因爲這門學科本身即產生於用一種對稱的態度看待謬誤和眞理。應該說，中國現代文化的發展本身是一個「尚未完成」的過程，包括今天運用著知識社會學的我們，也依然置身於這樣的歷史進程，作爲一個時代的知識分子，並且必須爲這樣的過程做出自己的貢獻，因而，即便是學術研究，我們也沒有理由刻意以學術的所謂中立性去消解我們對眞理本身的追求和思考，我們不能因爲連續不斷的「關係結構」的分析而認爲所有的文化現象都沒有歷史價值的區別，在這裏，「公共知識分子」的精神應該構成對「專業知識分子」角色的調整甚至批判，當然，這首先是一種自我的反省與批判。

總之，知識社會學的視野與方法無疑有著它的意義，但是，同樣也有著它的限度，在通常的時候，其研究應該與更多的方法與形式結合在一起，成爲我們思想的延伸而不是束縛。

在中國現當代文學研究日益成爲「知識化」過程一部分的時候，我們能夠對我們所依賴的知識背景作多方面的追問，應當是一件富有意義的事情。

目次

第一章　到北京去

一、北京的前夜

　　1948 年底到 1949 年初，巨變中的北京（北平）究竟是什麼樣子，我們已經無從得知。親身經歷這次巨變的人，各有不同的心態。因此，他們在日記、書信、回憶性文字的敘述中，也透露出不同的觀察視角、敘事風格和情感方式。這些人中有舊北京的留守人員，包括大學裏的教師；有從解放區剛剛進京的人員，也包括那些尚未接到進京通知而正在期待和想像中的人；還有一些在北平工作、旅遊或留學的外國僑民，他們屬於旁觀者。當我試圖從那些過來人留下的文字中捕捉 60 年前北京（北平）的面貌時，卻感到非常困難。

　　我們先要結識一位「旁觀者」，美國著名漢學家、賓夕法尼亞大學中文系教授德克·博迪。〔註1〕1931 年到 1937 年，德克·博迪曾與妻子加利亞一起在北京生活過 6 年。1948 年，作為第一位「富布賴特計劃」（Fulbright Program）中國研究項目的學者，他再一次來到北京。德克·博迪的具體工作是，用一年時間翻譯某位大學教授的中國哲學史著作，他選擇了馮友蘭的《中國哲學

〔註1〕 德克·博迪（Derk Bodde，1909～2003），著名漢學家、中國通，生於上海，父親爲荷蘭人，母親爲美國人，多次來華學習、研究、訪問。哈佛大學文學士（1930），荷蘭萊頓大學中國哲學博士（1938），賓夕法尼亞大學中文系榮譽教授（1975～2003），美國東方學會主席（1968）。學術專長爲中國古代思想、制度、哲學、法律、風俗、文學，著有《中國思想在西方》（1948）、《中華帝國的法律》（1967，合著）、《古代中國的節日》（1975）、《中華文明論文集》（1981）等多種著作，曾參與費正清等主編的《劍橋中國秦漢史》（第一章）和李約瑟的《中國科學技術史》（第七卷）的編撰工作。

史》。到北京之後，德克・博迪租到某王府花園中的幾間房子。這座王府花園是坐落在王府井大街與南河沿大街之間的霞公府，它曾是慈禧太后之兄的住宅，用德克・博迪的話說，是「雄偉壯觀」的、有著巨大花園的霞公府的「倉庫」部分，其實就是廂房。德克・博迪與妻子加利亞和 8 歲的兒子狄奧一度就在這裡生活。由於研究的需要，德克・博迪經常到北海附近的文津街國家圖書館去查閱資料，或者騎車前往西北郊十幾公里外的燕京大學和清華大學與學者交流。1948 年 7 月 7 日，德克・博迪乘船從洛杉磯出發，經舊金山、馬尼拉、香港、上海、天津，於 8 月 21 日到達北京（行走路線與老舍 1949 年 10 月回國的線路差不多），直到 1949 年 8 月 28 日離開，前後整整一年，寫下了相當於中文 18 萬字的日記。1950 年回國後，他將日記結集出版，取名《北京日記——革命的一年》。上海東方出版中心於 2001 年出版了中譯本。德克・博迪在初版序言中說：「整個北京城被包圍了，與外界的聯繫也全被切斷了，還斷水、斷電，連食物也幾乎沒有了。一到晚上，我們一家三口圍聚在一盞老式的油燈下，耳邊響著炮彈爆炸聲，及機槍掃射時我家玻璃窗的抖動聲，我還得集中精力把玄奧的八條戒律的術語翻譯成通俗易懂的英語……」。讓我們看看他在日記中的記述：

1948 年 8 月 29 日：「從我們上次來北京到我們今天再到這裡的 11 年間，北京變了，變化相當大，而且是變得更糟糕了……北京的貧困是相當明顯的。既有物質上的貧困，也有精神上的貧困。……過去，北京居家的大門都漆成大紅色，門上還嵌有一對閃閃發光的銅環。可現在，大多數房子……看上去都是髒兮兮的，灰濛濛的，沒有油漆過的。和我印象中的交通相比，現在馬路上的車輛是又少又慢。商店也是一副蕭條的樣子，商店裏的貨物數量少且品種單調，價格高且質量低劣。

「造成這種情況的原因很簡單。首先，由於內戰，北京一天天地變成了一座孤立的城市，再也不像從前那樣能源源不斷地得到外地運來的產品。……其次，許多富人打點好他們的財產，都逃到南方去了。……最後，過去北京的繁華大部分靠的是國外僑民和外國旅遊者，現在僑民都往外逃了，外國旅遊者也不再來了。」〔註2〕

1948 年 9 月 13 日：「當我來到中央銀行門口時，看到許多士兵在那裡等

〔註2〕〔美〕德克・博迪：《北京日記——革命的一年》，第 9～10 頁，洪菁耘，陸天華譯，上海，東方出版中心，2001。

著兌換金圓券。那些拄著拐杖，一瘸一拐的傷兵隨時可見。不過，白天的北京似乎是死水一潭，令人很難相信就在北京的城牆外面，內戰的烽火正硝煙彌漫。儘管街上還有川流不息的車輛，整個城市就跟死了一樣。它的軀體尚存，可是已經半死不活了。」〔註3〕

1948年9月26日：「那些教授都擠在一個大院裏，身無分文；而他們又是那樣清高，不願對外人談及他們的貧困。他們只能靠課外做各種各樣的雜活來貼補學校發的可憐巴巴的工資，也包括化名向報紙投一些他們一向鄙視的迎合大眾心理的垃圾文章。可是，要是沒有政府提供的可憐的食物補貼，僅靠課外打的這種或那種雜活，能讓他們活下去嗎？這可眞讓人擔心。」〔註4〕

1949年1月31日：「下午4點，當加利亞騎車經過王府井大街時，她看到了第一批進城的部隊，在隊伍前面有一輛廣播車（顯然是由市政府提供），喇叭裏不斷地高喊口號『歡迎解放軍進北平！歡迎人民的軍隊進北平！熱烈慶祝北平人民得解放！……』在車的旁邊和後面，六人一排，行進著二三百名全副武裝的共產黨士兵，他們步伐輕快，看上去很熱，像是經過長時間行軍一樣……走在士兵後面的是學生，他們手裏高舉兩幅巨大的畫像，一幅是毛澤東，另一幅是大概是人民解放軍總司令朱德。再後面是一支軍樂隊，最後是一長隊載著許多士兵、學生以及電話公司、鐵路管理局和其它半官方組織的平民雇員的卡車。」〔註5〕

旁觀者的語調是平靜的、描述性的。親身參與這一巨變的人的語調則充滿感情。作爲中共北平地下黨組織成員的青年王蒙，在自傳中回憶了他們參與迎接解放軍進城時的情形：「街頭宣傳熱鬧非凡、鑼鼓喧天，我化了裝……大家先是無師自通地扭秧歌，然後是大鑼鼓，然後我們給圍觀的市民講演。我相信，跳舞與唱歌一樣，也是屬於革命屬於共產黨的，國民黨的時候，只有闊太太與不正經的女人跳交際舞，而共產黨發動了全民跳舞，多麼動人！一次我講什麼叫解放，我說，原來人民被捆綁著，現在，共產黨把人民身上

〔註3〕　〔美〕德克・博迪：《北京日記——革命的一年》，第17頁，洪菁耘，陸天華譯，上海，東方出版中心，2001。

〔註4〕　〔美〕德克・博迪：《北京日記——革命的一年》，第18頁，洪菁耘，陸天華譯，上海，東方出版中心，2001。

〔註5〕　〔美〕德克・博迪：《北京日記——革命的一年》，第95～96頁，洪菁耘，陸天華譯，上海，東方出版中心，2001。

的繩索解開了，原來人民被反動派監禁著，現在我們放出來了，這就是解放！聽眾為我的話鼓掌歡呼叫好起來。我體會到了在廣場上直接向無組織的烏合之眾宣傳鼓動的風險與樂趣。一次講話熱烈成功，同樣內容的另一次講話可能毫無效果，再另一次講話也可能被轟下臺。這種不確定性也是革命的魅力之一種吧。」〔註6〕

其實王蒙的敘述中有兩種成分，一種是對自己的言行的客觀描寫，一種是對這種言行的綜合性的主觀評價。就對歷史場景的呈現而言，客觀描寫部分其實很主觀，因為它只對敘述者個人的熱烈情緒、狂歡身體有效。主觀評價部分倒有一定的客觀性，因為它包括了個人言行之外的其它人的反應和態度。比如，市民面對王蒙等人熱情洋溢的宣傳和鼓動有三種反應，一種是鼓掌，一種是無動於衷、毫無效果，還有一種是將鼓動者轟走。鼓動演性說效果的不確定性，正是歷史場景中多成分併置在一起的確定性。德克·博迪的記述屬於後視角描述，也就是只寫見聞，沒有主觀評論，也沒有個人心態描寫。他見到的是市政府的宣傳車，由官方組織起來的遊行隊伍。這種組織過程，可以在張光年（光未然）的日記中看到：

1948 年 12 月 27 日：「接受任務：（1）印宣傳品；（2）組織清華、燕京同學入城宣傳。」〔註7〕

1948 年 12 月 28 日：「我和高（引按，高為榮高堂）共談了一個小時，談話要點是：北平解放的日子已十分迫近，同學們最好趕快組織起來，學習政策，準備入城宣傳。談後應燕京同學邀，又到燕京作了同樣的鼓動……同學們當晚開會討論，建立了入城宣傳的機構。」〔註8〕

1949 年 1 月 10 日：「總結要點為：十三天（12 月 28 到 1 月 9 日）共講了十三次，清華 4 次，燕京 9 次，主要收穫為：1、同學們發動起來了，宣傳隊組織起來了；2、使同學初步瞭解了我們的各項政策……。主要缺點為：1、陷於被動忙亂；2、警惕性不高，如參加（燕京大學）西籍教授座談會；3、重點錯誤，如燕京去的比清華多……。」〔註9〕

〔註6〕王蒙：《王蒙自傳Ⅰ·半生多事》，第 76 頁，廣州，花城出版社，2006。王蒙（1934～），當代作家，曾任文化部長。

〔註7〕張光年：《張光年文集》第四卷，第 339 頁，北京，人民文學出版社，2002。張光年（1913～2002），當代作家，筆名光未然，《黃河大合唱》的作者，建國後曾任中國作協黨組書記等職。

〔註8〕張光年：《張光年文集》第 4 卷，第 339 頁，北京，人民文學出版社，2002。

〔註9〕張光年：《張光年文集》第 4 卷，第 340 頁，北京，人民文學出版社，2002。

1949 年 1 月 16 日：「宣傳委員會開會，到人民文工團及清華、燕京代表，決定今天在青龍橋、海淀一帶出動口頭宣傳……清華後來電話說今天不能出動，僅海淀有燕京及人民文工團混合組成的宣傳隊出動了。……市委同意兩校文藝工作仍可以進行，對燕京的接觸，必須取得分會的同意，事先討論，在任何座談會上的發言，應事先準備、討論。」〔註10〕

就在北平文化教育接管委員會的工作團進駐西郊高校區的前夕，清華大學中文系教授浦江清在日記裏幾下了那一段日子裏的各種見聞——

1948 年 12 月 12 日：「晨九時，訪（陳）寅恪先生。……陳先生說……他雖然雙目失明，如果有機會，他願意即刻離開。清華要散，當然遷校不可能，也沒有人敢公開提出，有些人是要暗中離開的。那時候左右分明，中間人難以立足。他不反對共產主義，但也不贊成俄國式的共產主義。我告訴他，都是中國人，中國共產黨人未必就是俄國共產黨人。學校是一個團體，假如多數人不離開，可保安全，並且可以避免損失和遭受破壞。他認爲我的看法是幻想。」〔註11〕

1948 年 12 月 16 日：「城內外交通斷絕。……至於校中空氣多數同學本來是左傾的，他們渴望被解放，少數也變爲無所謂。教授同人極右派本來想走，現在也走不成了，多數成爲無所謂。不過師生一致團結，維護學校是同心的。北平郊外軍事據點西苑、南苑均失。……」〔註12〕

1948 年 12 月 22 日：「晚七時，中文系學生邀集師生座談會。……本系師生濟濟一堂。同學表現解放後的樂觀氣氛。討論如何走向光明的道路，檢討自己的生活，討論大學教育的方針，中文系課程的改善。問題都很大，發言的人也很多……青年人的態度總不很相同，他們富於理想，思想前進。中年人往往注意於現實問題，意志消沉，又富於理智，抱懷疑穩健的態度。」〔註13〕

1949 年 1 月 31 日：「下午二時，錢俊瑞先生來大禮堂講新民主主義及共

〔註10〕張光年：《張光年文集》第 4 卷，第 348 頁，北京，人民文學出版社，2002。
〔註11〕浦江清：《清華園日記·西行日記》（增補本），第 246 頁，北京，三聯書店，1999。浦江清（1904～1957），江蘇松江人，曾任教於上海暨南大學、昆明西南聯合大學、清華大學、北京大學。解放前夕在清華任陳寅恪的助手。
〔註12〕浦江清：《清華園日記·西行日記》（增補本），第 253～254 頁，北京，三聯書店，1999。
〔註13〕浦江清：《清華園日記·西行日記》（增補本），第 261～262 頁，北京，三聯書店，1999。

產黨政策，聽者有二千餘人……我們因教授會開會，不能終聽。……清華各團體自解散後，盛行檢討之風，而檢討之習慣並未養成，所以多意氣和裂痕。」〔註14〕

二、一位留守者的心路

時任北京大學中文系教授的著名作家沈從文，此刻也處於觀望、幻想、焦慮之中。1948 年 10 月 16 日，他給作家凌叔華寫信：「入秋來北平陽光明朗，郊外這幾天正是蘆白霜葉紅時節……北平的戲似乎已快完了。館子只合軍官去花錢了，公園也多為軍服、中山服的人物請客地方，故宮許多陳列室都已封閉，……只有街上有了進步，光滑滑的、寬寬的，秋天陽光照在長安街上，照在天安門前的大坪，我們有一次從午門樓上看完手工業展覽出來，覺得只有曬太陽還是教書人的享受，大家正不妨飽曬一月秋陽，入冬後，也許就得如長春太原市民一樣飽聞炮聲了。大家雖為未來各有憂愁，卻尚不至於坐以待斃，一切事還照常進行，還能照常進行。不必為我擔心！」〔註15〕11 月 28 日給大哥沈雲麓的信中他又寫道：「北京多晴，天日猶明明朗朗，惟十天半月可能即有地覆天翻大戰發生！在此熟人統用一種沉重心情接受此歷史變局。」〔註16〕

沈從文的語調中透露出一種隱隱約約的焦慮，但依然是欲說還休、點到為止，顯得克制、平靜而得體，因為他還保持著一種知識分子的信念或者隱約的幻覺。12 月 7 日，他在一封處理青年作家稿件的信中說：「千萬人必忘去過去的仇恨，轉而為愛與合作，一致將熱忱和精力為新社會而服務！這是擁有五萬萬人民國家進入歷史新頁的一個必然步驟……北方文運傳統有一個慣性，即沉默工作。這個傳統長處或美德，有一時會為時代風雨所摧毀，見得寂寞而黯淡，且大可嘲笑。然而這點樸素態度，事實上卻必定將是明日產生種種有分量作品的動力來源。不必擔心沉默，真正偉大的工程，進行時都完全沉默！」〔註17〕信中透露出沈從文對自己創作的更大期待和抱負。沈從文

〔註14〕浦江清：《清華園日記·西行日記》（增補本），第 283～284 頁，北京，三聯書店，1999。

〔註15〕《沈從文全集》第 18 卷，第 513 頁，太原，北嶽文藝出版社，2002。沈從文（1902～1988），著名作家、文物研究專家，京派作家代表。凌叔華（1900～1990），著名作家，學者陳源之妻。

〔註16〕沈從文：《沈從文全集》第 18 卷，第 515 頁，太原，北嶽文藝出版社，2002。

〔註17〕沈從文：《沈從文全集》第 18 卷，第 520～522 頁，太原，北嶽文藝出版社，

寄希望於某種更爲悠遠的歷史時間，堅信深厚的「北方文運傳統」，能夠在長時段的歷史之中穿越一時的「風雨」、「黯淡」和「沉默」。他此刻試圖將正處於動態、變異、嘈雜、喧囂和兇險的城市場景作靜態化處理，讓它在冬天的陽光下懶洋洋地曬太陽，以便保護內心的某種信念，以及相應的優雅風度。然而這份優雅並沒有維持多久。

　　1949 年 1 月上旬，北京大學校園出現了用大字報轉抄的郭沫若的文章《斥反動文藝》，〔註 18〕並在教學樓掛出了「打倒新月派、現代評論派、第三條路線的沈從文」的大幅標語。〔註 19〕這使沈從文感到極大的震驚和恐懼，以爲這預示著對自己進行政治清算的開始，從而陷入極度精神紊亂之中，且一度精神失常。1949 年 1 月 27 日，梁思成、林徽因夫婦得知消息，寫信給沈從文，邀請他到郊外的清華園小住，散心，養病。梁思成寫道：「從文：聽念生談起近況，我們大家至爲惦念。現在我們想請你出來住幾天。此間情形非常良好，一切安定。你出來可住老金家，吃飯當然在我們家。我們切盼你出來，同時看看此間『空氣』，我想此間『空氣』比城內比較好得多。即問雙安。思成拜上，廿七日。」〔註 20〕沈從文於 1949 年 1 月 28 日住進清華園。梁思成在 1 月 30 日給沈從文的夫人張兆和的信中說：「他住在老金家裏。早起八時半就同老金一起過我們家吃早飯；飯後聊天半小時，他們又回去；老金仍照常伏案。中午又來，飯後照例又聊半小時，各回去睡午覺。下午四時則到熟朋友家閒坐：吃吃茶，或是（乃至）有點點心。六時又到我家，飯後聊到九時左右才散。……晚上我們爲他預備了安眠藥，由老金臨睡時發給一粒。此外在睡前還強迫吃一杯牛奶。所以二哥（引按，指沈從文）的睡

2002。

〔註18〕郭沫若的文章《斥反動文藝》，刊登在 1948 年 3 月 1 日在香港出版的《大眾文藝叢刊》第一輯《文藝的新方向》中。該文將沈從文比喻爲「桃紅色」作家，將其作品斥爲「文字上的春宮」、「文字上的裸體畫」，並認爲沈從文「一直是有意識地作爲反動派而活著」。香港當時是國統區進步作家轉移北平的中轉站，那裡開展的文藝批評活動，是爲文藝大軍進京做輿論準備的。郭沫若（1892～1978），著名作家，建國後曾任政務院副總理、科學院院長、文聯主席等職。

〔註19〕錢理群：《1948，天地玄黃》，第 301 頁，濟南，山東教育出版社，2002。

〔註20〕梁思成（1901～1972），建築學家，時任清華大學營建系主任，教授，思想家梁啓超長子。林徽因（1904～1955），建築學家，時任清華大學教授，作家，梁思成之妻。「念生」即羅念生（1904～1990），古希臘文學翻譯家，時任清華大學教授。「老金」即金岳霖（1896～1984），哲學家，時任清華大學教授。該信收入《沈從文全集》第 19 卷，第 3 頁，太原，北嶽文藝出版社，2002。

眠也漸漸的上了軌道。」〔註 21〕

　　友人的細心照料和安慰，似乎並沒有化解沈從文的精神危機。他在 1949 年 1 月 30 日張兆和給他的信上寫下了一些批注文字：「給我不太痛苦的休息，不用醒，就好了，我說的全無人明白。沒有一個朋友肯明白敢明白我並不瘋。大家都支吾開去，都怕參預。這算什麼，人總得休息，自己收拾自己有什麼不妥？學哲學的王遜也不理解，才眞是把我當了瘋子。我看許多人都在參預謀害，有熱鬧看。」「我有什麼悲觀？做完了事，能休息，自己就休息了，很自然！若勉強附和，奴顏苟安，這麼樂觀有什麼用？讓人樂觀去，我也不悲觀。」「你不用來信，我可有可無，凡事都這樣，因爲明白生命不過如此。一切和我都已經游離。這裡大家招待我，如活祭，各按情分領受，眞應了佛家所謂因果緣法。其實眞有人肯幫助我是給我足量的一點兒。我很需要休息。這對大家都不是壞事。一個柔和的結尾，有什麼壞？」「我十分累，十分累。聞狗吠聲不已。你還叫什麼？吃了我會沉默吧。我無所謂施捨了一身，飼的是狗或虎，原本一樣的。」〔註 22〕

　　沈從文大約於 1949 年 2 月下旬離開清華園，回到城內家中。3 月 6 日，他整理 2 月寫於金岳霖家中的稿件《一個人的自白》，頁末注明「卅八年二月廿二日清華園老金屋子文稿二計十六頁」，還有《關於西南漆器及其它，一章自傳——一點幻想》，頁末注明「解放前最後一個文件，卅八年二月廿日畢事，未抄齊，來不及」。〔註 23〕沈從文彷彿在準備後事似的，他終於在 3 月底自殺。夫人張兆和在 4 月 2 日給沈從文的家人寫信說：「不想他竟在五天前（3 月 28 日）的上午，忽然用剃刀把自己的頸子劃破，兩腕脈管也割傷，又喝了一些煤油，幸好在白天，傷勢也不太嚴重，即刻送到醫院急救，現在住在一個精神病院療養。」〔註 24〕

　　讀沈從文寫於北京解放前夕的文字，粗看上去像「狂人日記」，仔細體會又像是偈語。癲狂語調是外界壓力所致，偈語是徹悟的結果。從恐懼到癲狂，從失常到徹悟的死而後生的經歷，左右了沈從文對自己後半輩子人生道路的選擇。從此他「脫胎換骨」，「涅槃」出一個「新人」：入華北人民革命大學改造思想，參加西南土改工團到四川土改，最後到故宮博物館從事文物研究，

〔註 21〕該信收入《沈從文全集》第 19 卷，第 12 頁，太原，北嶽文藝出版社，2002。
〔註 22〕《沈從文全集》第 19 卷，第 9～11 頁，太原，北嶽文藝出版社，2002。
〔註 23〕《沈從文全集》第 27 卷，第 1～37 頁，太原，北嶽文藝出版社，2002。
〔註 24〕《沈從文全集》第 19 卷，第 22 頁，太原，北嶽文藝出版社，2002。

並多次放棄回到作家隊伍的機會。整整 30 年，這位才華橫溢的作家一直在「寫還是不寫」的猶豫不決中痛苦地掙扎。短篇小說《老同志》，寫於 1950 年初在華北人民革命大學接受思想改造期間，兩年多的時間中，沈從文對文稿多次修改，直到第 7 稿才寄出，這篇反覆斟酌、改了又改的幼稚作品最終未被採用。另一個未刊短篇小說《財主宋人瑞和他的兒子》，前後寫了三年（1955 年至 1958 年 2 月），是根據作者參加西南土改工作團時的川西見聞所寫的。解放初期，沈從文曾經認真研讀了被譽爲「新文藝方向」的趙樹理的小說。在讀趙樹理小說的時候他很自信，認爲這種「方向性」的寫作水準並不難達到，甚至說要爲大家寫一些東西，「像《李有才板話》一樣來爲人民翻身好好服點務！」〔註25〕但一到提筆的時候，他就感到困難重重，無法適應，或者對作品不滿。

建國後約 30 年的時間，他只有少數幾篇署名「沈從文」的散文、隨筆、特寫問世，比如，《春遊頤和園》發表在 1956 年 4 月 22 日出版的《旅行家》雜誌的；散文《新湘行記——張八寨二十分鐘》發表在 1957 年 6 月號的《旅行家》上；散文《天安門前》，發表在 1956 年 7 月 9 日改版後的《人民日報》副刊上；特寫《管木料場的幾個青年——十三陵水庫民工十大隊青年尖刀隊突擊隊先進小組》收入 1958 年 7 月作家出版社《建設十三陵水庫的人們》一書之中；隨筆《天安門給我的教育》，發表在 1959 年 9 月 26 日的《文匯報》上；散文《跑龍套》，刊登在 1957 年第 7 期的《人民文學》。這一期《人民文學》稱爲「革新特大號」，是「百花時期」的產物，除了沈從文之外，還有周作人、徐懋庸、康白情、王統照、穆旦、巴人等人的作品。這篇散文，看上去在討論京劇中的一個角色，實際上是以自嘲的筆調在安撫自己。此外，1957 年 8 月在《人民文學》發表隨筆《一點回憶，一點感想》，1959 年 12 月在《人民文學》發表紀念文章《悼靳以》，1963 年 4 月在《人民文學》上發表隨筆《過節與觀燈》，此後，沈從文再也沒有發表過文學作品，直到 1979 年 10 月再一次以文學家身份公開露面的時候，他已經是 77 歲的老人了。

三、城市在召喚

無論路途多麼遙遠、曲折，文化人（包括民主人士）到北京聚集都成了一種必然，北京城正在期待著它的新主人。解放前夕聚集到北京的道路很多，

〔註25〕《沈從文全集》第 19 卷，第 134 頁，太原，北嶽文藝出版社，2002。

但基本上是兩條，第一條是解放區人員的線路：延安──新解放區──北京。
第二條是國統區人員線路：重慶──上海和香港──北京。這兩條線路都以
抗戰結束、內戰開始爲界線分兩個階段：第一階段是從延安到晉察冀、晉冀
魯豫、東北解放區，或者從國統區的重慶、上海等大城市到香港。第二階段
是從華北東北解放區到北京，或者從香港經解放區再轉北京。通過對這幾條
進京線路的描述，我們可以勾勒出一幅人們從四面八方彙聚北京的形勢圖，
其總體趨向是，結束「農村包圍城市」的局面，佔領城市。

　　艾青在日記體散文《走向勝利──從延安到張家口》〔註 26〕中，詳細記
載了這條線路的細節和沿途見聞。抗日戰爭結束之後，延安文藝工作者接受
新的任務，除部分留守延安之外，組成兩個文藝工作團，一個東北文藝工作
團奔赴東北，由舒群、沙蒙、田方、劉熾、公木等 60 多人組成；一個華北文
藝工作團奔赴晉察冀解放區中央局所在地、原察哈爾省省會張家口。華北文
藝工作團由艾青任團長，江豐任副團長，與陳企霞、賀敬之、凌子風、王朝
聞、舒強、周巍峙和王昆夫婦、嚴辰和逯斐夫婦等 56 人，1945 年 9 月 21 日
離延安，東渡黃河，沿呂梁山脈西麓向東北方向側行，穿越「同浦路」封鎖
線，經老解放區、敵佔區、游擊區、新解放區，於 1945 年 11 月 7 日夜到達張
家口，走了整整 47 天，徒步兩千多公里。艾青等人的具體行軍線路是：離開
延安魯藝所在地橋兒溝，向東北方向前進，經過清澗縣城，到陝甘寧邊區最
大的城市綏德小住幾天，然後在吳堡境內的渡口（吳堡縣城正北約 30 公里處）
渡過黃河，到達黃河對岸山西的磧口。此後他們一直穿行在呂梁山西麓的崇
山峻嶺之中，經臨縣、興縣，轉東北向進入岢嵐、五寨、神池。在神池，他
們沒有進入「大同盆地」敵佔區的朔州、應縣和大同市，而是轉東向在部隊
護送之下穿越封鎖線，進入五臺山與恒山之間滹沱河流域的「忻定盆地」，在
平型關附近（此地東南約 100 公里就是河北的西柏坡）則開始轉向正北，經
渾源縣城過恒山，進入桑乾河流域，沿恒山西北山麓側行。最後，他們在大
同盆地的東北邊緣委蛇潛行，在望狐正北渡過了桑乾河，進入京包鐵路線上
的小車站天鎮，再乘火車到張家口。〔註 27〕當快要臨近大城市的時候，他們

〔註 26〕《走向勝利──從延安到張家口》，上海文化工作社，1950 年 2 月初版，收入
　　　　《艾青全集》第 5 卷。艾青（1910～1996），著名詩人。本日記爲 1945 年 9
　　　　月 21 日至 11 月 7 日率領華北文藝工作團從延安橋兒溝到張家口沿途所寫。
〔註 27〕這條行軍線路根據艾青日記轉述，詳見《艾青全集》第 5 卷，第 71～127 頁，
　　　　太原，北嶽文藝出版社，1991。

「心裏竟有說不出的歡喜。」「一切都使人覺得很新鮮。」「大家多麼高興啊！」「我們欣賞著這個十分現代化的城市。」〔註28〕

這條線路，實際上是所有離開延安經新解放區進入城市的人的必經之路。就在艾青他們離開延安之後大約一個月，丁玲、楊朔、歐陽山、邵子南等人組成延安文藝通訊團，於 1945 年 10 月離開延安，經張家口赴東北採訪，走的也是這條路。稍稍不同的是，丁玲他們在綏德、米脂沒有向東轉，而是直奔正北的佳縣附近渡過黃河。到達神池之後，丁玲他們也沒有進入滹沱河、桑乾河地區，而是走大同市西北角的山區，經平魯、右玉、左雲、陽高到京包線上的小城天鎮搭上火車，於 1945 年 12 月底到達張家口。〔註29〕1948 年 3 月 23 日，毛澤東、周恩來、任弼時、陸定一等人率領的延安中央機關向河北建屏縣西柏坡轉移時，走的也大致是這條線路：3 月 23 日從延安楊家溝出發，經吳堡縣的川口渡過黃河，進山西臨縣雙塔村、興縣蔡家崖、岢嵐縣城、代縣。不同的是，在穿過「同浦線」之後，中央機關不去張家口，而是直接轉向東南方向，經五臺山，然後驅車於 4 月 13 日到達河北建屏晉察冀軍區司令部所在地的城南莊，4 月 23 日，周恩來、任弼時、陸定一等及中央機關遷至西柏坡。〔註30〕一年後，1949 年 3 月 23 日，中央機關和解放軍總部一行 20 多輛汽車離開西柏坡，經靈壽、行唐、曲陽、唐縣、保定，在涿州改乘火車，3 月 25 日進入北京。

對於有些人而言，從晉察冀解放區到北平儘管只有約 300 公里距離，卻需要經過漫長等待和企盼。當時任職於《晉察冀日報》的作家楊沫，在 1945 年 11 月 14 日的日記中寫道：「我們仍在等待著進北平。可是北平已由美國飛機運來了大批國民黨軍隊……看來我們想和平進入北平是不大可能了。」〔註31〕1945 年 11 月 25 日的日記：「有人在敵人投降後，迫切地想進入大城

〔註28〕艾青：《艾青全集》第 5 卷，第 125～126 頁，太原，北嶽文藝出版社，1991。

〔註29〕王增如，李向東：《丁玲年譜長編 1904～1986》（上），第 191 頁，天津，天津人民出版社，2006。

〔註30〕中共中央文獻研究室：《周恩來年譜 1898～1949》，第 767～769 頁，北京，人民出版社，中央文獻出版社，1989。毛澤東在城南莊住了近一個月，1948 年 5 月，國民黨飛機轟炸晉察冀軍區大院，毛澤東被迫轉移到花山村，5 月 27 日離開花山村，搬到西柏坡與中共中央機關會合。（中共中央文獻研究室：《毛澤東年譜 1893～1949》，第 374～350 頁，北京，人民出版社，中央文獻出版社，2002。）

〔註31〕楊沫：《自白——我的日記》（上），《楊沫文集》第 6 卷，第 5 頁，北京，十月文藝出版社，1994。楊沫（1914～1995），作家，曾任職於晉察冀日報、中

市。後來，眼看大城市進不成了，便悲觀泄氣。有人把進大城市想得更具體
——怎樣闊綽，怎樣威風。還有個別人竟然想逛窯子。別人對他說：『八路
軍不允許逛窯子。』他卻回答：『不許可不行！給我個正經女人我都不要，
非逛窯子不可！』……這些狹隘自私的思想在抗戰勝利後，以形形色色的方
式表現出來。」楊沫在同一天的日記中，還記載了一位報社同事逃跑的事情，
報社開會時說，這位逃兵「光想到大城市去享受。當知道不能進城市，就非
常厭惡農村。」

　　楊沫的這一段日記看起來好像是在說別的人，實際上也是在說她自己。
她接著記述了自己的心理活動：「關於進大城市的種種想法：聽說敵人投降
了，首先縈繞在腦海裏的就是快進北平了，心裏很高興。關於進北平的希望、
想法有這麼幾種：1、和親屬團聚，……2、和過去的朋友、同學見面。尤其
是那些嘲笑共產黨成不了事、說我參加革命是瞎胡鬧的，一定要叫他們看看
我們共產黨終於成功了……這種想法裏，包含了個人英雄主義、風頭主義，
希望在昔日的同學面前顯耀自己……曾想到自己過去在北平不過是個無聲無
息的窮學生，現在如果能進城，也許會成為顯赫人物，在親戚、朋友、同學
面前被人刮目相看，那是多麼光榮！這種衣錦還鄉的虛榮心，決不是我們無
產階級思想。而在這種虛榮心裏面還包含著某種輕視農民的因素：認為被城
市中知識分子瞧得起，要比農民對自己的擁護和愛戴似乎更光榮……這是真
的，我曾經瞧不起農民，這思想經過八年抗戰也沒有完全肅清。對於這些錯
誤思想，我應作嚴肅的自我批評。」〔註 32〕

　　從 1945 年到 1949 年，從張家口撤退到阜平，從山西大同前線再到河北
獲鹿，從報社採訪編稿到下鄉土改，整整三年楊沫轉戰在北平的四周，日記
中企盼進城的心情越來越迫切。但她一直在跟這種企盼的心情作鬥爭，一邊
鬥爭一邊急切地等待進城。1948 年 11 月 29 日的日記：「我們精神上在準備進
平津了，而我和民〔註 33〕進北平的希望也是有的。可愛的北平，我的第二故
鄉！……我多少次地夢見你——夢見我站在北海的白塔上；夢見了天安門城
樓；夢見了碧波蕩漾的昆明湖水。有時，我還夢見和一些戰友坐在東來順的

　　　央電影局，北京市作家協會，著有長篇小說《青春之歌》等。
〔註 32〕楊沫：《自白——我的日記》（上），《楊沫文集》第 6 卷，第 5～10 頁，北京，
　　　　十月文藝出版社，1994。
〔註 33〕「民」即馬建民（1911～1985 年），楊沫之夫，建國後歷任中央人民政府新聞
　　　　總署黨委書記，北京師範大學黨委代書記。

飯桌旁大吃涮羊肉……就要變成現實了。多高興！高興！」〔註34〕1948年底第一批進京人員已到石家莊待命，楊沫直到 1949 年 3 月還在河北獲鹿東焦村。1949 年 2 月 27 日：「這幾天我的心情焦灼、煩悶。……我不能冷靜地等待著去北平，於是脾氣變得粗暴了。我常想，第一批爲什麼不叫我走？有孩子的女同志差不多都走了，卻單單留下我，這是爲什麼？爲什麼待人不公平？……爲什麼急著要去北平？去不去有什麼了不起呢？……」1948 年 2 月 28 日：「我個人哪裏有錢有路費去北平呢？……我是個『可有可無』的人……難道，我是個毫無用處的人？還該蹲在這山溝裏，每天閒著，無聊地浪費時光？……」〔註35〕楊沫是《晉察冀日報》最後一批進京人員，1949 年 3 月初到石家莊待命，3 月 15 日進入北京。

解放區人員不是想進京就能進京的，全國各地的其它城市都需要他們，所以絕大多數人都是就地安排，而進京人員則是經過精心挑選的。著名作家蕭軍本來完全夠資格進京（舒群、羅烽、白朗都是中國作家協會駐會作家），卻被安排在東北，一度到撫順礦務局工會工作。1950 年 10 月朝鮮戰爭期間，其妻王德芬帶著 4 個孩子疏散回王的老家北京，蕭軍向組織要求隨行未果，便決定「違反紀律」，1951 年 1 月擅自進京，直到 9 年之後才在北京有了正式「工作關係」。〔註36〕北京城還要虛位以待，等待被選中的曾在國統區工作的著名進步文化人士的到來。

解放區人員向即將解放的大城市靠近的同時，國統區進步人士開始撤離國民黨佔據的城市。1946 年 5 月 8 日，郭沫若攜全家與梁漱溟、章伯鈞等人乘飛機從重慶飛抵上海，當晚出席黃炎培、馬敘倫、陸定一所設宴會。那一段時間，他經常出席各種會議和宴會，與正在上海的各界人士見面，包括柳亞子、許廣平、胡繩、翦伯贊、馮雪峰、夏衍、田漢、馮乃超、胡風、巴金、吳祖光、白楊、舒繡文、于伶等。〔註37〕1946 年 3 月 16 日，因重慶飛往上海

〔註34〕 楊沫：《自白——我的日記》（上），《楊沫文集》第 6 卷，第 70～71 頁，北京，十月文藝出版社，1994。

〔註35〕 楊沫：《自白——我的日記》（上），《楊沫文集》第 6 卷，第 81～83 頁，北京，十月文藝出版社，1994。

〔註36〕 張毓茂：《蕭軍傳》，第 269～272 頁，重慶，重慶出版社，1992。蕭軍（1907～1988），著有《八月的鄉村》等著名小說。曾任延安「魯藝」教師（1940），東北大學「魯藝」文學院院長（1946），北京市文史館研究員（1959）。

〔註37〕 龔濟民、方仁念：《郭沫若年譜 1892～1978》（增訂版），第 655～665 頁，天津，天津人民出版社，1992。

的機票緊張，在周恩來和張治中的安排下，茅盾夫婦乘機飛往廣州轉道上海。在廣州停留了近一個月，在作家陳殘雲、司馬文森等人的陪同下四處演說。1946 年 4 月 13 日乘船抵香港，發現經過戰亂之後的香港，與 1941 年數百名著名文化人齊聚香港的興旺局面相比，顯得極爲空寂，認識的人裏面只有章泯、薩空了、韓北屏、呂劍等有數的幾位，於是購買往上海的船票，乘海輪於 1946 年 5 月 26 日抵達上海。〔註 38〕作家葉聖陶全家老小 7 人外加行李 80 餘件，於 1945 年 12 月 28 日自重慶乘木船東行，可謂風雨飄搖、一路辛勞，1946 年 1 月 28 日抵漢口，換乘小汽船於 42 天之後的 1946 年 2 月 9 日抵達上海。〔註 39〕國統區的進步作家很大一部分都聚集到了上海，直到 1948 年開始向香港轉移。

　　1948 年下半年大局已定，中共中央開始布置和安排著名民主人士、文化人士進京事宜，並詳細制定了行走線路。路線分爲南線和北線。北線是將分散在平、津、滬的著名人士（比如吳晗、周建人、翦伯贊、楚圖南、田漢、安娥、胡愈之、費孝通、張東蓀、雷潔瓊等），由地下黨組織秘密護送到河北平山李家莊（中共中央城市工作部所在地）〔註 40〕南線就是先到香港集中，分四批從香港乘坐懸掛外國國旗的商船進入東北解放區，再經石家莊轉北京。實施這一計劃的主要負責人之一是錢之光，〔註 41〕他的公開身份是中國解放區救濟總署特派員，任務是會同香港分局的方方、章漢夫、潘漢年、連貫、夏衍等，「接送在港民主人士進入解放區參加籌備新政協。」1948 年下半年，周恩來數次致電中共香港分局，指揮他們組織民主人士、文化人士、電影戲劇人才北上，並親自審定北上人員的名單，要求「各方人士須於今冬明春全部進入解放區方爲合適。」〔註 42〕1948 年 9 月下旬開始，聚集在香港的

〔註 38〕茅盾：《茅盾全集》第 35 卷（回憶錄二集），第 570～579 頁，北京，人民文學出版社，1997。茅盾（1896～1981），作家，著有長篇小說《子夜》、《腐蝕》、《霜葉紅似二月花》等，建國後歷任文化部長、作協主席、政協副主席。

〔註 39〕葉聖陶：《葉聖陶集》第 21 卷，第 10～32 頁，南京，江蘇教育出版社，1994。葉聖陶（1894～1988），原名葉紹鈞，作家，教育家，著有《倪煥之》等小說，建國後曾任出版總署副署長、教育部副部長、中央文史館館長等職。

〔註 40〕童小鵬、於剛、尹華：《關於籌備和召開中國人民政治協商會議的回憶》，《中華文史資料文庫》第 7 卷，第 914～915 頁，北京，中國文史出版社，1996。

〔註 41〕錢之光（1900～1994），長征前後任中華蘇維埃外貿總局局長，抗戰到解放戰爭時期任八路軍武漢辦事處、重慶辦事處、南京中共代表團辦公廳的負責人，解放前夕兼任中共香港華潤公司董事長，解放後任輕工業部部長等職。

〔註 42〕中共中央文獻研究室：《周恩來年譜 1898～1949》，第 782～799 頁，北京，人

民主人士和文化名人開始分批北上。

所謂分四批北上的說法，主要是指那些民主黨派或者文化界的顯赫人物，線路經過精心策劃且保密，登陸之後有周密的接待和高規格的歡迎儀式。第一批有沈鈞儒和章伯鈞（民盟），蔡廷鍇和譚平山（民革）等十幾人，由章漢夫陪同，1948 年 9 月 13 日乘蘇聯輪船離港，9 月 27 日到達朝鮮羅津，9 月 29 日乘火車到哈爾濱，受到高崗、李富春、蔡暢、李立三的歡迎。第二批有郭沫若、馬敘倫、許廣平母子、沙千里、宦鄉等人，由連貫、胡繩陪同，1948 年 11 月 23 日乘掛有挪威國旗的華中輪離港。12 月 1 日到大連海域乘小船上岸，郭沫若改乘火車經丹東於 12 月 6 日到達瀋陽。第三批有李濟深、茅盾夫婦、朱蘊山、章乃器、彭澤民、鄧初民、洪深、翦伯贊等 30 多人，由李嘉倫陪同，於 1948 年 12 月 31 日登船，1949 年 1 月 7 日到達大連，李富春、張聞天等迎接，然後乘專列去瀋陽。第四批有黃炎培夫婦、盛丕華父子、姚維鈞、俞寰澄等。1949 年 3 月 14 日離港直航天津，3 月 25 日直接到達北平。董必武、李維漢、齊燕銘等前往車站迎接。〔註 43〕

除以上四批之外，人數比較多的還有兩批，一批包括柳亞子夫婦、曹禺夫婦、葉聖陶夫婦、包達三父女、鄭振鐸婦父女、馬寅初、陳叔通、宋雲彬、徐鑄成、王芸生、趙超構、沈體蘭、傅彬然等共 27 人，1949 年 2 月 28 日乘掛有葡萄牙國旗的華中輪北上，3 月 5 日到達山東煙臺，3 月 18 日到達北平。〔註 44〕還有一批人數較多的，包括李達、王亞南、郭大力、曾昭掄夫婦、嚴濟慈、黃鼎臣、史東山、白楊、舒繡文、姜椿芳、張瑞芳、于立群、臧克家、沈其震、張文元、陳邇冬，以及香港達德學院部分師生和華僑共 200 多人，1949 年 3 月 20 日由馮乃超、狄超白、周而復、陽翰笙、黃藥眠等陪同，乘坐「寶通號」外輪北上，3 月 27 日經朝鮮仁川到達天津塘沽，受到天津市市長黃敬（俞啓威）的盛宴招待，兩天後改乘火車到北平。〔註 45〕

民出版社，中央文獻出版社，1989。

〔註 43〕 錢之光：《接送民主人士進解放區參加新政協》，《中華文史資料文庫》第 7 卷，第 926～932 頁，北京，中國文史出版社，1996。

〔註 44〕 宋雲彬：《北遊日記（1949 年 2 月～1949 年 8 月）》，見《紅塵冷眼》，太原，山西人民出版社，2002。宋雲彬（1897～1979），作家，編輯家，曾任黃埔軍校《黃埔日報》、武漢《國民日報》、重慶《民主生活》、香港《文匯報》編輯；解放後任國家出版總署編審局處長、人民教育出版社總編輯、浙江省文聯主席等職，著有《東漢宗教史》、《玄武門之變》、《康有為》等。

〔註 45〕 臧克家：《臧克家回憶錄》，第 209～210 頁，北京，中國工人出版社，2004。臧克家（1905～2004），詩人，曾任中國作家協會書記處書記等職。

四、一個人的進京之路

胡風北上的線路和經歷很有象徵性：路途曲折，時間漫長，落寞寂寥。

1948 年 12 月 9 日，胡風孤身一人前往香港，到上海黃埔碼頭送行的只有演員金山。12 日到達廣州黃埔碼頭，無人接船，自己找到一位桂林時期的老友朱懷谷的堂兄家，並借宿於此。14 日淩晨乘船抵達香港，無人接船，自己找到英皇道 171 號 4 樓馮乃超和周而復住處。1949 年 1 月 6 日，胡風登上一艘由東北商人向挪威人租來運貨往東北的貨船，與杜宣（領隊）、許俠、龔普生等 9 人離港，〔註46〕於 12 日黃昏到達遼寧省莊河縣東南約 30 公里（大連市東北約 160 公里）的王家島海面。13 日，王家島派出所所長王喜英（「農民出身，二十三歲」）用小木船將幾位接到王家島，莊河縣公安局長 27 歲的退伍軍人劉錚接見了他們。14 日到莊河縣城，「住復興旅館，一家土店」，午夜 12 點「木匠出身」的縣政府秘書蔡玉威陪飯。15 日，氣溫零下 19 度，胡風等人乘無蓬大卡車一路顛簸 6 小時到達普蘭店，隨後改乘有蓬大卡車於晚上 10 點到達瓦房店（原遼寧省政府所在地），「路上拋錨 5 次」。休息兩天之後，1949 年元月 17 日從瓦房店出發，乘車 8 小時到達東北局所在地瀋陽，「車到南站，東北局申處長來接」，入住瀋陽招待所 595 房。

至此，胡風與彙聚在東北準備進京的大部隊匯合了。胡風此行儘管沿途也管吃管住，但既沒有專門安排的交通工具，也沒有得到任何高規格的接送。胡風作為三十年代著名理論家和左翼文學活動家、中國左翼作家聯盟行政書記、抗戰時期「中華全國文藝界抗敵協會」（簡稱「文抗」，總部設在重慶，抗戰結束後，1945 年 10 月改為「中華全國文藝界協會」，簡稱「文協」，總部設在上海）常務理事兼研究部主任（郁達夫曾擔任過研究部正主任，但不到一年就出國了），與其它同類人士相比，這種待遇和經歷是實在是蹊蹺得很，或者說已經暗藏玄機。1949 年 1 月 31 日，東北局幹部科科長李之璉通知胡風，「說是可以留東北一些時」，沒有人通知他即刻進京。胡風因此在

〔註46〕名單來自胡風日記，見《胡風全集》第 10 卷，第 14 頁，武漢，湖北人民出版社，1999。以下的胡風進京線路，均據胡風 1949 年日記的記述綜述，引號裏為胡風的原文。胡風（1902～1985），原名張光人、文藝理論家、翻譯家、「七月詩派」領軍人物，早年就讀於北京大學、清華大學、日本慶應大學；建國後任中國文聯委員，第一屆全國人大代表，1955 年因「胡風反黨集團」冤案入獄，1979 年獲釋，平反後任中國作家協會顧問，1985 年在京病逝。

瀋陽逗留了整整 50 天，其它重要人物早就在 2 月初就到北京去了。胡風在瀋陽期間主要是到廠礦企業去參觀，與舊時的老友相見聊天，讀丁玲、趙樹理、劉白羽、草明等解放區作家的新文學作品。他見到了許多彙集在瀋陽的著名民主人士，但都是見到而已、寒暄而已。他與許多作家徹夜長談，都是左聯、抗戰時期的老友，或者是他發現、提攜過的作家，但都是以私人身份拜訪。期間與丁玲、草明、蕭軍、羅烽、吳奚如、舒群、馮白魯等人多有接觸，談話中也經常涉及一些敏感的人事問題，比如 1 月 8 日的日記有與吳奚如（作家，抗戰時期任周恩來的秘書）聊天的記錄：「周揚在魯藝整風，罵人打人。田間曾被整得很苦」。

　　1949 年 3 月 7 日下午，統戰部門安排專列護送大批人士往天津，大部隊出發，一路接待周密。具體行程是：7 日乘火車離開瀋陽——8 日到山海關——9 日到天津，轉由華北第二兵團指揮所護送往石家莊——12 日乘吉普車離開天津——12 日黃昏到河北滄州，津南軍分區政委劉青山接待——13 日到深縣——14 日到某交際處休息——17 日乘大吉普經河北獲鹿縣、平山縣，到達建屏縣李家莊（城市工作部所在地），休息幾天，21 日見到周恩來，談到深夜 12 點〔註47〕——24 日，一行 50 多人乘統戰部大汽車離河北建屏（中央機關23日離開），黃昏到石家莊——25 日汽車過保定，在固城投宿——1949年 3 月 26 日，汽車經過涿縣、盧溝橋、長辛店、廣安門、宣武門，到中南海辦事處報到，16 點入住北京飯店 334 號房間，當天見到了茅盾、周揚等人。在 3 月 30 日的日記中，胡風記下了周揚對他說的話：「從實際出發，無論是洋的土的，合乎實際要求的都要，否則，任何權威都要打倒。」

　　在兩個多月的進京的道路上，胡風無論是與友人交談，還是記錄閱讀後的思考，都在檢討此前的文藝政策、文藝創作、文藝管理方式的弊端，思考著新文學發展的趨向。參觀時他留意觀察各種新式人物，採訪了許多基層幹部和工人，讀了大量解放區作家的作品，比如，丁玲的長篇《太陽照在桑乾

〔註47〕周恩來這一次與胡風談話的內容不詳，胡風在向中共中央提交的《關於解放以來的文藝實踐情況的報告》（「三十萬言書」）中，提到了談話的部分內容：「在李家莊，周總理囑我到北平後和周揚丁玲同志研究一下組織新文協的問題……」。見《胡風全集》第 6 卷，第 107 頁，武漢，湖北人民出版社，1999。胡風日記中多次提到周恩來對他的關心和鼓勵，比如 1949 年 3 月在北京飯店，1949 年 9 月第一屆政協會議期間等，這些鼓勵應該是胡風產生介入衝動的重要動力。

河上》（「劉滿有是文件裏沒有的人物」，引號中為胡風原話，下同），草明的長篇《原動力》（「政治意識高了，不等於技術高了，人物不濃，做到了淺，不能深」），周立波的長篇《暴風驟雨》，劉白羽的多個短篇《無敵三勇士》、《百戰百勝》、《政治委員》（「《政治委員》遭到政治委員的批評」）、《勇敢的人》等，西虹的《在零下四十度》、《光榮屬於勇士》，嚴文井的《一個農民的真實故事》，李納的《煤》，范政的《夏紅秋》，趙樹理的《李家莊的變遷》（「覺得浪費」），柳青的《地雷》、《種穀記》（「種穀記太瑣碎了」），雷加的《黃鱔》、《水塔》（「好人就完全好，壞人就完全壞，不敢寫有缺點的人物」），侯唯動的《勞動英雄劉英源》、《將軍的馬》，《華北文藝》雜誌。還讀了蘇共《黨史》、《鋼鐵是怎樣煉成的》、別林斯基的文章等蘇俄著作。總的來說，他認為解放區的文藝水平較低，直線反映政策。他關注的主要是如何提高的問題。他主張要大膽地寫，擺脫公式主義和經驗主義，不要被「像不像」的問題嚇倒，一定要使作家受到尊重。胡風正在苦苦思索這些問題的時候，原中華全國文藝界協會的使命已經自然結束，北京的中華全國文藝工作者代表大會籌備工作正在緊鑼密鼓地進行。1949 年 3 月 3 日，華北人民政府文藝工作委員會、華北文藝界協會在北京飯店召開歡迎文藝人士抵京茶話會。1949 年 3 月 22 日，原中華全國文藝界協會（胡風為「文協」常務理事兼研究部主任，此刻他還在進京路上）在平理事會及華北文協理事會舉行聯席會議，商討第一屆文代會的籌備工作。

自 1949 年 1 月 6 號離開香港，到 3 月 26 日進入北京，胡風由外國貨輪改乘木船，再改乘汽車、火車、汽車，在路上整整走了 85 天。從上海到香港，從香港到東北，從東北到北京，胡風一開始就走在一條曲折漫長的道路上。

第二章　拿筆的軍隊大會師

一、第一次文代會

　　1949 年初，諸多民主人士和文化人千里迢迢、歷盡艱辛趕往北京，主要是去出席新的全國政治協商會議，參與商討中華人民共和國成立事宜。新政協會議之前，各領域各專業都在分門別類地召開代表大會，如「全國勞動大會」（1948 年 8 月後改稱「總工會」）、「青代會」、「婦代會」等等。召開中華全國文藝工作者代表大會，自然早就在計劃之列。會議的結果，是要成立中華全國文學藝術界聯合會（簡稱「文聯」），並與「總工會」、「婦聯」、「青聯」、「學聯」、「僑聯」等團體一起，成為新政協會議「自下而上」的倡議或發起組織，進而為新的人民代表大會做輿論準備。這是為了體現一個新生主權國家立法程序合法性所必須的工作。

　　召開中華全國第一次「文代會」的消息，由郭沫若正式對外公佈。1949 年 3 月 22 日晚，華北文化藝術工作委員會和華北文藝工作者協會舉行茶話會，招待在北平的文藝界人士。郭沫若在會上提議，發起召開全國文學藝術工作者代表大會，以成立新的全國性的文藝界的組織。[註1] 3 月 24 日，中華全國文學藝術工作者代表大會籌委會正式成立，郭沫若被推舉為籌委會主任，茅盾、周揚為副主任，籌備委員會成員有葉聖陶、鄭振鐸、田漢、曹禺、丁玲、徐悲鴻、陽翰笙、歐陽山、艾青、何其芳、劉白羽等 42 人，並產生由郭沫若、周揚、茅盾、葉聖陶、沙可夫、艾青、李廣田 7 人組成的籌備會常

〔註 1〕龔濟民、方仁念：《郭沫若年譜 1892～1978》（增訂版），第 760 頁，天津，天津人民出版社，1992。

委會。1949 年 5 月 1 日，籌委會通過了《大會代表資格與產生辦法》。

1949 年 5 月 13 日晚，周恩來約見茅盾、周揚、夏衍、鄭振鐸、潘漢年、胡愈之、薩空了、許滌新等，座談討論新的全國政治協商會議召開前先開全國文代會、今後的新聞工作、上海解放後文化工作政策等問題，特別強調了團結問題：「這次文代會是會師大會、團結大會，團結的面要寬，越寬越好。不只解放區和大後方的進步文藝工作者要團結，對過去不問政治的文藝工作者要團結，甚至反對過我們的文藝工作者，只要現在不反共，也要團結。總方針是：凡是願意留下來的、愛國的、願意為新中國工作的文藝工作者，我們都要團結、爭取。這只是一個『聞道有先後』的問題。……上海有許多專家學者和全國聞名的藝術家，你們到上海一定要一一登門拜訪，尊重他們，聽取他們的意見。總的一句話，要安定，要團結。」〔註2〕

第一次中華全國文藝工作者代表大會 1949 年 7 月 2 日正式召開，會期整整一個月（7 月 2 日至 7 月 19 日為大會，19 日至 28 日為文協、劇協、美協、音協、舞協等其它協會的成立大會）。全國第一次文代會與會代表的選擇標準有兩條，1、**當然代表**，即 5 大解放區的文藝家代表（主要是文協的理事）；2、**聘請代表**，必須符合以下 3 個條件之一：(1)、解放區行署以上、部隊兵團級以上單位的文藝幹部，(2)、從事文藝工作 10 年以上，且對革命有勞績者，(3)、思想進步的其它文藝名家（包括民間藝人）。按照這些標準，初步確定了 753 人，最後增加到 824 人，分為 10 個代表團（實際到會 650 人，登記資料為 644 人）——

平津一團　　135 人，團長李伯釗（中共華北局文委委員，楊尚昆夫人）
平津二團　　 55 人，團長曹靖華（蘇聯文學翻譯家，清華大學教授）
南方一團　　 89 人，團長歐陽予倩（左翼戲劇藝術家）
南方二團　　181 人，團長馮雪峰（著名左翼文學活動家）
部隊代表團　 99 人，團長張致祥（中共華北軍區政治部宣傳部長）
華北代表團　 56 人，團長蕭三（革命家，毛澤東在湖南第一師範的同學）
西北代表團　 45 人，團長柯仲平（中央文委戲劇委員會副主任）
東北代表團　 95 人，團長劉芝明（中共東北局宣傳部副部長）
華東代表團　 49 人，團長阿英（中共華東局文委書記）

〔註2〕中共中央文獻研究室：《周恩來年譜 1898～1949》，第 782～799 頁，北京，人民出版社，中央文獻出版社，1989。

華中代表團　20 人，團長黑丁（中共中南局宣傳部文藝處長）

各代表團團長、副團長人選，基本上是身兼文藝家和革命家雙重身份的人，即「又紅又專」。644 名代表中，40 歲以下的 476 人，占 74%；大學文化和有留學背景的 355 人，占 55%，中學文化 216 人，占 33%，小學、自學、不祥者 73 人，占 12%。

為這次 650 人的會議服務的工作人員 322 人（少數人員重複出現在不同機構）。100 人組成大會主席團（大概相當於正部級）下設分管大會工作機構的秘書長（司局級），管理 10 個處級單位（3 個處和 7 個委員會）。3 個主要處級單位是秘書處（下設 4 個科，9 個股）、宣傳處（下設 5 個科）、聯絡處（下設 2 個科）的官員設置較有代表性：正副處級 6 人，正副科級 18 人，正副股級 12 人，事務較多的股下面還設有組長若干，沒有設組的則按照秘書、幹事、科員、工作人員的順序排列，具體級別不祥。與處平級的是 7 個專門委員會。比如演出委員會有正副主任 4 名，委員 16 人，下設科級組 4 個，汪洋、柯靈都是組長。藝術展覽委員會有正主任 1 名，委員 9 名（丁聰、艾青、古元、王朝聞等），下設 4 個科級組，正副組長 6 人。何其芳、嚴文井、陳企霞、吳伯蕭都是處級主任，楊朔、馬烽、蕭殷、江豐、丁聰、吳作人等都是科級組長，白楊、張瑞芳都是聯絡幹事（股級）。大會還邀請了戲劇、舞蹈、音樂、電影、雜技等不同文藝領域的 49 個演出單位，演出劇目約 150 個，自 6 月 28 日開始，到 7 月 28 日結束。下面是大會簡要經過：

7 月 2 日：開幕式，郭沫若致開幕詞，茅盾介紹大會籌備經過，馮乃超介紹代表資格審查情況。

7 月 3 日：丁玲主持，郭沫若報告，北平被服廠女工徐世榮講話，第 70 兵工廠工人李家忠講話。

7 月 4 日：田漢主持，茅盾報告，北平被服廠子弟學校學生向大會獻花。

7 月 5 日：李伯釗主持，周揚報告，北平藝人連闊如演唱《橫渡烏江》。

7 月 6 日：阿英主持，周恩來政治報告，毛澤東蒞臨大會作簡短講話。

7 月 7 日：休會，全體代表冒雨參加「七七」紀念大會。

7 月 8 日：分文學、戲劇、電影、美術、音樂、舞蹈、舊戲、曲藝 8 個小組討論。

7 月 9 日：沙可夫主持，陽翰笙、柯仲平、丁玲等發言，陳伯達講話，蕭洛霍夫等來賀電。

7 月 10 日：周揚主持，戴愛蓮、陳望道、鄭振鐸等人大會發言，俞平伯朗誦自己的詩作《七月一日，紅旗的雨》，侯寶林等北平曲藝界人士向大會獻旗。

7 月 11 日：洪深主持，曹禺、陳學昭、楊晦、鍾敬文等大會發言，鐵路工人王祥興講話。

7 月 12 日：柯仲平主持，蕭三報告，傅鐘報告，輔仁大學師生獻旗，蒙古族獻旗者表演蒙古舞，王統照朗誦自己的詩作《文代大會頌》。

7 月 13 日：休會，與會女代表參加全國婦聯茶話會。

7 月 14 日：陽翰笙主持，沙可夫報告章程草案草擬經過，通過文聯委員選舉條例，北平市委、市政府、軍管會，民盟、民革、農工民主黨聯合舉行雞尾酒會宴請文代會代表。

7 月 15、16 日：休會，各代表團討論文聯全國委員會委員名單等。

7 月 17 日：曹靖華主持，投票選舉文聯全國委員會委員。

7 月 18 日：休會。

7 月 19 日：閉幕式，馮雪峰主持，郭沫若致閉幕詞，大會在「毛主席萬歲」的口號聲中結束。中國文聯正式成立，郭沫若為主席，茅盾和周揚為副主席，全國委員 87 人，候補委員 26 人，常委 21 人，常駐機構部門負責人 15 人，如沙可夫、丁玲、蕭三、鄭振鐸、何其芳、葉淺予等。著名左翼文藝理論家、詩人胡風為全委委員。

7 月 20 日：周恩來代表中共中央及中央軍委舉行招待會，與會代表和演出人員 2000 多人參加。

7 月 21 日，美協在中山公園成立，主席徐悲鴻，副主席江豐、葉淺予。舞協籌備會在華北大學第三部成立。中共中央、中央軍委在北京飯店設宴招待會議代表，賓主約 700 人，設 70 桌。

7 月 22 日：中華曲藝改進會籌備會在中山公園來今雨軒成立，主任歐陽予倩。

7 月 23 日：中華全國文學工作者協會（作家協會前身）在中法大學禮堂成立，茅盾主席，丁玲、柯仲平副主席。音協成立，主席呂驥，副主席馬思聰、賀綠汀。

7 月 24 日：劇協成立，田漢主席，張庚、于伶副主席。

7 月 25 日：電影工作者協會在北京飯店成立，陽翰笙主席，袁牧之副主

席。

　　7 月 28 日：戲劇音樂演出結束。

二、文代會上的報告

　　第一次文代會有幾個主題報告，重要的有：周恩來的政治報告，郭沫若關於文藝工作的總報告，茅盾關於國統區文藝的報告，周揚關於解放區文藝的報告，蕭三關於蘇聯文學界清算「世界主義」的專題報告，傅鐘關於部隊文藝的報告。下面簡單介紹前面 4 個報告。

　　周恩來的《在中華全國文學藝術工作者代表大會上的政治報告》，首先介紹了解放戰爭以來的國內政治和軍事形勢。在涉及到文藝工作的部分，他著重強調了作為「統一戰線」之一員的文藝界的團結問題，文藝為工農兵服務的問題，普及依然是第一位的問題，改造舊文藝的問題、新的組織機構問題等。報告還列舉了一些與解放戰爭和文藝工作相關的數據：「從 1946 年 7 月算起，人民解放戰爭已經進行了整整三年。……國民黨反動派動員了 430 萬軍隊來進攻。那時候我們只有 120 萬的人民解放軍，與敵人相差 310 萬之多。……從 1946 年 7 月到現在的三年中，國民黨的軍事力量從開始的 430 萬人減到現在的 149 萬人……人民解放軍卻從 120 萬人增加到今天的 400 萬人以上。巧得很，他們少了 280 萬，我們多了 280 萬。……在這三年當中，我們的傷亡一共是 143 萬人，而消滅的敵人是 569 萬人，就是說我們一個人消滅他四個人。在敵人所損失的 569 萬人當中，俘虜的人數達到百分之七十，即 415 萬，而俘虜中又有 280 萬變成了解放軍。」周恩來認為，之所以取得這些偉大勝利，要歸功於偉大的軍隊、兩億農民的支持、工人階級的努力，但最有決定性的因素卻是中國共產黨和毛澤東的正確領導。而「**文藝工作者是精神勞動者，廣義地說來也是工人階級的一員，精神勞動者應該向體力勞動者學習。一般精神勞動的特點之一是個人勞動**……這就容易產生一種非集體主義的傾向。在這一個方面，文藝工作者應該特別努力向工人階級的精神學習。」〔註3〕

　　在談到「這支廣大的文藝軍隊」的現狀的時候，周恩來說：「出席這個大會的 753 位代表是有很大的代表性。現在，在人民解放軍四大野戰軍加上直

〔註3〕 周恩來：《在中華全國文學藝術工作者代表大會上的政治報告》見《中華全國文學藝術工作者代表大會紀念文集》，第 20～22 頁，新華書店，1950。

屬兵團，加上五大軍區，參加文藝工作的，包含宣傳隊、歌詠隊在內，有 2 萬 5 千人到 3 萬人的數目。解放區的地方文藝工作者的數目，估計也有 2 萬以上。兩項合計有 6 萬人左右。這就是解放區的 400 多代表所代表的文藝工作者。前國民黨統治區的新文藝工作者的數目比較難算，大概總有 1 萬人以上。這就是說，你們 753 位代表，代表著 7 萬上下的新文藝部隊，平均每一個人代表著 100 個人。此外還有大量的舊藝人。希望代表們回去以後，能領導各方面的文藝工作者發揚這次大會的團結精神，並且希望大家經常地密切地聯繫這支廣大的文藝軍隊，使你們真正不愧為他們的代表。」〔註4〕周恩來報告的主要精神是，文藝工作者作為工人階級（勞動者）的一員，在中國革命取得偉大勝利的進程中功不可沒，他們應該繼續與工農兵相結合，克服「非集體主義傾向」，用文藝形式為工農兵服務；同時，他們作為全國約 7 萬文藝工作者的代表，要具有真正的代表性，要搞好團結，結成更為廣泛的統一戰線。

郭沫若的《為建設新中國的人民文藝而奮鬥》的總報告討論了三個問題，第一是「五四」以來文藝運動的性質，第二是文藝界統一戰線問題，第三是今後的任務。郭沫若整個報告的立論是建立在毛澤東的《新民主主義論》基礎上的：「五四」以前是資產階級領導的舊民主革命，「五四」以來是「無產階級領導的人民大眾反帝反封建的」新民主革命。郭沫若把這個社會政治邏輯平移到了文化和文藝領域：「中國革命的這種性質決定了中國新文化和新文藝的性質……五四運動以後的新文藝已經不是過時的舊民主主義的文藝，而是無產階級領導的人民大眾反帝反封建的新民主主義文藝……沒有最革命的無產階級的領導，沒有最科學的無產階級思想的領導……就不可能取得中國革命的勝利。在政治革命上是這樣，在文化和文藝革命上也是這樣。」郭沫若的報告約 6 千字，其中關於文藝運動的性質和統一戰線問題約占 3 千字。在這 3 千多字中，一共有 6 次提到政治和文藝的同一性的關係，儘管說法稍有差異，但意思相同且語氣斬釘截鐵：革命性質決定了文藝性質。政治上如此文藝上也如此。革命的統一戰線如此文藝界的統一戰線也是這樣。文藝和政治一樣。文藝界和政治上一樣。〔註5〕

〔註4〕同上第 29～33 頁。

〔註5〕郭沫若：《為建設新中國的人民文藝而奮鬥》，見《中華全國文學藝術工作者代表大會紀念文集》，第 35～44 頁，新華書店，1950。

就在郭沫若做這個總報告的同一天，《人民日報》發表了郭沫若以個人名譽署名的文章《向軍事戰線看齊》。文章指出，文藝界這支「**拿筆的軍隊**」是「**文化上五大野戰軍**」（即文藝界、自然科學界、社會科學界、教育界、新聞界）的一部分。拿槍的軍隊要消滅的是「有形的敵人」，拿筆的軍隊要徹底消滅「無形的敵人」：即「兩千多年來的封建思想，百餘年來的買辦思想，近二三十年來的法西斯主義思想……拿筆的軍隊，必須向拿槍的軍隊看齊！」〔註6〕其實這種說法並不是郭沫若的發明，而是來自毛澤東的講話：「在我們為中國人民解放的鬥爭中……有文武兩個戰線……我們要戰勝敵人，首先要依靠手裏拿槍的軍隊，但是僅僅有這種軍隊是不夠的，我們還要有文化的軍隊……就是要使文藝很好地成為革命機器的一個有機組成部分，作為團結人民、教育人民、打擊敵人、消滅敵人的有力武器」。〔註7〕郭沫若在報告中沒有將「資產階級文藝」列入「無形的敵人」之列是頗為蹊蹺的，他認為：「（五四以來）歐美沒落資產階級文藝影響之下的為藝術而藝術的文藝理論已經完全破產了，為藝術而藝術的文藝作品也已經喪失了群眾。……中國資產階級雖然也想在文藝上爭取領導，但因為他們不能和人民結合，也就沒有爭取到的可能。這樣的歷史事實證明了任何文藝工作者如果不接受無產階級的領導，他的努力就毫無結果。」〔註8〕他用「完全破產了」、「已經喪失了群眾」、「毫無結果」幾個短語，將「為藝術而藝術的資產階級文藝思潮」給打發了，這無疑不符合當時以及此後若干年文藝創作和文藝批判運動的實際情形。

茅盾作的《在反動派壓迫下鬥爭和發展的革命文藝》的報告，總結了國統區革命文藝運動，指出國統區革命文藝運動儘管飽受壓制，但仍堅持遵循毛澤東「文藝為人民大眾首先為工農兵服務」的總方向，取得了顯著的成就，「我們打了勝仗」。他從抗日戰爭爆發以來的四個時間階段來談國統區文藝運動如何配合政治形勢來進行鬥爭，指出各種文藝形式對政治鬥爭的宣傳鼓動效果，並著重強調了街頭話劇、活報劇、漫畫、標語口號、牆頭詩、街頭詩、

〔註6〕郭沫若：《向拿槍的軍隊看齊》，見《中華全國文學藝術工作者代表大會紀念文集》，第379～380頁，新華書店，1950。

〔註7〕毛澤東：《在延安文藝座談會上的講話》，《毛澤東選集》第三卷，847～848頁，北京，人民出版社，1991。

〔註8〕郭沫若：《為建設新中國的人民文藝而奮鬥》，見《中華全國文學藝術工作者代表大會紀念文集》，第38～39頁，新華書店，1950。

歌曲、短篇報告和特寫的突出作用。他彷彿將《馬凡陀山歌》、《陞官圖》、《蝦球傳》視爲文學上的代表，對抗戰期間國統區的文學創作成就評價不足或者說不具體，比如張天翼、姚雪垠、路翎的小說，臧克家、綠原的詩歌，郭沫若、老舍的劇本。茅盾把更多的篇幅用於評價創作方面的各種傾向及缺陷，然後從文藝大眾化，文藝的政治性與藝術性，以及文藝中的「主觀」問題，即作家的立場、觀點與態度等角度總結和國統區文藝運動、文藝理論和文藝思想的狀況。

在肯定成績的同時，茅盾指出國統區文藝界的三種「缺陷」和三個「有害」。三種缺陷：第一是感傷主義，一些作品沒有反映當時社會的主要矛盾和主要鬥爭，因此出現一種感傷的和黯淡無力的思想情緒。第二是主觀精神，一些作家以自己的主觀任意解釋和說明客觀現實，以爲越是強調主觀就越是能夠表現主題的積極性，實際上脫離了當時社會中的主要矛盾和主要鬥爭（這是針對胡風和路翎爲代表的七月派而言的）。第三是經驗主義式的人道主義，以人道主義思想情緒來填塞他們的作品，但因爲迴避主要矛盾和主要鬥爭，因此認識世界的方法是經驗主義的。三個有害：第一是市民趣味，向趣味投降而喪失革命立場。第二是抗戰加戀愛式的傳奇，用「抗戰」吸引進步讀者，用「戀愛」迎合落後讀者，左右逢源。第三是頹廢主義，抵擋不住反動統治的壓迫，流露頹廢情緒，裝出「純文藝的高貴氣派來騙取讀者。」如果上述「三個缺陷」（感傷主義、主觀精神、人道主義）尚可理解，那麼「三個有害」（市民趣味、抗戰加戀愛傳奇、頹廢主義）則值得警惕和抵制，因爲這是「敵人有意撒播到我們的陣營中來的。」〔註9〕如此，問題的性質就嚴重了。

茅盾在報告中談到了國統區文藝理論界對毛澤東在延安文藝座談會上的《講話》的態度，認爲《講話》本來應該也成爲國統區文藝的指導原則，但有些人「藉口於解放區與國統區情形不同的理由，草率地看過文件，表示『原則』上的同意」，而沒有進行深入的研究。爲了統一思想，茅盾專門講了國統區文藝思想界的鬥爭。在談到文藝的政治性和藝術性之關繫時，茅盾指出了兩種錯誤觀點，第一種錯誤觀點認爲，我們的文藝作品中不是政治性太少，而是太多，缺乏的恰恰是高度的藝術性，所以才不能產生出「偉大作品」。第二種錯誤觀點認爲，文藝的本質在於其藝術價值，文藝的政治價值不過是文

〔註 9〕茅盾：《在反動派壓迫下鬥爭和發展的革命文藝》，《中華全國文學藝術工作者代表大會紀念文集》第 52～54 頁，新華書店，1950。

藝的藝術價值的表現形態。針對這些「錯誤觀點」，茅盾堅持認為：文藝作品之所以「有長遠的效果，正是因為它最深刻地表現了現實政治性的原故。因此反對直接的政治效果而追求長遠的政治效果，實際上就會流於抽象的人性論而取消藝術的政治性。」〔註10〕

　　茅盾還專門列出一個小標題來不點名**批評胡風等人的文藝思想**：《關於文藝中的「主觀」問題，實際上就是關於作家的立場、觀點與態度的問題》。茅盾首先給出了一個**邏輯前提**：1944 年左右在國統區文藝理論界，出現了一種強調「生命力」的思想（暗指胡風等人的文藝思想），實際上是一種「小資產階級」的文藝理論。茅盾在這一邏輯前提下展開了推論。**推論一**：這種「小資產階級文藝思想」，儘管也批評面對黑暗統治的消極低沉情緒，但走向了另一個極端，那就是急躁情緒；急躁情緒與消極情緒一樣，同樣是不能忍受黑暗的現實生活煎熬的表現。**推論二**：「小資產階級文藝思想」不可能與人民群眾和革命鬥爭實踐相結合，因此只能片面抽象地要求加強「主觀」（暗指舒蕪《論主觀》一文的觀點）。**推論三**：這種「小資產階級文藝思想」的觀點與請調，成為作家和人民群眾打成一片的根本障礙，成為作家和現實鬥爭相結合的障礙。**推論四**：文藝上的「主觀」問題，「不得不歸結到毛澤東的『文藝講話』中所提出的關於作家的立場、觀點、態度等問題。」**結論**：「如果作家不能在思想與生活上，真正擺脫小資產階級的立場而走向工農兵的立場、人民大眾的立場，那麼文藝大眾化的問題不能徹底解決，文藝上的政治性與藝術性的問題也不能徹底解決，作家主觀的強與弱，健康與不健康的問題也一定解決不了。」〔註11〕於是，發生於 20 世紀 40 年代中期，繼續於 40 年代末的香港的這次左翼內部的文藝批判，到此刻已經發生了性質上的變化了。《報告》的最後有一個茅盾所寫的《附言》，介紹報告起草的參與者和寫作過程，其中特別提到了「胡風堅辭」，沒有參加報告的起草工作。胡風應該是報告起草小組成員之一，但他沒有參與，因為他不同意茅盾報告中的觀點。

　　周揚關於解放區文藝運動的報告《新的人民的文藝》，首先**為新中國文藝定下基調**：「毛主席的《在延安文藝座談會上的講話》規定了新中國的文藝的方向……除此之外再沒有第二個方向了，如果有，那就是錯誤的方向。」

〔註10〕茅盾：《在反動派壓迫下鬥爭和發展的革命文藝》，《中華全國文學藝術工作者代表大會紀念文集》第 57～58 頁，新華書店，1950。

〔註11〕茅盾：《在反動派壓迫下鬥爭和發展的革命文藝》，《中華全國文學藝術工作者代表大會紀念文集》第 62～64 頁，新華書店，1950。

周揚報告的邏輯前提是：「1942 年在延安文藝座談會上的講話」以來的**解放區的文藝**才是「**眞正的新的人民的文藝**」，經過了七八年來的實踐，「文藝與廣大群眾的關係根本改變了。文藝已成爲教育群眾、教育幹部的有效工具之一」。周揚報告的論證過程是圍繞著新文藝的「新主題」、「新人物」、「新語言」、「新形式」展開的，目的是論證「新的人民的文藝」爲什麼是「新」的。**新主題**，主要指民族戰爭、階級鬥爭、勞動生產。**新人物**，主要指工農兵大眾。**新語言**，主要指經過改造的、大眾化的農民語言或民間語言。**新形式**，指經過改造的、能夠表現上述主題和人物的各種形式，主要指的是民間文藝形式，任何舊形式（封建主義的、資產階級的）只要能夠改造成爲人民服務的形式，就是新形式。這種新的人民的文藝的代表是──小說有趙樹理的《小二黑結婚》、《李有才板話》等；馬烽和西戎的《呂梁英雄傳》；袁靜和孔厥的《新兒女英雄傳》；周立波的《暴風驟雨》；丁玲的《太陽照在桑乾河上》；柳青的《種穀記》；歐陽山的《高幹大》；邵子南的《地雷陣》；草明的《原動力》等。詩歌有李季的《王貴與李香香》等。歌劇有賀敬之等的《白毛女》，柯仲平的《無敵民兵》，集體創作的《女英雄劉胡蘭》等。秧歌劇有《兄妹開荒》等。〔註 12〕。周揚的報告給人的感覺是，與國統區進步文藝界相比，解放區的文藝創作成績斐然，形勢一片大好，而且指明了新文藝的方向。

三、會場之外的交際

除嚴肅的、一本正經的大會會場之外，我們應該瞭解一下會場外面的私人生活。先來瞭解一下作爲作家的丁玲。丁玲直到 1949 年 6 月 8 日才到北京出席第一屆文代會，入住東總布胡同 22 號二樓，與沙可夫、蕭三和甘露夫婦爲鄰居。丁玲沒有在 1949 年年初進京，主要是因爲她自 1948 年 11 月到 1949 年 5 月有兩次出國訪問經歷，一次是經莫斯科到匈牙利的布達佩斯出席「國際婦女聯合會第二次代表大會」，另一次是參加新中國和平代表團出席在巴黎召開的「世界和平大會」（後因法國政府阻撓，只得在捷克斯洛伐克首都布拉格另設分會場，會後丁玲在莫斯科訪問兩周，於 5 月 19 日返回瀋陽）。對於進京一事，丁玲實際上一直在猶豫不決。早在 1948 年 6 月，周揚就致信丁玲，希望丁玲能與他搭檔參與文藝領導工作，但丁玲因周揚對尚未出版的《太陽

〔註 12〕周揚：《新的人民的文藝》，《中華全國文學藝術工作者代表大會紀念文集》，
　　　　第 70～78 頁，新華書店，1950。

照在桑乾河上》手稿「有意表示冷淡」〔註13〕而心存芥蒂。丁玲曾將《太陽照在桑乾河上》手稿交給周揚，但一直沒有得到回音，於是轉交胡喬木，胡喬木表示「不一定看，出版好了」，還對丁玲說「不必去做文委工作，不合算，還是創作」。〔註14〕陳伯達也認為《桑乾河上》可以出版，並轉告丁玲說，艾思奇認為「有些場面寫的很好」，艾思奇「對周揚所說的原則問題，以及所謂老一套都不同意」。不久之後胡喬木又改口，說還是要看過之後再出版，丁玲感覺「有些不耐了」，認為這是對自己的不信任，「對周（揚）太相信……我的確不明白，以他那樣的一個聰明人為什麼會不瞭解周（揚），而且極力支持他？總之，我不能再管了，出不出靠命吧。」〔註15〕1948 年 6 月 6 日，丁玲的丈夫陳明致信丁玲，將自己在石家莊聽到的關於《太陽照在桑乾河上》的審閱、出版經過告訴丁玲：「長篇經艾（思奇）、蕭（三）、江（青），三人看過，聯名下了四條意見，請中宣部批准出版……（鄧穎超）說已電告東北局，囑修正出版，由你帶出國。」6 月 18 日，陳明再致信丁玲說江青當面對他說，《太陽照在桑乾河上》寫的很好，並說毛主席希望丁玲今後寫寫城市、工業題材。〔註16〕也就是說，更多顯赫人物的介入，使得周揚的「冷淡」變得沒有意義了，但丁玲心裏一直不舒服。

　　1948 年與 1949 年之交，除了出國訪問之外，丁玲一直生活在東北瀋陽。1949 年 6 月之前，中共東北局宣傳部副部長劉芝明找她談東北文協的事情，讓丁玲在「文代會」結束後回東北工作，丁玲沒有明確地答應或者拒絕。劉芝明將丁玲和徐懋庸兩人的名字上報中央，希望能讓他們中的一人來負責東北文協。丁玲認為自己「還是寫文章好」〔註17〕她私下裏一直堅持這樣的觀點：「只要我有作品，有好作品，我就一切都不怕，小人是沒有辦法的。」〔註18〕丁玲在解放前後一直對文學的組織工作持保留態度。她在 1949 年 3 月 14 號的日記中寫道：「我沒有去北平開第一次全國婦女代表大會，從個人的厲害上講來，也許是錯了。但我實在覺得老是開會、開會做什麼呢？已經有那麼多人，我就不必去……讓我忘記一些可怕的人的影子吧。在下層，在

〔註13〕《丁玲全集》第 11 卷，第 337 頁，石家莊，河北人民出版社，2001。
〔註14〕《丁玲全集》第 11 卷，第 339 頁，石家莊，河北人民出版社，2001。
〔註15〕《丁玲全集》第 11 卷，第 343 頁，石家莊，河北人民出版社，2001。
〔註16〕《丁玲年譜長編》（上），第 227～229 頁，天津人民出版社，2006。
〔註17〕《丁玲全集》第 11 卷，第 371 頁，石家莊，河北人民出版社，2001。
〔註18〕《丁玲全集》第 11 卷，第 342 頁，石家莊，河北人民出版社，2001。

農民與工人之中，人就會愉快起來」。〔註 19〕丁玲甚至不准備去參加「文代
會」：「我不願去北平參加全國文藝協會。但是不能，組織上的命令我只有服
從，我當然也明白我是應該去的。好吧，再開兩個月會吧，以後不要再開了！
讓我有兩三年的寫作時間，讓我回到群眾中去！……文藝界向來是冷漠的，
彼此不關心，小宗派。當我不在這裡的時候，我會忘記，我一回到這個圈子
裏來，我就感到了。幸而有一些組織上的會議，要沒有這一些，我想是老死
不相往來，不相聞問的！爲什麼是這樣！爲什麼是這樣！我極力要裝出不感
到，也不說。但我自己卻要給人以關心，以熱情。我要反對這些，用我自己
的實際行動來反對這些庸俗的自私的個人主義！」〔註 20〕

　　一到北京，丁玲便身不由己，所以在家信中說：「我還不能給劉芝明報告
（案，指明確回答劉芝明是否回東北工作），要等周揚再來時談，他現在是宣
傳部副部長。」〔註 21〕接著她便捲入了中國文藝界的領導工作之中，先是中
國文聯常務委員，後是中國文協副主席，再後來成爲《文藝報》主編、「中央
文學講習所」首任所長。在文代會期間，她在大會上做了專題發言：《從群眾
中來，到群眾中去》，聲稱「毛主席文藝座談會上的講話規定了新中國文藝的
方向」，進而以自己的切身體驗和理解來闡釋文藝工作者如何「從群眾中來，
到群眾中去」。儘管她在給家人的信中說，寫這個發言稿「是一件很艱難的工
作」，〔註 22〕但還是寫得中規中矩、像模像樣：「在現實生活中，在與廣大群
眾生活中，在與群眾一起戰鬥中，改造自己，洗刷一切過去屬於個人的情緒，
而富有群眾的生活知識、鬥爭知識和集體主義精神的群眾的感情，並且試圖
來表現那些已經體驗到的東西。」一串排比顯得十分激昂。她還適時地表明
要與小資產階級思想決裂：「文藝工作者還需要將自己丟棄過的或準備丟棄、
必須丟棄的小資產階級的、一切屬於個人主義的骯髒東西，丟得更乾淨更徹
底，而將已經取得的初步的改造的成果，以群眾爲主體，以群眾利益去衡量
是非，冷靜的從執行政策中去處理問題的觀點……務必使自己稱得起毛主席
的信徒，千眞不假的做一個人民的文藝工作者。」〔註 23〕。對於什麼時間、

〔註 19〕《丁玲全集》第 11 卷，第 367～368 頁，石家莊，河北人民出版社，2001。
〔註 20〕《丁玲全集》第 11 卷，第 379～380 頁，石家莊，河北人民出版社，2001。
〔註 21〕《丁玲全集》第 11 卷，第 84 頁，石家莊，河北人民出版社，2001。
〔註 22〕《丁玲全集》第 11 卷，第 86 頁，石家莊，河北人民出版社，2001。
〔註 23〕丁玲：《從群眾中來，到群眾中去》，選自《中華全國文學藝術工作者代表大
　　　　會紀念文集》，第 175 頁，新華書店，1950。

在什麼場合，應該說什麼話，丁玲是明白的。但她身上也有強烈的個性或者個人主義色彩，甚至「小資」諸調也很明顯。這是她作為一位作家的個人氣質，從她的日記和家信中可以分明看出。文代會期間，儘管她認為自己「不能四處拜訪人」，「沒有什麼事情，一時插不下手」，但還是去看望了老友沈從文等人，後又與何其芳一起去看望沈從文。〔註 24〕文代會期間，她經常與胡風、艾青、歐陽山等人聊天，邀請胡風等人到中山公園或北海公園之茶社夜飲，聊天。9 月政協會議期間，還多次邀請胡風到東總布胡同 22 號家中飲酒吃蟹。（或許迫於形勢，後來她漸漸疏遠昔日的老友）。文代會期間，丁玲沒有日記，家書中也很少提及會議間的情況。

著名作家葉聖陶、宋雲彬、胡風的日記，是當事者留下的記錄中最為詳盡部分，透露了一些與大會場內不同的信息。先看看葉聖陶的日記。

16 月 25 日：「午後至文協會所，開擴大常務會議……主席團之擬定，頗費斟酌。此是解放區之習慣，蓋視此為一種榮譽也。」6 月 28 日：「至東總布胡同，開末次之全體籌備委員會，通過各代表團團長副團長人選，大會議程，主席團人選，全體代表人選等項。皆極費斟酌，而余則無所用心，默坐而已。」7 月 2 日：「晨至懷仁堂。大會以 8 點 40 分開。郭沫若之主席致詞如朗誦詩，義實平常。」7 月 4 日：「雁冰作報告，談國統區之革命文藝活動，依據發布之印刷品而講說，如教師講課然。」7 月 6 日：「周恩來向文代會代表作政治報告……余聽其辭未畢，與喬峰、振鐸先出……後知周之講話凡歷 6 小時。」7 月 19 日：「出席文代會末次大會。郭沫若作大會總結。余未能聽明白……沫若作閉幕詞，有一語最可記，此次大會費用值小米 300 萬斤……余以出席甚少，所得無多。」7 月 26 日：「開會之事，主席大有關係，主席爽利，進行快速，主席黏滯，即便遲緩。今日成仿吾為主席，即此二事，討論歷三點多鐘。」〔註 25〕

從宋雲彬的日記中可以看出，他對領導在會上的講話之冗長印象深刻。1949 年 5 月 5 日：「下午三時，周恩來在北京飯店作報告，由文管會以座談會名義邀請文化界人士出席，到者二百餘人，欲『座談』何可得也？周報告甚長，主要在闡明新民主主義真義及共產黨政策。然對文化界人士報告，有些淺近的道理大可『一筆帶過』，而彼反覆陳說，便覺辭費矣。報告至六時

〔註 24〕　《丁玲全集》第 11 卷，第 84 頁，石家莊，河北人民出版社，2001。
〔註 25〕　《葉聖陶集》22 卷，第 52〜59 頁，南京，江蘇教育出版社，2004。

半宣告休息，余與聖陶乘機脫身。……」4 月 11 日：「時髦術語，稱爲『學習報告』……余表示吾人應不斷學習，匪自今始。唯物辯證法等亦當涉獵，且時時研究，但如被指定讀某書，限期讀完，提出報告，則無此雅興也。」4 月 12 日：「與聖陶小飲，談小資產階級。余近來對滿臉進步相，開口改造，閉口學習者，頗爲反感。將來當撰一文，專談知識分子，擇一適當刊物發表。」6 月 5 日，記柳亞子與東四二條教材編審委員會辦公室武裝警衛發生衝突之事：「柳老進門時，門房請其登記，彼大怒，謂此係官僚作風，不顧徑入，警衛員隨之入內，柳老至辦公室，見案頭有墨水瓶，舉以擲之。……柳太太謂今日警衛員確有不足，因彼曾持所佩木殼槍作恐嚇狀也……聖陶謂我們不需要武裝警衛，今後須將警衛員之武裝解除，」7 月 2 日：「上午全國文代會開幕，出席代表及來賓共約六百餘人。余之席次爲四百零三號，旁有沙發二，專供齊白石、高士其坐。」7 月 5 日：「文代會有曲藝晚會……連闊如爲北平曲藝界出席文代會之代表，然其『評書』表演殊平平也。」7 月 6 日：「下午出席文代大會，周恩來作報告，自二點半至七點半……期間休息不及一小時也。」7 月 16 日：「上午文代會來電話請出席，以今日選舉委員，事關重要也。聖陶、孟超皆出席，余獨未往。」〔註 26〕

胡風日記的記述並不十分詳盡，但每天堅持記，所以留下了一份珍貴的記錄。在第一章中已經介紹過胡風進京的曲折道路。他一路上儘管沒有得到什麼高規格的接待，但他能夠從兩件事情中得到安慰，一是最高層中有領導人一直記著他、信任他，二是一路上遇見的作家，無論是已經成名的還是青年作家，念及他在三四十年代的文學聲望，對他都十分尊重。進京之後一直到文代會召開的這一段時間裏，胡風極其矛盾，他的行爲可以這樣概括：受文壇要人「冷落」，與作家頗爲親近。會場中消極，甚至不肯發言：會場外積極，幾乎天天與朋友飲酒、長談，有時竟通宵達旦討論文學問題。一方面滿懷介入的熱情，一方面拒絕與茅盾等人合作，鬧情緒。胡風之所以鬧情緒的原因，在後來呈送給中央的《關於解放以來的文藝實踐情況的報告》（即「三十萬言書」）中有所表露：「在李家莊（案，1949 年 3 月 21 日夜），周總理囑我到北平後和周揚、丁玲同志研究一下組織新文協的問題。但舊文協由上海移北平的決定恰恰是我到北平的前一天公佈的，到北平後沒有任何同志和我

〔註 26〕宋雲彬：《北遊日記》，見《紅塵冷眼》，第 125～141 頁，太原，山西人民出版社，2002。

談過處理舊文協和組織新文協的問題。我是十年來在舊文協裏面以左翼作家身份負責實際工作責任的人，又是剛剛從上海來，但卻不但不告訴我這個決定的意義，而且也不向我瞭解一下情況，甚至連運用我是舊文協負責人之一的名義去結束舊文協的便利都不要。這使我不能不注意這做法可能是說明了文藝上負責同志們對我沒有信任」。〔註27〕文代會的前期籌備工作沒有邀請胡風參加，他也不是常委。進京之後也象徵性參加過幾次籌備會全體會議，但沒有進入決策層。胡風日記中記載，直到 1949 年 4 月 5 日他才「收到『全國文協』籌委會『常委會』會議記錄」。〔註28〕6 月 4 日才從許廣平處才「知道了一點代表團的情形」。他原有的情緒已經開始漸漸表露出來，並開始與茅盾較勁兒。

　　4 月 8 日：「被茅盾綁（架）到永安飯店商提蔣管區參加『文協』的代表名單，到後談了幾句就溜出來……」接著開始拒絕參與茅盾主編的《文藝報》（會刊）工作。4 月 17 日：「廠民、茅盾來談《文藝報》事，我堅辭主編責任。」4 月 18 日：「訪沙可夫，談辭去《文藝報》編輯事。」4 月 20 日：「廠民來，要填表去登記《文藝報》，我辭謝了。」4 月 22 日：「茅盾來，閒談二小時以上，目的是爲了要我五一出去演講，他好向吳晗交差。」4 月 26 日：「茅盾來，還是要我不辭《文藝報》編委。」4 月 29 日：「茅盾送來《文藝報》第一期稿，我沒有看。」4 月 30 日：「晨，被茅盾吵醒，又是《文藝報》的編輯問題。」5 月 20 日：「茅盾來談了約二小時，似乎又覺得不能得意而順遂地去做。」6 月 8 日：「茅盾送兩首詩稿來，代他看了。」6 月 9 日：「看了楊晦等起草的國統區報告草稿（鉛印的），主要是對我的污蔑。……沙可夫、丁玲來，沙可夫談起報告，我表明了態度，拒絕了出席會議。……得胡喬木信，官架子十二萬分。」6 月 22 日：「董均倫來，要爲《文藝報》寫文章。」6 月 24 日：「茅盾差遣太太來要稿。」6 月 28 日：「（大家）臉色都變了，避免和我談話。」6 月 30 日：「到懷仁堂開文代會預備會。已見過的人避不講話，新見到的人，有的很親熱。」7 月 4 日：「茅盾作國統區報告，還是胡繩黃藥眠那一套。……得趙紀彬信，邀我到青島教書。」〔註29〕7 月 15

〔註27〕《胡風全集》第 6 卷，第 107 頁，武漢，湖北人民出版社，1999。

〔註28〕《胡風全集》第 10 卷，第 50 頁，武漢，湖北人民出版社，1999。以下所引，只寫胡風日記的日期，不再詳注。

〔註29〕胡繩（1918～2000），曾任重慶《新華日報》編委，政務院出版總署黨組書記，中央黨史研究室主任，中國社科院院長等職。1948 年發表長文《評路翎的短

日：「寫對於國統區報告的意見，文出。」7 月 19 日：「閉會。照相。與丁玲一道到文代會籌委會。她邀去『聊天』。……談到對於茅盾的估計，等。」

從胡風日記中可以看出，文代會前兩三個月裏，茅盾十幾次主動與胡風尋求「合作」，均遭到拒絕。胡風一方面對茅盾關於國統區文藝狀況的《報告》不滿，一方面又拒絕參與報告起草工作，導致該《報告》對國統區文藝創作的總體估價不足，許多優秀的作家和作品都沒有提及。其中原因十分複雜，後人無法置喙。不過，胡風除了拒絕與茅盾合作之外，其它工作（如文代會小說組、詩歌組的工作），則自始至終都參與了。有一種觀點認為，如果胡風不鬧情緒，而是積極合作，後果就會不一樣。這種說法是靠不住的。丁玲、艾青、羅烽、白朗等人不是一直在合作碼嗎？會議期間，丁玲、艾青、馮雪峰等人也暗示過，或委婉地批評過胡風的「情緒」，希望他能積極合作。胡風沒有接受那種「合作」方式。胡風在被打成「反革命集團」之前，一直在尋求合作，但不是跟周揚、茅盾等人合作，而是希望自己的文藝思想（比如反對圖解政治、將階級鬥爭漫畫化的創作方法，堅持將文藝的政治性，通過與作家主觀戰鬥精神的血肉關係，與文藝的藝術性結合在一起；比如將路翎等人視為新文藝的方向，而不是趙樹理，等等）得到更高層的認可，否則就不合作。實際上他就是這樣做的，直到 20 世紀 80 年代，他從來沒有改變過自己的觀點。

文代會的業餘時間，除偶而去看演出之外，胡風大部分時間都在與老朋友聊天、喝酒。經常接觸的人有：歐陽山、艾青、丁玲、馮雪峰、蕭殷、田間、袁靜、孔厥、周文、周穎、聶紺弩、馬加、路翎、阿壟、魯黎、魯煤、綠原、蘆甸、侯唯動、蘇金傘、呂熒等。這些人中一部分是老友，有的是有情緒，有的是不同程度受到打壓或冷遇。另一部分人是「七月派」胡風的學生輩。其中的歐陽山和艾青，幾乎是每天見面，一起到王府井大街的東安市場附近小酒館喝酒、閒談到深夜，對當時的文藝界頗有微辭。路翎、綠原、阿壟等人主要是來陪胡風的。

篇小說》，激烈批評路翎小說中的「小資產階級思想」。黃藥眠（1903～1987），歷任中共駐莫斯科青年共產國際代表，共青團中宣部長，中國文聯常委，北京師範大學教授。1946 發表《論約瑟夫的外套》等文章，激烈批判胡風等人的文藝思想。趙紀彬（1905～1982），筆名向林冰，1926 年入黨，後轉入文化界，歷任山東大學、東吳大學、中央黨校教授。1940 年以《論民族形式的中心源泉》一文介入關於民族形式的爭鳴。

四、文代會上的失蹤者

這裡所說的「失蹤者」，主要是指 1949 年以前就成爲著名作家的那些人，如蕭軍、高長虹、姚雪垠、沈從文、蕭乾、張愛玲、周作人、廢名、施蟄存、徐訏、葉靈鳳、無名氏、錢鍾書等人。下面簡單地介紹幾位。沈從文、蕭乾早在 1948 年就被郭沫若斥爲「反動文人」。與「京派」代表作家沈從文一直留在北京不同，蕭乾 1949 年在香港編《大公報》，3 月，他拒絕英國劍橋大學的聘任，毅然決定回北平，8 月乘海輪經青島於 9 月底到達北平。文代會在北京召開的時候，《圍城》的作者錢鍾書正在上海。錢鍾書與楊降 1938 年8 月自法國回國，到香港後一人下船獨自往昆明西南聯大任教授，不久後辭職到湖南藍田國立師範學院英文系擔任主任。1941 年暑假返上海探親，因太平洋戰爭爆發而滯留上海，在震旦女子文理學院和暨南大學兼課，1948 年推辭臺灣大學、香港大學、牛津大學邀請，1949 年 8 月 26 日接受清華大學聘書與楊降一起入清華教書。著名作家施蟄存無疑也是一位重要的「失蹤者」，1949 年蟄居上海，任大同大學中文系教授，經常與剛從南京「老虎橋」出來的周作人見面聊天；1950 年任滬江大學中文系教授；1952 年入華東師範大學教書，直到 2003 年逝世。《鬼戀》、《風蕭蕭》、《江湖行》、《悲慘的世紀》的作者徐訏 1949 年也在上海，1950 年 5 月離開上海到香港，任香港中文大學教授，浸會大學文學院長。40 年代因《北極風情畫》、《塔裏的女人》、《海豔》等作品而風靡一時的作家無名氏（本名卜乃夫），1949 年居住在杭州，建國後銷聲匿跡，1968 年囚禁於杭州小車橋監獄，1982 年經香港去臺灣。

作爲五四新文學運動先驅之一的周作人於 1949 年 1 月 26 日從南京老虎橋監獄提前獲釋（時年 65 歲），隨後在上海的一位學生尤炳圻家賦閒半年，日子過的幽閒舒適，高朋滿座，諸多老友學生前來探視，如施蟄存、陶亢德、徐訏、沈伊默、龍榆生等，並贈與不少錢財。他不時地爲人做詩題字。期間也開始了寫作和翻譯工作，編譯了《希臘女詩人莎波》，還爲上海《自由論壇報》的中文晚報副刊撰寫了不少文章。1949 年 7 月 4 日，周作人給周恩來寫了一封類似於「思想彙報」性質的長信，大致有兩層意思，一是表明他對共產主義的態度（「共產主義是唯一的出路」、「知道共產主義的正路，因此也相信它可以解決整個社會問題」），二是爲自己抗戰期間的行爲開脫。1949 年 8 月獲准回京，入住八道灣 11 號寓所，「解放後唯在家譯書，別無所事」。﹝註30﹞

﹝註30﹞　此處關於周作人的資料，包括周作人給周恩來的信（原刊《新文學史料》1987

　　周作人回到北下之後，學生廢名常陪伴左右。著名作家廢名是周作人在北京大學時的得意門生。二三十年代，周作人多次為廢名的小說寫序，贊許有加。廢名（本名馮文炳），畢業於北京大學英文系，1929 年留校任國文系講師，抗戰期間避難於湖北黃梅老家，任中、小學教員。1946 年抗戰勝利後返回北京大學，由俞平伯推薦為國文系副教授，1949 年任教授，1952 年院系調整，被調往長春東北人民大學（後更名吉林大學）中文系任教授，1956 年任中文系主任，1967 年 10 月 7 日病逝於長春。

　　1949 年 2 月，上海著名作家張愛玲，應電影導演弧桑之邀，執筆電影劇本《哀樂中年》，同年公演。5 月 27 日上海解放，夏衍接管上海文化界，對張愛玲也表示了「團結」之意，並於 1950 年 7 月邀請張愛玲出席上海市第一次文代會，還有意讓張愛玲參與上海電影劇本創作所工作。〔註31〕夏衍同意創辦《亦報》、《大報》等通俗小報。報紙同人開始約周作人、豐子愷、張愛玲等人撰稿。1950 年 3 月，張愛玲以「梁京」為筆名，開始為《亦報》寫連載小說《十八春》（20 世紀 70 年代在海外出版時改名《半生緣》），直到 1951 年 3 月才連載完畢，1951 年 11 月出版單行本，共 18 章 25 萬字。《十八春》的連載在上海的讀者中反響巨大，《亦報》緊接著又約張愛玲的新作，於是有了《小艾》。《小艾》1951 年 11 月 4 日開始在《亦報》連載，到 1952 年 1 月 24 日結束。據說寫作《小艾》之前，張愛玲有過隨同上海文化界土改工作團到蘇北體驗生活三四個月的經歷，她後來的小說《秧歌》和《赤地之戀》，都與這次下鄉的經歷有關。〔註32〕1952 年 7 月，張愛玲離開上海去香港，後定居美國。

　　著名「狂飆文人」高長虹，1949 年一人孤獨地住在瀋陽的一家旅館（中共東北局招待所），屬於「因病而需要監管」的對象。高長虹 20 年代因與魯迅的恩怨蜚聲文壇，後輾轉東京、法國、意大利、香港、武漢、重慶，1942 年春進入延安，在丁玲創辦的「星期文藝學園」授課。老作家舒群在接受採訪時回憶說：「高長虹徒步進入延安之後，經有關方面醞釀，責成延安魯藝代

　　　　年第 2 期），均見陳子善編：《知堂集外文‧四九年以後》，長沙，嶽麓書社，1988。
〔註31〕柯靈：《遙寄張愛玲》，見陳子善編：《私語張愛玲》第 21 頁，杭州，浙江文藝出版社，1995。
〔註32〕殷允芃：《訪張愛玲女士》，見陳子善編：《私語張愛玲》第 118 頁，杭州，浙江文藝出版社，1995。另見蕭關鴻：《尋找張愛玲》（1995 年 11 月 10 日《南方周末》），言及張愛玲的姑夫李開第證明張愛玲參加過土改。

爲照管，並給了他一個陝甘寧邊區文協副主任的名分。當時文協主任是柯仲平，高對這種安排有所不滿，因爲他在狂飆社的地位比柯仲平高。高當時經常給延安《解放日報》第 4 版投稿，文、史、哲無不涉及，但由於缺乏馬列主義基本理論的武裝，思路不清。據我回憶，他的文章大約一篇也沒有採用。我當時曾接替丁玲擔任《解放日報》第 4 版的主編，出於對高的尊重，退稿時往往由我親自出面，因此跟高接觸的機會比較多。1943 年年底至 1944 年 8 月，我改任魯藝文學系主任。高長虹住在魯藝北面山頭的一個窯洞裏，我也住在魯藝校外的窯洞，與高的住處相距不遠。因爲高由魯藝照管，所以我常去看他。在我的印象中，高長虹個子很矮，頭髮半白，身體瘦弱，有點歇斯底里，不過還保持著一點童心。他待人比較眞誠，對延安『搶救運動』中出現的擴大化現象十分不滿。」〔註33〕1946 年毛澤東曾問高長虹，是留在延安還是在哪個解放區去高長虹說：「我想到美國去考察經濟！」毛澤東聽後大怒，將高長虹逐出室外。據說這次談話在黨內高級幹部中傳達了，以後對高長虹不再信任，不再重用。〔註34〕1946 年 9 月，高長虹離開延安到達哈爾濱，住在東北局宣傳部招待所。1949 年東北局遷至瀋陽，高長虹隨行，在瀋陽又與舒群相見，要求安排工作，並因舒群的關懷之情而「掉了眼淚」。此時的高長虹，已經被懷疑有精神病，再後來便「下落不明」。2005 年，高長虹的孫女，一直生活在山西老家的獨生子高曙之女高淑萍，一位普通的農村婦女，自費從山西老家到瀋陽尋找高長虹的下落。她找到了當年高長虹住宿的東北旅社的三位老員工，得知當年高長虹一直住在 2 樓 205 房，直到逝世。在三位老員工的印象中，「高長虹有文人氣質，特別是留一頭齊肩的花白頭髮，更加引人注目。當時住在『東北旅社』的幹部中有三、四人有精神病，特別是凱豐（時任東北局宣傳部長）的夫人王茜，病情比較嚴重，行動有人監管。而高長虹每天都外出散步，行動不受限制，大家只覺得他沉默寡言，性格怪異，並不覺得他有什麼精神病。」三位老人共同回憶，確定高長虹 1954 年春天病死在他居住了 5 年多的 205 房。工作人員將他安葬在瀋陽塔灣公墓。〔註35〕

還有一位茅盾最欣賞的譽爲「抗戰文學新典型」的作家、《差半車麥稭》

〔註33〕陳漱渝：《尋找高長虹》，全國政協主編：《縱橫》2007 年第 3 期。另見《剪影話滄桑》第 220～226 頁，上海遠東出版社，2008。
〔註34〕董大中：《魯迅與高長虹》，第 24～25 頁，石家莊，河北人民出版社，1999。
〔註35〕陳漱渝：《尋找高長虹》，全國政協主編：《縱橫》2007 年第 3 期。另見《剪影話滄桑》第 220～226 頁，上海遠東出版社，2008。

的作者姚雪垠，在第一次文代會上也失蹤了。抗戰時期，姚雪垠曾擔任過中華全國文藝界抗敵協會（文抗）理論部副主任，與胡風同事。1945 年前後在重慶，姚雪垠曾遭到胡風的激烈批判，被冠以「色情作家」的頭銜，後來又遭到邵荃麟等正統左翼的批判。姚雪垠於 1946 年回到老家河南，1947 年返回上海一直待到上海解放，人們彷彿把他忘記了。他一度甚至想到臺灣去。1949年文代會期間，姚雪垠正在上海的大廈大學當兼職教授。姚雪垠無疑是國統區左翼作家內部火併的犧牲品。

下面要介紹著名左翼作家、《八月的鄉村》的作者、「魯迅的學生」、延安「魯藝」教員、東北魯迅藝術文學院院長蕭軍。北京全國文代會正在緊鑼密鼓地籌備著的時候，蕭軍還在東北。1949 年 4 月，蕭軍和妻子王德芬一起，被中共東北局領導劉芝明安排到撫順礦務局體驗生活，關係掛在礦務局總工會資料室，連進京的資格都沒有，更不要說參加文代會了。由於文藝觀或價值觀的差異，蕭軍在 20 世紀 40 年代遭到兩次嚴厲的批判，一次在延安，一次在東北。

蕭軍於 1940 年 6 月到達延安，一度是毛澤東窰洞的座上賓，兩人之間的談話無拘無束，書信往來，平等自由。對此，蕭軍在《延安日記》中有詳盡的記錄。沒過多久，他就開始對延安文藝界表示反感。他的想法誠摯、天真、激進，不能見容於延安文藝界。比如他認爲：「文藝作家和將軍政客不同的，他不能任命，也不能借光，更不能以別人的犧牲鑄成自己的成功。」「革命政黨中的卑劣分子，那是應該和他鬥爭……美麗之中一定要有醜惡的對象存在；常常是美麗的花朵要從醜惡的糞土裏生長出來。」「延安文藝現象上有著兩種傾向：一個是作家寫東西總是不敢走出圈子一步……再就是一些政治負責人，對於文藝隨便根據自己的淺薄見解寫文章。……」「給毛澤東去了一封信，請他約定時間和我作一次談話……我要把一些事實反映上去，這對中國革命是有利的……我要決定認識中國共產黨的真面目，以決定我將來的去留……。」送出給毛澤東、洛甫（張聞天）、艾思奇的信，他決定等開完魯迅逝世紀念大會後就離開「邊區」。毛澤東約他長談，聽取了意見，挽留了他，並致信給他說：要注意自己的方法、省察自己的弱點，方有出路，否則痛苦甚大。〔註36〕蕭軍留下來了，參加文藝座談會。座談會前夕

〔註36〕蕭軍：《延安日記》，見《人與人間——蕭軍回憶錄》，第 334～349 頁，北京，中國文聯出版社，2006。

的三四月間，由延安《解放日報》發起了「還是雜文的時代」的討論，蕭軍、丁玲、王實味、羅烽、艾青都是積極參與者。〔註37〕5 月 2 日，「延安文藝座談會」正式召開，直到 5 月 23 日結束。蕭軍在會上多次「放炮」，引起了一些人的不滿。特別是在 23 日會上，蕭軍爲自己並不太熟悉的王實味辯護，遭到毛澤東的秘書胡喬木的反駁。6 月 4 日，參加中央研究院第二次對王實味的鬥爭會，蕭軍嚴厲批評圍攻王實味者不讓王實味辯解的行爲。10 月 2 日，碰上幾近瘋癲的王實味。王實味大聲呼叫蕭軍的名字，希望得到蕭軍的幫助。蕭軍受王實味的委託轉信給毛澤東。王實味寫給中央領導人的信中說：「偉大的喬（案，胡喬木）、轉呈偉大的毛主席、轉黨中央：我要請教你們偉大的偉大的偉大的，人爲什麼要用『腳底皮』思維呢？……爲什麼『爲工農』的偉大的偉大的那樣多，而工農卻覺得自己是『三等革命』『不是人』『沒有出路』呢？……爲什麼說謊的是好幹部，而老實人卻是反革命呢？」〔註38〕10 月 18 日魯迅逝世紀念會，會上再一次爲王實味辯護，遭到周揚、柯仲平、艾青、李伯釗、陳學昭等人的批評。最後落了一個「同情托派分子」的罪名。

　　1945 年 11 月 15 日，蕭軍帶著三個「崽兒」，隨魯藝文藝大隊向東北進發，於 1946 年初到達張家口，9 月到達哈爾濱，隨即有 50 多天的巡迴演講，轟動一時。11 月初到達佳木斯就任東北大學魯迅藝術文學院院長，不久辭去院長職務。後來在當時東北局領導人彭眞的支持下，到哈爾濱創辦了一份短命且不斷惹麻煩的報紙：《文化報》。與此同時，由中共東北局秘書長兼宣傳部副部長劉芝明掛帥、劇作家宋之的主編的《生活報》，也在哈爾濱創刊。不久，兩張報紙便針鋒相對展開了激烈的論爭。蕭軍在《文化報》發表了《蘇聯人民中底渣滓》、《新年獻辭》以及《古潭裏的聲音》等文章，對來自《生活報》上綱上線的批評進行了無情的還擊。其中，以《古潭裏的聲音》爲名

〔註37〕此次討論有丁玲、王實味、羅烽、艾青和蕭軍等人，他們都是共產黨員，於 1942 年三四月間在《解放日報》文藝副刊上發表一系列雜文，主要描寫了對延安的深切失望的一種「幻滅感」，主要描細了「幹部冷漠、虛幻和官僚主義」等。同毛澤東所提出的文藝要寫光明，並且要摒棄魯迅式的「淫穢曲折的」、「冷嘲熱諷式的雜文形式」等《講話》觀點相違背。這些文章包括：丁玲的《三八節有感》，王實味的《野百合花》《政治家、藝術家》，蕭軍《論同志之「愛」與「耐」》，羅烽《還是雜文的時代》，艾青《瞭解作家、尊重作家》等。

〔註38〕蕭軍：《延安日記》，見《人與人間——蕭軍回憶錄》，第 386 頁，北京，中國文聯出版社，2006。

的一組文章共 4 篇，副標題都是《駁〈生活報〉的胡說》，言辭犀利，嬉笑怒罵，痛快淋漓，但也招致了嚴重的後果，引起了東北局宣傳部主持的對蕭軍反動思想的批判，罪名是「挑撥中蘇友誼，誹謗人民政府，污蔑土地改革，反對人民解放戰爭」。1948 年 5 月，東北局黨組織公佈了《中共中央東北局關於蕭軍問題的決定》、《東北文藝協會關於蕭軍及其〈文化報〉所犯錯誤的結論》等文件。東北局宣傳部部長劉芝明親自撰寫長文《關於蕭軍及其〈文化報〉所犯錯誤的批評》，並組織東北文藝協會等 15 個團體召開聯席大會，對蕭軍進行集體批判，還組織了徐懋庸、草明、張心如、陳學昭等人撰寫批判文章。〔註 39〕劉芝明的批判文章以《蕭軍批判》為名，有多家書店出版了單行本在全國發行，認為蕭軍《文化報》的錯誤是「嚴重的、原則性的」，其思想是「墮落的、反動的」，蕭軍的思想上的三個罪名是「極端自私的個人主義」、「反階級鬥爭學說」、「狹隘的民族主義」，並認為「蕭軍的小資產階級道路是一條死路」。〔註 40〕同一書的香港新民主書店版的編者，稱蕭軍為「才子加流氓」型的作家。這些有組織的批判，宣佈了蕭軍的政治生命和文藝生命的終結。所以才有第一章提到的，蕭軍發配撫順礦務局的事情，才有 1951 年蕭軍向劉芝明要求回北京與家人團聚被拒絕而擅自離開工作崗位的事情，才有他試圖開設私人中醫診所的想法，才有了在北京 9 年的「無業游民」生活。

〔註39〕張心如、劉芝明、草明、徐懋庸、陳學昭等著：《蕭軍思想批判》，大眾書店（北京、天津、上海），1949 年 10 月。

〔註40〕劉芝明：《蕭軍批判》，天津，知識書店，1949。

101 試刊 1 號 1949 年 5 月 4 日

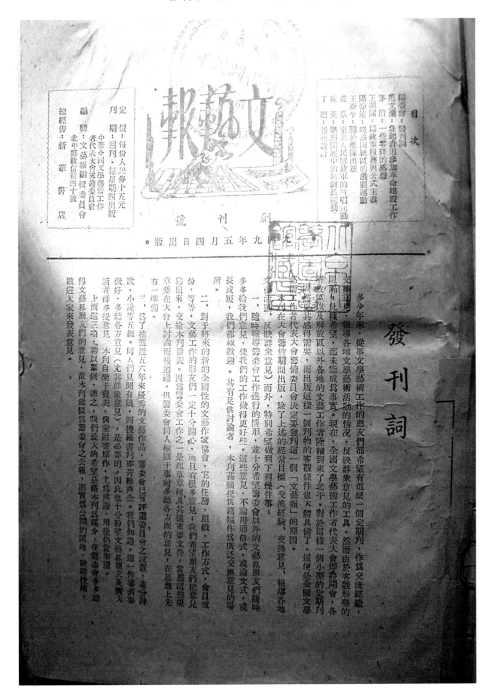

201 試刊 2 期

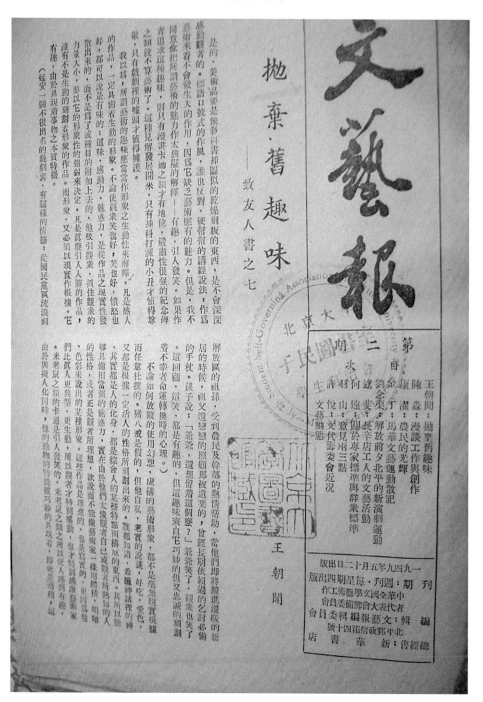

301 十二期

501 試刊 5 期

801 試刊 8 期

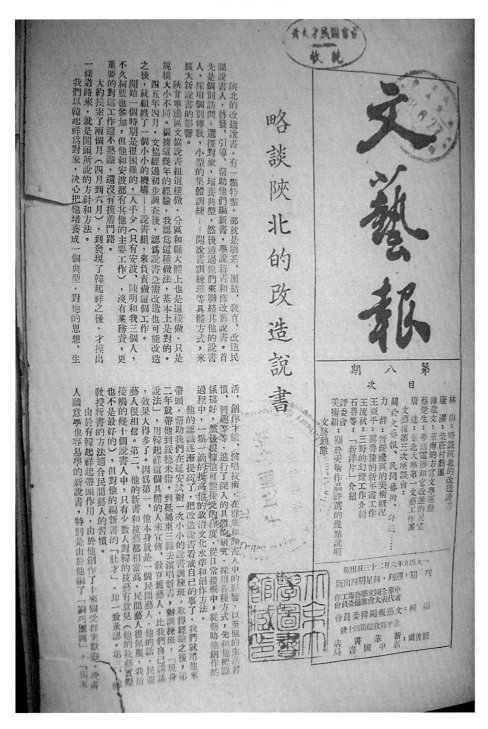

略談陝北的改造說書

陝北的改造說書，有一點特點，那就是聯系、團結、教育、改造民間說書人，啟發、引導、幫助他們編新書、學說新書和修改舊說書。首先是個別訪問，選擇對象，培養典型，然後通過他們來聯絡其他的說書人，採用個別傳教，小型的集體訓練——開說書訓練班等具體方式，來擴大新說書的影響。

陝甘寧邊區文協說書組這樣做，分區和縣大禮上也是這樣做，只是規模大小不同。根據這幾年的經驗，我認為這種做法，基本上是對的。

四五年四月，文協經過初步調查後，認為說書急需改造也可能改造之後，就組織了一個小小的機構——說書組，來負責做這個工作。人手少（只有安波，陳明和我三個人），沒有業務費，更開始一個時期是很困難的，不久柯藍也參加，但他和安波都有其他的主要工作，還沒有摸着門道。

大約摸索了兩個月（四月到六月），到發現了韓起祥之後，才摸出一條道路來，就是開頭所說的方針和方法，我們以韓起祥為對象，決心把他培養成一個典型，對他的思想、生

活、創作才能，演唱技術，在群眾和藝人中的影響，以至他的生活習慣、興趣等等，進行了深入的具體的研究，採用各種方式，先和他把關係搞好，然後根據他可能接受的程度，從日常接觸中，從幫助他創作的過程中，一點一滴的提高他的政治文化水準和創作方法，把他的認識逐漸提高了，把改造說書看成自己的事了，我們就把他帶頭，幫助我們在延安試辦一次小小的說書訓練班，取得經驗之後，帶他到綏米脂，到延屬東三縣去演唱新書，辦訓練班〔現身說法〕，效果大得多了。因為第一，他本身就是一個說書人，比我們自己宣傳，教育舊藝人，他的話，民間藝人很相信。第二，他的新書和技藝都相當高，民間藝人對韓有意思〔他的技藝實在接觸的幾十個說書人中，只有少數人對韓的新書的編輯起帶頭作用，由於他創作了十來個受群眾歡迎，特別是由於他編了〔劉巧團圓〕，〔福襲

教授新書的方法也容易學的新說書，特別是由於他編了

人願意學也容易學的，但對他的編新書的習慣也不是最好的，到

文藝報
第 八 期

目　次

林山：略談陝北的改造說書

康濯：榮莊村劇團

鍾敬文：葦甸的方言文學塞動

蔡楚生：粵語電影和它改進的展望

力群：陝綏邊區的美術概況

唐達：華北大學第一文藝工作團

王亞平：冀察豫的新年畫工作

王流秋：三野的幻燈工作

石魯等：「新洋片」介紹

美評委：關於美術作品評選的幾點說明

文藝動態

一九四九年六月二十三日出版
刊期：週刊・每星期四出版

編輯：文藝報編輯委員會
中華全國文學藝術工作者代表大會籌備委員會會員

北平郵政信箱第四十號
經售處：新華書店　中國書局

1948 年香港《大眾文藝叢刊》

斥反動文藝

郭沫若

今天是人民的革命勢力與反人民的反革命勢力作短兵相接的時候，衡定是非善惡的標準非常鮮明。凡是有利於人民解放的革命戰爭的，便是善，便是是，便是對革命的提倡。反之，便是惡，便是非，便是對革命的反動。我們今天來衡論文藝也就是立在這個標準上的，所謂反動文藝，就是不利於人民解放戰爭的那種作品，傾向，和提倡。大別地說，是有兩種類型，一種是封建性的，另一種是買辦性的。文藝是宣傳的利器，今天的反動勢力──國家壟斷資本主義，是集封建與買辦之大成，他們是全面武裝，武裝到了牙齒裏面，倒真真是五花八門，紅黃藍白黑，色色俱全的。

什麼是紅？我在遭兒只想說桃紅色的紅。作文字上的裸體畫，甚至寫文字上的春宮，如沈從文的「摘星錄」，「看雲錄」，及某些「作家」自鳴得意的新式「金瓶梅」，儘管他們有着怎樣的藉口，說屈原的離騷詠美人香草，索羅門的雅歌無關是毫無疑問的。特別是沈從文，他一直在抗戰初期全民族對日寇爭生死存亡的時候，他又裝起一個悲天憫人的面孔，誣之為「民族自殺悲劇」，把全中國的愛國青年學生斥為「比醉人酒徒邊難招架的冲撞大衆中小猴兒心性的十萬道童」。今天人民正用革命戰爭反對反革命戰爭」，也正是鳳凰燬滅自己，爭取民主再生的時候，從火裏再生的時候，他高唱着「與抗戰無關」論；在抗戰後期作家們正加強團結，爭取民主，他又喊出「反對作家從政」，而企圖在「報紙副刊」上進行其和革命「遊離」的新第三方面，所謂「第四組織」。（遭些話見所作「一種新希望」，登在去年十月二十一日的益世報。）遭位看雲摘星的風流小生，你看他的抱負多大，他不是存心要做一個廢登文素臣嗎？

什麼是黃？就是一般所說的黃色文藝。這是標準的封建類型，色情，神怪，武俠偵探，無所不備，迎合低級趣味，作麻醉人民意識的工具。在黃色作家羣中，多是道義觀念貧弱的窮文人，性格破產者，只要靠一枝毛錐可以糊口，倒不必一定有屬國殃民的明確意識，但作品傾向是包含着希圖橫財順手。在殖民地，特別在敵僞時代，被縱容而利用着，作爲

·19·

Derk Bodde　（1909～2003）

延安文化人士和中央機關進京線路圖

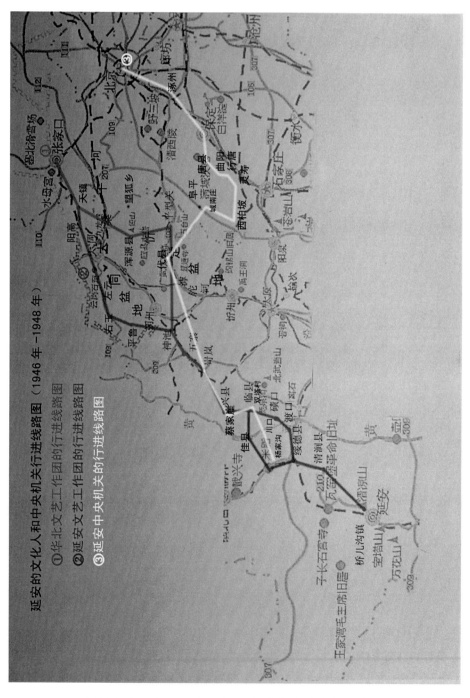

根據艾青日記、丁玲日記‧毛澤東年譜等材料繪製

毛澤東回見老舍田漢等文藝界人士 19600723

毛澤東在延安文藝座談會上 194205

毛澤東與周揚、茅盾・郭沫若（左至右）19490706 第一次文代會

胡風反革命集團

胡風的反馬克思主義的文藝思想

林默涵

對於胡風的錯誤的文藝思想，曾經有好些同志提出過批評。去年六月八日「人民日報」在轉載舒蕪的檢討文章「從頭學習『在延安文藝座談會上的講話』」時，也曾經在編者按語中明確而扼要地指出胡風及其小集團的文藝思想的錯誤性質，認為是一種資產階級、小資產階級的個人主義的文藝思想」。但編者按語沒有引起胡風的正視和檢討自己的錯誤。經過這次座談會，胡風雖然提出了一些檢討，但在根本問題上，仍然沒有徹底認識自己的錯誤觀點。

胡風的文藝思想，是在政治上他是站在進步方面，對國民黨反動的法西斯文化統治進行過長期的鬥爭。在這方面，他的文藝思想，也不是全部錯誤的，其中也含有正確的成分。但個別問題上的某些正確看法，並不能改變他整個思想的錯誤。胡風有他的貢獻，也有他的錯誤。

胡風的根本錯誤思想，是反馬克思主義的。但胡風卻一貫地以馬克思主義的文藝方針背道而馳的，打着擁護毛澤東同志所指示的文藝方針的根本區別，是有其一貫的根本思想的文藝思想，是符合毛澤東同志的文藝方針與毛澤東同志的文藝方針根本區別，打着擁護的根本區別。

胡風的錯誤思想的根源，是在於他一貫採取了非階級的觀點去對待文藝，而是離開了階級關係去尋求文藝現象的原因。可是，在階級社會中，離開了階級觀點，就不可避免地會使自己陷於錯誤。現實主義的堅持者和保護者自任的，但是，胡風所理解的現實主義是什麼樣的現實主義呢？

在胡風看來，現實主義的根本問題是什麼？照他看來，所謂作家的「主觀戰鬥精神」和客觀現實的結合，就是現實主義的強弱或有沒有的標誌。「第一，胡風片面地不適當地強調所謂「主觀戰鬥精神」，這根本上就不是反現實主義的，沒有強調客觀現實。」但是事實上卻是反現實主義的抽象的東西。因而他所說的現實主義也就只是一種沒有階級內容的抽象的東西，這樣的現實主義是不存在的。離開了階級性的觀點和離開了現實主義在各時代中的歷史具體性，必然不能正確地了解現實主義的根本問題，決不是如胡風所說的那樣抽象的「主觀戰鬥精神」，商這種抽象的「主觀戰鬥精神」，卻如胡風所說的那樣。

「主觀戰鬥精神」，由於它能夠正視和批判常時的現實，揭露資產階級的缺點和醜惡，這種現實主義有很大的進步作用，但它的階級立場問題。同樣，對於社會主義的現實主義者根本問題也不是育受它所依據的階級立場和世界觀所限制，因此不可充分反映工人階級的立場和世界觀。那就不管你的「主觀戰鬥精神」怎樣強烈，也不可能正確地充分地反映今天的現實。胡風的這一錯誤，就是給終撇開階級的觀點，看不到各種不同的現實主義的階級設計，因此也就看不到舊現實主義和社會主義現實主義的根本區別。

第三章　機關大院生活的榮譽和焦慮

一、東總布胡同二十二號

　　第一次文代會籌備期間（新中國成立前夕），中國「文聯」和中國「文協」的辦公地點都在東總布胡同 22 號（現 53 號）。1953 年之後，文聯搬到東四頭條 4 號，東總布胡同 22 號就成為中國作家協會的辦公室兼宿舍，同時購置了東總布胡同 46 號（現 60 號）做宿舍。對於作家而言，那是一個辦公室和私人居室合在一起，「公家」生活和私人生活攪作一團，榮譽和恐慌混雜、輕鬆和壓力兼顧的「黃金時代」。下面是現在的中國作家協會官方網站，對中國作家協會建國前期 17 年基本情況的介紹：

　　「1949 年 7 月 23 日中華全國文學工作者協會（中國作家協會的前身，簡稱『全國文協』）在北平成立，……主席茅盾、副主席丁玲、柯仲平。丁玲為文協黨組組長，馮雪峰為副組長。協會設職能部門 5 個，並相繼創辦《文藝報》、《人民文學》、《新觀察》等報刊，建立了中央文學研究所、創作委員會等機構。到 1953 年 7 月，定編 245 名，所屬單位 15 個。此間，馮雪峰、邵荃麟為『文協』黨組書記，舒群、陳企霞、嚴文井先後任秘書長。

　　「1953 年 9 月，全國文協召開第二次會員代表大會，選舉 88 人組成理事會，茅盾任主席，周揚、丁玲、巴金、柯仲平、老舍、馮雪峰、邵荃麟任副主席。……1953 年 10 月，文協正式更名為中國作家協會。周揚為作協黨組書記，邵荃麟為副書記。1955 年 4 月增補劉白羽為黨組副書記，陳白塵任作協秘書長。……

　　「1955 年 10 月，中國作協成立 9 人臨時工作委員會，為理事會閉幕期間

的執行機構。1956 年 3 月，在理事會第二次（擴大）會議上，正式成立作協書記處，原臨時工作委員會撤銷。書記處 11 人，劉白羽任第一書記，1955 年 12 月，書記處經中央批准進行改組，茅盾任第一書記。郭小川擔任作協秘書長。在肅反中，作協成立 5 人領導小組，劉白羽任組長。

「1956 年 12 月，任命邵荃麟爲作協黨組書記，劉白羽、郭小川爲副書記。1958 年，任命嚴文井任黨組副書記，免去劉白羽黨組副書記職務。1958 年反右後期，丁玲、馮雪峰的作協副主席職務被解除。在此期間，根據工作需要，作協機構屢有增減，1956 年所屬單位 19 個，編制 482 名。至 1960 年，所屬單位減爲 14 個，編制 400 餘名。

「1960 年 7 月，作協召開第三次理事會（擴大）會議，經這次會議增補後的理事會理事共 118 名，並增選劉白羽爲副主席，秘書長由張僖擔任。恢復劉白羽的黨組副書記職務，免去嚴文井、郭小川黨組副書記職務。1960 年，作協按照國家要求對機構做了大幅度削減，一些報刊、出版社相繼停辦。1962 年至『文革』前僅剩《文藝報》、《人民文學》兩個報刊和 5 個部室，編制 152 名。1965 年 8 月，劉白羽爲作協黨組書記，副書記嚴文井、張光年，許翰如爲作協秘書長。」〔註 1〕

中國作家協會自 1953 年從中國文聯中獨立出來之後就是正部級單位，比音協、劇協、美協的級別要高，屬於與共青團、總工會、全國婦聯、全國文聯同級別的「民間團體」。第一任作協主席茅盾同時兼任文化部長，行政四級。第一任黨組書記周揚同時兼任中宣部副部長，行政六級。作協副主席丁玲同時兼任中宣部文藝處（當時不叫「局」而叫「處」）處長，行政七級。〔註 2〕那時候整個中國作協機關，只有四十多個人（不包括機關院以外的刊物和文學講習所）。從 1953 年到 1954 年底，作家協會陸續成立了創作委員會、外國文學委員會、普及工作部、古典文學部、文學基金全委會、文學講習所。還編輯出版了《文藝報》《人民文學》《新觀察》《文藝學習》《文學遺

〔註 1〕 引自「中國作家網」：http://www.chinawriter.com.cn/zgzx/zxzl/32_7.htm，2008 年 7 月 22 日。

〔註 2〕 參見張僖：《隻言片語——中國作協前秘書長的回憶》，第 157、162 頁，北京，十月文藝出版社，2002。張僖（1917～2002）曾任東北魯藝文工團副團長，東北人民政府文化部辦公室主任，東北文聯副秘書長，中國作協秘書長、書記處書記。關於 50 年代中國作家協會的情況，完整系統的材料非常少，因此，與中國作協有 50 年姻緣的張僖的回憶錄很有價值。我接觸過協助張僖整理回憶錄的他的晚輩，瞭解到張僖發布回憶錄時的嚴謹負責態度。

產》《譯文》《中國文學》（英文版）等刊物。

　　創作委員會由周揚任主任，邵荃麟和沙汀任副主任。在創作委員會下，又成立了詩歌、小說、散文、戲劇、電影、兒童文學、通俗文學等創作組和文學批評組。創作委員會不但要有計劃地組織作家深入生活，還要經常與這些深入到生活第一線的作家聯繫，並幫助解決他們在深入生活當中遇到的困難和問題，還要經常組織作家討論作品和當前文學創作上出現的問題。

　　外國文學委員會的主任是蕭三，副主任是戈寶權。當時的中國和許多國家還沒有建立外交關係，因此，這個機構除了在文學上與國外的作家進行交往和聯絡之外，還做著許多國家在外交上不便於和一些國家聯絡的工作，即所謂「民間外交」。通過作家與作家之間的交往，達到中國與世界交流的目的。

　　普及工作部的部長是老舍，副部長是韋君宜。他們創辦了《文藝學習》刊物。這個部經常組織作家、大學文學教授等給青年作家作報告，或者召開業餘作者座談會。參加這些活動的有工人、農民、學生、戰士、機關幹部、學校的教員。

　　中國作家協會專門培養青年作家的機構是**文學講習所**，其前身是 1950 年冬天成立的中央「文學研究所」。到了 1953 年秋天，研究所劃歸中國作協領導，改組後叫做「文學講習所」。開始的時候主任為吳伯簫，後來由丁玲擔任。

　　1953 年 11 月成立**古典文學部**，部長鄭振鐸，副部長何其芳、聶紺弩、陳翔鶴。

　　文學基金管理委員會是作家協會對作家在物質上予以幫助的機構。委員有鄭振鐸、許廣平、陳白塵等人。駐會作家在創作期間，包括遊歷、旅行、體驗生活、搜集材料以至寫作、修改作品等等，如果在生活上遇到困難，都有權利向管委會要求無息貸款或津貼。

　　1954 年的駐會作家：周立波、張天翼、艾青、劉白羽、胡風、謝冰心、白朗、羅烽、艾蕪、陳學昭、趙樹理、馬烽、嚴辰（廠民）、雷加、康濯、秦兆陽、孔厥、袁靜、白薇、碧野、逯斐、菡子、西戎、古立高、金近、李納、楊朔、沙汀、舒群等人。1953 年前後，中國作協的日常工作主要是學習政治文件，進行學術研討。政治學習主要是《毛選》、《聯共黨史》、蘇聯的文學作品。每個星期有三個半天學習。而學術討論會也是經常的，每個星期起碼有

兩次。經常參加會議的有何其芳、袁水拍、陳荒煤等。會議大部分是林默涵主持。〔註3〕

當然，並不是所有的作家都喜歡開會，我們從丁玲、胡風、葉聖陶、宋雲彬等作家的日記中可以看到，他們對那時沒完沒了的會議和冗長而毫無新意的發言，表現出無奈的心情。事實上，往往是那些有耐心開會而又缺乏特別才能的人，能夠通過聽會得到回報。因為「聽會」和「領導講話」是相輔相成的。

東總布胡同 22 號既是作協機關辦公的地方，也是一些作家和領導同志的宿舍。據說這個院子頗有來歷，它最初是大漢奸、北洋軍閥時期北平鐵路局局長陳覺生的住宅。日軍佔領時期，這裡是日本憲兵隊的司令部。抗戰勝利後，這裡又成了國民黨軍統特務組織「勵志社」的所在地。因為當年的鐵路局長是在這座房子裏的樓梯上上吊自殺的，所以又被稱為北京「四大凶宅」之一。這是一個三進院落。後院的一座小樓共有五間住房，艾青住二層的一間（他當時的夫人韋熒帶著孩子住在東院的一間平房裏），陳企霞住一間（他的夫人帶著孩子住在貢院胡同），張僖住樓下一間（其家屬住在象鼻子中坑胡同），邵荃麟住兩間。在另一棟小樓裏，張天翼住一間（那時他還沒有結婚），沙汀住兩間，嚴文井住一間（後遷至 46 號）。而周立波全家住在後院的四間平房裏。在東總布胡同 22 號，還住著作家白薇、甘露等人。丁玲剛到北京的時候，也住在這裡。其它作家都住在外邊，馬烽、西戎、田間住在鼓樓，羅烽、白朗、舒群、劉白羽、康濯、陳白塵、趙樹理、艾蕪、秦兆陽、蕭乾、草明、張光年、郭小川等，都先後住進東總布胡同 46 號。〔註4〕

「每個星期六晚飯以後，許多作家和藝術家就到東總布胡同 22 號院來。沒有什麼預先規定的題目，也沒有什麼具體的組織和引導，只是隨便進行文學藝術交談，討論一下最近的新聞時事，而大多數時間則是遊樂活動，演唱、文藝表演、打麻將、下棋、聊天等等。當時的作家丁玲、茅盾、老舍、郭沫若、羅烽、白朗、舒群、李季、阮章競、謝冰心、趙樹理、張天翼、周立波；藝術家中，梅蘭芳、程硯秋、洪深、田漢、侯寶林、李波、王昆；北大的教授游國恩、何其芳、吳組緗，北師大的教授鍾敬文、呂叔湘；翻譯家馮至、

〔註3〕 參見張僖：《隻言片語——中國作協前秘書長的回憶》，第 31～35 頁，北京，十月文藝出版社，2002。

〔註4〕 這裡綜合了張僖《隻言片語》和嚴欣久《大醬園裏的作家們》一文的材料。嚴文見《北京文學》（精彩閱讀版）2004 年 10 期。

曹靖華、納訓等人，都是這裡的常客。

「許多知名人士經常即興表演。田漢唱過他自己寫的京劇《打漁殺家》，洪深唱過《審頭刺湯》。文聯副主席柯仲平和韓起祥說過相聲，趙樹理唱過山西的上黨梆子。侯寶林先生著名的相聲段子《醉酒》，就是在那裡產生的。談起《紅樓夢》的時候，大家不禁爭論起來，有的說林黛玉進北京是從德勝門進來的，所以住的應是北城……有的說，林黛玉住的地方根本不是北城，再說也不一定住哪城就非得從哪邊的城門進來……那是中國作家協會成立以後一段比較寬鬆的時期。」〔註5〕

二、五六十年代作家的待遇

1956 年，全國進行了工資改革。當時作家待遇定級情況：張天翼、周立波、冰心等人被定爲文藝一級（月薪 345 元，接近行政 6 級與 7 級之間），但政治或者行政待遇，只能靠行政八級（行政八級的月薪只有 287 元），實際上工資收入上比行政七級還要高。丁玲當時沒有靠專業級別，而是靠行政七級（月薪 322 元）。上海電影製片廠一級演員趙丹、白楊、金焰、舒繡文月薪爲 365 元（因地區差比北京同級略高）。被定爲文藝二級的有舒群、羅烽、白朗、陳企霞、草明等人。被定爲文藝三級的有康濯、馬烽、西戎等人。當時的文藝三級，就相當於正局級幹部的待遇。當時的作家在行政級和專業級之間，往往更傾向於選擇往行政級別靠。比如趙樹理放棄文藝 2 級（月薪 270 元），而靠行政 10 級（月薪 218 元）。邢野放棄文藝 3 級，選擇了行政 11 級。爲什麼這樣選擇？原因不言自明。再來比較一下作家與其它行業的待遇。1956 年工資改革之後，北京地區的教授月薪爲 207～345 元，副教授爲 149～241 元，講師爲 89～149 元，助教爲 56～78 元。研究生畢業爲 70 元（行政 20 級），本科畢業爲 62 元（行政 21 級），大專 56 元（行政 22 級），高中學歷者 37～46 元，初中學歷者 33 元。當時大城市居民的人均每月基本生活費爲 10～15 元。當時城鎮的普通職工平均月薪是 40 元左右。〔註6〕

作家除了工資之外還有稿費收入。那時候全面向蘇聯學習，稿費制度也是，採取基本稿酬加印數稿酬的方式。稿酬計算方式很複雜，可參見陳明遠

〔註5〕 張僖：《隻言片語——中國作協前秘書長的回憶》，第 37～38 頁，北京，十月文藝出版社，2002。

〔註6〕 參見陳明遠：《知識分子與人民幣時代》第 79～91 頁，上海，文匯出版社，2006。

的專著《知識分子與人民幣時代》中的相關章節。陳明遠從總體上比較之後認爲，與 20 世紀 30 年代前後（民國時期）相比，作家的稿酬標準很低，且一降再降，直至取消。而在當事人張僖的回憶中，認爲當時的稿酬標準很高。像楊沫的《青春之歌》、梁斌的《紅旗譜》、柳青的《創業史》、曲波的《林海雪原》都趕上了那個高稿酬的時代。那時候書的品種少，每本書的印量也大，往往一本書就可以拿到五、六萬或者七、八萬元的稿酬。後來，拿稿酬的作家就不再從作協領取工資，丁玲（還有巴金）等著名作家帶頭不領工資。丁玲還將《太陽照在桑乾河上》的「斯大林獎金」（1951 年度）的全部獎金五萬盧布（人民幣約 33770 元）捐給全國婦聯兒童福利部用於兒童福利事業。〔註 7〕當時北京一個小四合院，房價也就是幾千元，至多上萬元，許多作家都買了屬於自己的房子。〔註 8〕老舍、張恨水、艾青、吳祖光、田間、胡風、趙樹理、馬烽都用稿酬買下了屬於自己的四合院。田間花 5000 元買下了後海北沿一個四合院。胡風花 3350 元買下了地安門內的太平街甲 20號院。趙樹理在霞公府 5 號的四合院價值 10000 多元。丁玲後來離開東總布胡同 22 號，搬入作家協會分配給她的多福巷 16 號的四合院，一直住到 1958年流放「北大荒」爲止。按照其子蔣祖林的描述，這個四合院非常漂亮，應該有十幾間房子，包括多間臥室、書房、兩個客廳、秘書和女工住房、鍋爐房等。〔註 9〕如果沒有能力自己購買四合院的，可以住在單位的家屬宿舍，按照行政級別分配住房的大小：處長或副教授兩間半到三間半，科長或講師兩間到兩間半。在作家協會的宿舍裏，周立波有四間住房，邵荃麟等人只有兩間。

「作家康濯，1954～1957 年四年中，他在文學出版社出版四種作品，可得稿酬 11822 元，平均每年約 3000 元」〔註 10〕，如果加上重印書籍及發表其它短文的稿酬，不算固定工資，僅此一項就相當於一位大學一級教授一年的收入。更爲典型的還是當時的青年作家劉紹棠：

1952 年，北京通縣 16 歲的劉紹棠發表小說《青枝綠葉》，不僅被《新華

〔註 7〕 1952 年 9 月 10 日《人民日報》。
〔註 8〕 張僖：《隻言片語──中國作協前秘書長的回憶》，第 36 頁，北京，十月文藝出版社，2002。
〔註 9〕 蔣祖林，李靈源：《我的母親丁玲》，第 96～97 頁，瀋陽，遼寧人民出版社，2004。
〔註 10〕 陳明遠：《知識分子與人民幣時代》第 106 頁，上海，文匯出版社，2006。

月報》文藝版轉載，還受到人民教育出版社社長葉聖陶先生推崇，編入高中
語文教材。1953 年出版了第一本短篇小說集《青枝綠葉》。1954 年劉紹棠剛
滿 18 歲，出版了第二本小說集《山楂村的歌聲》，同年被保送到北京大學中
文系學習。……1956 年春，劉紹棠用稿費在中南海附近買了一座小三合
院……劉紹棠的第一部短篇小說集《青枝綠葉》4 萬字，每千字 15 元基本稿
酬，印了 3 個定額 63000 冊，收入人民幣 1800 元。加上短篇小說集《山楂
村的歌聲》、中篇小說《運河的槳聲》、中篇小說《夏天》、短篇《瓜棚記》，
僅僅這 5 本不厚的書，剛剛走上文學之路的青年作家劉紹棠，前 4 年的收入
達到 18500 元，平均年收入 4625 元。劉紹棠花 2000 元購置的三合院。劉紹
棠的另一篇 11 萬字的中篇小說《夏天》的稿酬，就可以買 4 座這樣的三合
院。1957 年上半年，劉紹棠的長篇小說《金色的運河》已在《人民日報》上
刊登廣告，定於國慶節出版，印數 10 萬冊，此書如果出版，可得稿費 35000
元。〔註 11〕後因劃爲「右派」，所有出版合同自然中止。即便如此，劉紹棠
原有的存款，也讓他安全渡過了 21 年（1957～1979）「右派」生涯。

　　一份「文革」時期的紅衛兵報紙曾刊登《觸目驚心的高稿酬》一文，披
露作家「文革」前的稿酬（準確性存疑，僅供參考）：

巴金	《巴金文集》等	229,624 元
茅盾	《茅盾文集》	192,266 元
杜鵬程	《保衛延安》	107,400 元
丁玲	《太陽照在桑乾河上》等	70,248 元
艾青	《艾青詩選》等	58,636 元
曲波	《林海雪源》	54,349 元
周而復	《上海的早晨》等	49,326 元
楊沫	《青春之歌》	43,400 元
華君武	58～62 年畫冊	43,022 元
沙汀	《還鄉記》等	41,634 元
周立波	《暴風驟雨》等	40,086 元
吳強	《紅日》	40,000 元
秦兆陽	《在田野上前進》	35,985 元

〔註11〕　參見陳明遠：《知識分子與人民幣時代》第 107～108 頁，上海，文匯出版社，
　　　　　2006。

| 梁斌 | 《播火記》等 | 30,061 元 |
| 齊白石 | 畫集（三集）書法集 | 21,514 元 |

（廣州市郊區機關革命聯合會「風雷」戰鬥團《文革風雷》報）

　　之所以有人說這是「觸目驚心的高稿酬」，因爲當時普通職工平均月工資只有 40 元（當時的普通職工除了工資之外不可能有別的收入），一級教授的月薪也只有 300 多元。也就是說，一部小說倘若成了官方確定的「經典」，或者成了新作家的「優秀作品」，那麼，它的價值就是一個普通職工 100 年的收入，甚至更多。《巴金文集》的稿酬近 23 萬元，相當於當時一位一級教授 50 多年的收入，或城鎮普通職工 480 年的收入（按 2007 年城鎮職工平均月薪 1800 元計算，480 年爲 1000 萬元）。可見，獲得官方「欽定」的資格，是進入計劃經濟體制內傳播渠道、獲得鉅額稿酬的通行證。這裡所謂「官方確定的經典」，就是符合官方的文藝精神和宣傳口徑，能夠納入新聞出版規劃，並進入高等學校「中國現代文學史」（新文學史）教學大綱者。其中，「五四」時期的作家以「魯郭茅，巴老曹」爲代表；延安時期的作家以丁玲、趙樹理、周立波、艾青、田間、臧克家等爲代表。還有一類是新中國之後出現的新作品或者新作家，包括老作家的新作和一部分新作家。

　　「五四」時期的「代表作家」，先看「魯郭茅」，魯迅去世了，地位沒有發生什麼變化，否則前途未卜。郭和茅在政府擔任高官，直到「文革」期間都受到「重點保護」，文學地位也沒有太大的變化，只要緊跟鬥爭形勢就行，郭沫若就一直跟得非常緊。至於「巴老曹」的情況，就比較玄乎了，建國後他們幾乎沒有什麼拿得出手的作品問世，整天忙於開會、訪問、批判。可是，即使他們那樣緊跟鬥爭的形勢，也沒有逃脫「文革」一劫。至於延安時期的「代表作家」，地位更不穩固，從延安時期開始，有的就遭到嚴厲批評，建國後他們儘管也進入了文學的核心層，但並不能保證他們的文學地位，隨時可以被批倒批臭。但是，要批倒這一批作家，往往需要借助於行政手段（比如文聯、作協主席團的「決議」），乃至調動更高層的力量。最後是新中國自己培養的年輕作家，比如劉紹棠、叢維熙、王蒙、劉賓雁、流沙河、蕭也牧、陳登科等等，他們往往是剛出道的時候風光無限，但轉眼間就可能成爲「敵人」，有時候，只要一封「讀者來信」，一篇批評文章、甚至一個紙條，就夠了。這種高待遇看似很容易得到，實際上要保住它是非常困難的。歷次批判運動的背後，都伴隨著這種高待遇的獲取和喪失。

三、榮譽背後潛在的恐慌

1、編輯一篇小說丟掉了主編職務的趙樹理

1950 年 1 月，趙樹理出任北京大眾文化研究會主辦的雜誌《說說唱唱》的主編。開始一直是刊登一些快板書式的「頌歌」。1950 年第三、第四兩期，連續編發了署名「淑池」的小說《金鎖》，結果就丟掉了主編職務。小說一發表就招來了批判。鄧友梅在 1950 年 5 月《文藝報》第二卷第五期上發表了《評〈金鎖〉》一文說：「……我看過之後，覺得在這篇作品裏，存在著一個極大的缺陷。首先就是人物的不眞實，因此也就影響了主題，甚至在某些地方侮辱了勞動人民……」「這篇文章看不到金鎖有什麼反抗、對地主有什麼憎恨，有的只是對地主的羨慕。」「這是農民嗎？是勞動群眾嗎？簡直是地痞，連一點骨氣也沒有的膿包……而作者把這當作勞動人民的正路。」〔註 12〕同時發表的還有陶君起的《讀了〈金鎖〉以後》，都是批判《金鎖》的人物塑造不連貫和階級觀點不明確，侮辱了勞動人民。同一版面也發表了趙樹理的檢討文章《〈金鎖〉發表前後》，以作爲編輯的身份對《金鎖》由支持的態度轉向了檢討：「第一，是其它編委提出來的意見自己不同意，不和人家再商量，就按自己的意見處理了，在作風上欠民主。第二是以遷就毛病爲尊重作者，其實就是對作者不誠懇。」〔註13〕到發表《〈金鎖〉發表前後》爲止，趙樹理在該文中依然堅持了自己部分觀點，即「一點辯解」中對於《金鎖》人物眞實性的肯定。趙樹理在檢討基礎上，雖然有所保留，但又再度受到質疑，《文藝報》在第二卷第八期，又以「讀者來信」的形式對《金鎖》做了進一步的批判，有人認爲：「《金鎖》是歪曲和侮辱了勞動人民的」「關於金鎖這個人物性格的刻畫上前後是不一致的」「孟先生寫《金鎖》是無立場的，純以個人興趣出發，沒有中心。」更又人直言不諱地說：「在整篇中沒有鄉村中尖銳的階級鬥爭，至多作爲附帶來插進去。而對農民呢？我非常憤怒，作者把農民寫成摟大腿、認乾娘的人。農民是有落後性的，要批判它，但不能讓市儈的色情在其中奔馳。」〔註 14〕趙樹理在同期發表《對〈金鎖〉問題的再檢討》一文，將自己

〔註12〕 鄧友梅，評《金鎖》〔J〕／丁玲，陳企霞，蕭殷主編，文藝報，北京：中華全國文學藝術界聯合會，文藝報編輯委員會編輯出版，1950，2（5）。

〔註13〕 趙樹理，《金鎖》發表前後〔J〕／丁玲，陳企霞，蕭殷主編，文藝報，北京：中華全國文學藝術界聯合會，文藝報編輯委員會編輯出版，1950，2（5）。

〔註14〕 常佳東等，讀者對於《金鎖》的看法〔J〕／丁玲，陳企霞，蕭殷主編，文藝報，北京：中華全國文學藝術界聯合會，文藝報編輯委員會編輯出版，1950，

保留的意見最後也予以否定，推翻了自己的保留意見並對自己的態度和方法
做了深刻的檢討：「一、好多人指出這篇小說『是對勞動人民的侮辱』，我的
辯護說不是』。大家是對的，我是錯誤的。把惡霸地主和農民並列起來，一例
地挑著眼用俏皮話罵下去，還能說不是侮辱勞動人民嗎？……二、『說有些寫
農村的人……把一切農民理想化了，所以才選一篇比較現實的作品來作個參
照也是錯的。』……」。〔註15〕最終承認《金鎖》是一篇低級趣味侮辱勞動人
民的小說。不久編委會在 1950 年第七期的《說說唱唱》上發表了檢討的文章
《半年來編輯工作檢討》，對趙樹理在編輯方面出現的問題提出了批評和對編
委會內部的思想意識做出了檢討。

除了「《金鎖》事件」之外，趙樹理在《說說唱唱》1951 年第 6 期（總第
18 期）發表的《「武訓」問題介紹》一文，因階級立場不清晰（只介紹，不表
明態度）而導致了嚴重錯誤。《文藝報》輪番批判的最終結局是，趙樹理與年
底被調回中宣部文藝處，實際上他並不在文藝處上班，而是到山西省長治市
武鄉縣參與初級社建設試點工作去了。此後，趙樹理經常往來於北京和山西
之間，1953 年冬到中國作家協會當專業作家，1958 年去山西陽城縣掛職為縣
委副書記，1964 年調到山西省文聯工作，直到去世。

2、幾句話耽誤了一生的束沛德和嚴望

束沛德（1931～），1952 年作為復旦大學中文系優秀畢業生分配到中國作
家協會工作。嚴望（？～1991），又名閻有太，遼寧人，抗戰期間曾在重慶任
小職員，結識了諸多進步文化人。1953 年任中國作家協會創聯部工作人員。
1955 年 2 月 4 日，他從同宿舍的束沛德那裡，得知將要召開胡風批判大會，
就將消息告訴了胡風，於是胡風提前準備了答辯材料，被舒蕪揭發，導致了
束沛德和嚴望一生的流放。事情經過是這樣：

「1955 年 2 月 5 日，中國文聯主席團和中國作協主席團決定舉行第十三
次擴大會議，準備對胡風的唯心主義文藝思想進行批判。……在召開大會的
前一天晚上，作協黨組和文聯黨組在東總布胡同 46 號召開會議。由郭沫若同
志主持部署明天對胡風的批判。這個預備會沒有胡風參加，胡風對內容一無
所知（只是通知他明天參加會）。……預備會議擔任記錄的是束沛德和陳

2（8）：16～17。

〔註15〕趙樹理，對《金鎖》問題的再檢討〔M〕／趙樹理，趙樹理全集，北京：大
眾文藝出版社，2006（4）：217～220。

淼。……第二天，參加會議的人員有二百多人，胡風也坐在主席臺上。會議由郭沫若主持，茅盾和周揚作為助手幫助主持。……會下，舒蕪找到馮雪峰說，胡風在開會之前已經知道了今天會議的內容，並且做了準備。因為舒蕪是人民文學出版社的編審，而馮雪峰是社長兼總編，所以舒蕪首先向他彙報了這件事。

「肯定是有人把前一天晚上會議的情況告訴了胡風。於是我們對參加會議的人員逐一進行了分析，最後分析到束沛德同志的身上。我負責找束沛德同志談話，他承認是他透露給了同在一個宿舍住的閻望（按，嚴望），但決不是故意的，而且也絕沒有料到閻望又告訴了胡風，使他有所準備。束沛德說他回到宿舍，閻望問他開什麼會，他就告訴閻望要批判胡風的三十萬言書。在研究對束沛德『泄密』問題如何處理的時候，我說，束剛出大學門，沒有社會經驗，又和閻望同住一個宿舍；閻望是從舊社會過來的，而束是個年輕的學生。無論是什麼理由，束沛德不能再擔任記錄了。我們讓他寫檢查，後來他又被下放到河北的涿鹿地區勞動鍛鍊。……」〔註16〕

嚴望（閻有太，胡風日記寫作「閻有泰」）在重慶的時候並不認識胡風，按他自己的話說，既沒有機會，也沒有資格，不過對那些文化界的名人仰慕而已，1953年到中國作家協會做聯絡工作才與胡風有較多的接觸（1951年5月下旬多次到胡風的臨時住處拜訪胡風）。1955年他被定為「胡風集團分子」，下場悲慘。

「起初他被關在作協大院後樓的一間地下室。作協這座中西結合的花園式大院，日偽時期曾駐過日本憲兵的一個部門，後樓地下有很深很隱蔽的地下室。嚴望在這兒隔離反省一年，由一個大鬍子工人看守著。什麼叫隔離反省呢？就是和所在機關、社會、人群完全隔絕起來，回不了家，家人也不知他在何處。那時嚴望剛剛新婚一個月……。

「一年後，嚴望被轉移到西總布胡同老《工人日報》對過一處地方，這時由公安部門的人看管、審問。不久又轉移到西城安福胡同一處門禁森嚴的大院，一人一間小房，每人門口站著一個衛兵。對面住的是徐放，隔壁住著綠原。謝韜、劉雪葦關在後院。這會子工資還照發，但不讓看報，家屬探望、通信，均不允許。在安福胡同住了兩三年，審訊已基本結束，但仍被看管。

〔註16〕張僖：《隻言片語——中國作協前秘書長的回憶》，第60～62頁，北京，十月文藝出版社，2002。

1959 年老婆提出離婚，嚴望只好同意。這時他才知道他已有個沒法見面的 5 歲女孩，自然判給對方。他被送進秦城監獄。1957 年『反右』後，工資停發（嚴望原爲 16 級幹部，50 年代初期工資收入九十多元），這時改爲每月發 50 元生活費（其中伙食費二十多元）。……他跟徐放、謝韜、綠原同處一室，插在被關押的戰犯中間，住一號樓。規定每天三小時勞動，種地瓜、花生。常去三號樓院中挑水，給戰犯（年紀都比他們大）挑，一星期洗一回熱水澡。此時已沒有了審訊，但不准家屬看望、對外寫信。圖書館可以借書。綠原開始攻讀他的第二外語：德語和法語。徐放攻中國古典文學，練習翻譯舊體詩，將每月發的大便紙訂成本子記筆記。唯有住在隔壁的路翎最不安寧，經常大聲吼叫，立即被制止，鴉雀無聲。不久復又大聲吼叫，罵人，他已精神分裂。一天，隔壁 1075 號（起義將領董其武的一個部下）突然將自己弔在門上的銅扣上自殺，嚴望他們嚇了一跳。那時不叫名字，都叫代號。四個住在一起的熟人不許交談。徐放－0685，綠原－0686，嚴望－0687，謝韜－0688，簡稱爲 85 號、86 號、87 號、88 號。

「1965 年 9 月某天公審宣判。胡風被判 14 年徒刑（差 4 年刑滿），保外就醫。嚴望、徐放、綠原、牛漢、謝韜等人，在被關押了十年後，被宣佈『交代徹底，態度較好，免於刑事起訴，戴胡風分子帽子，予以釋放。』……按照當時的政策，這些戴帽人員，一般不宜回大城市，只能安排在邊遠地區勞動改造。嚴望就只有被安置在遼寧西部大山區凌源的勞改隊。……1980 年春天，嚴望回到了他的原單位中國作家協會。」〔註 17〕恢復了工資待遇，但沒有安排工作。

3、神經緊張的詩人田間。

1954 年「肅反」時期，詩人田間一度精神緊張，要自殺，在馬路上試圖往車底下鑽。周揚對此的解釋是：「田間是詩人，容易神經緊張。」〔註 18〕詩人容易神經緊張？爲什麼平常不緊張，一到「肅反」、「整風」就緊張呢？僅僅只有詩人才「精神緊張」嗎？1954 年 4 月，全國大規模開展旨在肅清國民黨留在大陸的軍、警、憲、特務反革命分子的全國性的「肅清反革命分子的運動」，簡稱「肅反」。中國作協內部成立了一個領導肅反運動的五人小組，

〔註 17〕涂光群：《五十年文壇親歷記》（上），第 104～109 頁，瀋陽，遼寧教育出版社，2005。

〔註 18〕張僖：《隻言片語──中國作協前秘書長的回憶》，第 70 頁，北京，十月文藝出版社，2002。

組長是劉白羽，組員是嚴文井、阮章競、康濯、張僖。張僖在回憶錄中說：

　　延安時期曾經有過審幹運動，上級領導說那次是局部的，而這一次卻是全國性的幹部檔案核對。政治運動離不了開會。作家協會也是每天開會，而且沒有上班下班的概念，經常是晚上開會。運動開始，先由幹部根據自己寫的自傳說出自己的來龍去脈。從學生時代說起，不但要說出那段時間做了什麼、擔任什麼職務，還要說出證明人。審查辦公室要根據每個人的自傳到全國調查取證，一個人一個人地過關。……在全國大規模地展開批判胡風文藝思想的活動中，舒蕪在《人民日報》上發表了揭發胡風的文章，並且主動上交了胡風在四十年代與他的大量私人通信。……

　　許多人聽說舒蕪交了信，不知道信裏都說了些什麼，有一部分同志就緊張了。這主要是在胡風主辦的刊物《泥土》《七月》《呼吸》上發表過作品的同志，如田間、嚴辰、艾青等。從那段時間開始，機關的肅反運動就和對胡風的揭發批判聯繫起來了。……5月中旬的一次會上，人提到田間在胡風的《七月》上發表了很多詩，胡風的「泥土社」還出版了田間的書，要田間交代與胡風的關係。當時田間很緊張。

　　一天下午，田間到嚴文井家，他有支手槍要交。嚴文井急忙把我叫到他家，當田間的面對我說：「有支手槍要交給總支。」田間說：「我家裏有一支手槍，我有些害怕。」嚴文井說：「你拿來交給總支保管。」田間說：「我不敢拿來，怕路上出事。」我說：「你怕路上出事，我向司機班要個車，你坐車回去拿。」田間還是不同意，「我不能拿槍，有人監視我。我上車的時候在門口出事怎麼辦？」我從司機班要了車一起來到田間家裏。田間家緊挨著後海，一個小四合院，房子是他自己買的，五間北房，屋裏都有門相互連通。大約過了有二十分鐘的樣子，他突然從那個房間通向院子的門跑到院子裏，大聲喊：「我不能活了！」聽見他的喊聲，我急忙跑出門，只見田間右手持槍對著自己的腦袋。我把槍奪下來之後，他轉身就往院外跑。從田間的家門出去就是後海的湖面，他就跳進了後海。等我趕到湖邊的時候，田間已被過路的人救了上來。田間和我還有民警一起坐車來到嚴文井的家。我問他為什麼要跳湖。田間說：「沒有找到槍證，怕挨整」。公安部六局局長陳中來電話，要我去彙報田間自殺的情況。我把田間交給了嚴文井，就徑直去了公安部六局。在走廊，我看見辦公室裏坐著劉白羽、袁水拍、林默涵等人。陳中問我：他和胡風到底是什麼關係？我說：他是根據地長大的，不是在白區參加的地下黨；他就是把作品投到胡風辦的刊物，也就是作者和刊物的關係。陳中又問：

那他爲什麼跳後海？我說：他的神經可能受了刺激，一時激動，不是反革命行爲。陳中說：那我們就不管了，你們作協自己處理吧。我又趕到嚴文井家。嚴文井說：我眞是緊張地要命。剛才，他又跑到馬路上，要鑽汽車！大約十天以後，田間和葛琴（按，田間的妻子）一起到作協總支辦公室來，交給我一個槍證，上面所注明的手槍號碼、子彈數目與田間那支手槍號碼、子彈數目相符。

　　1955 年 7 月中旬，周揚同志到作協召開過一次黨組擴大會。我在會上彙報了「田間假自殺」的問題。周揚說田間是詩人，容易神經緊張，跳後海是神經錯亂。周揚還說：田間和胡風的關係只是一般的投稿的關係。大約過了三個月以後，劉白羽召集了一個規模不大的會，在會上對田間批評了一下。黨支部給了田間一個警告處分。〔註 19〕一位在解放區成長起來的革命作家，僅僅在胡風主辦的雜誌上發表過詩歌，在「肅反」期間都如此「神經緊張」。

四、一位青年作家的「歧路」

　　劉紹棠（1936～1997），北京通州儒林村人，1948 年參加革命，1953 年加入中國共產黨。他少年得志，1956 年 20 歲成爲中國作家協會最年輕的會員，是 50 年代中國文壇的「神童作家」。1949 年 12 月，13 歲的劉紹棠，在北京《新民報》發表第一篇小故事《邰寶林》，14 歲發表短篇小說《蔡桂枝》。1952 年發表《擺渡口》等小說，引起讀者注意。1953 年 17 歲時入黨，並出版第一本短篇小說集《青枝綠葉》。1954 年考入北京大學中文系，後退學。1956 年（因當時共青團中央領導人胡耀邦的賞識）到《中國青年報》社工作，並開始專業創作生涯，成爲機關大院的幹部了。但一轉眼，1957 年 21 歲的劉紹棠被錯劃爲右派，受到全國範圍的批判，遣送回家鄉務農。從 16 歲到 21 歲，短短的 5 年，劉紹棠像一顆流星在文學的空中滑過，留下一道慘淡白光。

　　劉紹棠劃爲右派的直接起因，是 1957 年 5 月在《文藝學習》上發表了一篇長文：《我對當前文藝工作的一些淺見》，在肯定《講話》精神的指導作用前提下，談了一些自己的看法，卻被定性爲「反黨的叛徒」。《文藝報》和《中國青年報》上鋪天蓋地的社論和批判文章，頓時宣判了將這位青年作家的「死刑」。《文藝報》的社論是：《從劉紹棠的墮落中吸取教訓》。《中國青年報》的

〔註 19〕見張僖：《隻言片語──中國作協前秘書長的回憶》，第 63～70 頁，北京，十
　　　　月文藝出版社，2002。

社論是：《青年文學創作者走哪一條道路》。1957 年 10 月 7 日～11 日，首都青年文學工作者 1000 餘人，由共青團中央宣傳部、中國作家協會青年作家工作委員會和中國青年報三個單位聯會主持，「揭露、分析和批判了劉紹棠的淺薄無知然而狂妄自大以至反黨反社會主義的各種事實和原因。在會上發言的有：中國作家協會主席茅盾、副主席老舍、作協書記處書記嚴文井、作協黨組副書記郭小川及中國青年報編委陳棣……。」〔註 20〕茅盾的講話《我們要把劉紹棠當作一面鏡子》中指出劉紹棠的兩個問題，第一是和「丁陳反黨集團」主要成員有基本類似之處，就是「嚴重的資產階級個人主義（驕傲自滿，對黨鬧獨立，覺得黨限制了他們的發展，覺得黨干涉了他們的自由，這樣當然發展到反黨）和資產階級的唯心主義的文藝思想。……劉紹棠還多了一個特點，就是：無知（生活經驗、文藝知識、一般文化知識都是很貧乏的）而又狂妄。……他叫嚷著要『獨立思考』，似乎黨不給他獨立思考；黨是鼓勵獨立思考的，但不容許劉紹棠那樣的獨立思考，他一思考就到資產階級那邊去了，這不是獨立思考，而是做了資產階級思想的奴隸了。」〔註 21〕

劉紹棠的老朋友房樹民連續發表批判文章《劉紹棠是怎樣走向反黨的》，《一篇惡毒歪曲新農村的小說——批判劉紹棠的「田野落霞」》。房樹民在文章中回憶了劉紹棠的成名之路，認為他的每一點進步都是黨教育的結果，現在他是「對黨的忘恩負義」，而且公佈了很多他們平常聊天的細節和「原話」。〔註 22〕日常生活中的親密交往和閒談，轉眼間就成了殺傷性武器。這種情形在當年是屢見不鮮。對此，劉紹棠到晚年都耿耿於懷。他在回憶錄《我是劉紹棠》中的 45 節，專門回憶了這些時期：

「1979 年 1 月 24 日，共青團中央徹底改正 1957 年把我錯劃為右派的政治結論，逐條批駁和否定加在我頭上的污蔑不實之詞。我至今對這個改正結論非常滿意，稱讚這個結論寫得像悼詞一樣好。但是，有三個扣在我頭上的『屎盆子』，錯劃結論中並無記載，改正結論也就無法予以澄清。然而，這三個『屎盆子』的臭氣流傳甚廣，對我的傷害極大，不消除影響我很窩心。一個『屎盆子』是『為 3 萬元而奮鬥』，一個『屎盆子』是『帶著饅頭下鄉』，一個『屎盆子』是『每月只交一毛錢黨費』。『為 3 萬元而奮鬥』的揭發人是

〔註 20〕《青年作者的鑒戒——劉紹棠批判集》，第 10 頁，東海文藝出版社編，1957。
〔註 21〕《青年作者的鑒戒——劉紹棠批判集》，第 34 頁，東海文藝出版社編，1957。
〔註 22〕《青年作者的鑒戒——劉紹棠批判集》，第 25～28 頁，東海文藝出版社編，1957。

叢維熙。我聽到的原話並非如此。這是爲了把我搞臭，記者受命歪曲的。叢維熙寫有《走向混沌》一文，據實更正，我就不再贅述。『帶著饅頭下鄉』也是我的一位老友揭發的。當時，我在京東的家鄉掛職，這位老友在京西的山村體驗生活。我倆返城休假，在我家小酌，談起農村在高級合作化以後，糧食產量下降，卻浮誇豐產，實行高徵購，農民口糧不足。這些情況，在粉碎『四人幫』以後出版的那本《毛選》五卷中，有更詳盡的記載，不是我和那位老友只見樹木，不見森林。我在家鄉掛職的職位，算是鄉和大社的領導人之一，在鄉和大社機關吃飯，有酒有肉，不缺香油白麵。然而，看到鄉親們吃不飽，尤其看到本族同宗的老人、小孩饑腸轆轆，心裏很不好受。於是，每次回城，都買 15 斤左右饅頭，裝在一個大人造革手提包裏，拾回來分給大家打一打牙祭。如果是爲了自己食用，完全沒有必要付這個辛苦。因爲我享有鄉和大社領導幹部的特權，吃喝不比城裏差。我這位老友揭發，跟叢維熙一樣，本是爲了敷衍塞責。誰想，竟然引起茅盾先生的濃厚興趣。在對我展開的『全黨共誅之，全國共討之』的大批判中，茅盾先生寫了兩篇批判文章，做了一次長篇批判發言。書面和口頭，每次都痛斥我的，『帶著饅頭下鄉』，而且把帶饅頭的方式從拎提包改爲挎籃子。如此藝術加工，頗有鄉土風味。1957 年我的年資和級別，不能坐小車，那時的小車也比現在少得多。我往返城鄉，要換乘幾次市內公共汽車和郊區長途汽車。饅頭裝在籃子裏，而且挎在胳臂上，多次換車豈不要被擠得七零八落？我當時就想，以茅盾先生閱歷見識之深廣，生活經驗之豐富，怎麼能說出和寫出如此違背生活常識的話語呢？茅盾先生逝世，一些人耽心我不忘舊惡，可能拒不參加向茅盾先生遺體告別儀式和追悼會。我沒有那麼心胸狹窄，多少還能以歷史唯物主義的眼光看人量事。這兩個活動我都參加了，對這位文壇老人盡到了晚輩後學的敬禮。回憶『每月只交一毛錢黨費』的冤案，我更痛心。揭發此事的人，是一位對我有知遇之恩的老大姐。她是一位老革命，我出生那年她就入了黨。我們親如姐弟，兩人無話不談。我劃右後，她也被內定爲右派，爲了立功贖罪，把自己從惡運中搶救出來，便不顧情義和事實，千方百計加罪於我，開脫自己。50 年代，按照繳納黨費的規定，中學生中的黨員每月交五分錢，大學生中的黨員每月交一毛錢。我在中學時期入黨，後來又上大學，交過五分也交過一毛。由於 50 年代稿費高，我已經是個「萬元戶」，所以我每月又交一部分稿費，到 1957 年累計已達兩三千元。這位老大姐故意只說一面，掩蓋另一面。各路報告急需此等『臭聞』，便一不跟本人核對，二不向組織部門查證，紛紛

捅了出來。姚文元著文驚呼：』『令人不寒而慄！』這三個屎盆子扣在我的頭上，我並不想逆來順受，幾次進行解釋，說明眞相，都被斥爲『糾纏小事，趁機反撲』。於是，這些污蔑以訛傳訛，更被坐實。」〔註23〕

　　也就是說，正在劉紹棠得意地規劃自己的寫作前程的時候，正在劉紹棠準備將自己即將得到的鉅額稿酬用於下基層體驗生活、回老家購房的時候，一場「風暴」將他的所有都刮得無影無蹤。

　　「1956 年 3 月，我加入中國作家協會，4 月被團中央批准專業創作。從此，不拿工資，全靠稿費收入養家糊口。當時年僅 20 歲的我，竟有如此膽量，一方面是因爲我不知天高地厚勇氣大，一方面也由於 50 年代稿酬高，收入多。1957『反右』前，小說稿酬每千字分別爲 20 元、18 元、15 元、12元，我的小說千字 18 元。然而，出書付酬，完全照搬蘇聯方式，3 萬冊一個定額，每增加一個定額便增加一倍稿費。發表之後出書，出書又印數多，稿酬收入也就相當可觀。我專業創作時，已出版了 4 本書，收入情況如下：短篇小說集《青枝綠葉》，4 萬多字，每千字 15 元稿酬，印了 6.3 萬冊，三個定額，每千字 45 元，收入 1800 元左右。短篇小說集《山楂村的歌聲》，6 萬多字，每千字 15 元稿酬，印了 4 萬多冊，兩個定額，每千字 30 元，收入 2000元左右。中篇小說《運河的槳聲》，10.4 萬字，每千字 18 元，印了 6.8 萬冊，三個定額，每千字 54 元，收入 5000 多元。中篇小說《夏天》，11 萬字，每千字 18 元，印了 10 萬冊，四個定額，每千字 72 元，收入 8000 元左右。

　　光是這 4 本書，我收入一萬七八千元。稿費收入的 5%交黨費，但不納稅。存入銀行，年利率 11，每年可收入利息 2000 元左右，平均每月收入 160元，相當於一個 12 級幹部的工資。那時的物價便宜，一斤羊肉 4 角多，一斤豬肉 6 角。我買了一所房子，住房 5 間，廚房 1 間，廁所 1 間，堆房 1 間，並有 5 棵棗樹和 5 棵槐樹，只花了 2000 元，加上私下增價 500 元，也只花了 2500 元。這個小院我已住了 33 年。前幾年大鬧『公司熱』時，曾有人出價 20 萬元買我這所跟中南海相鄰的小院。本人奉公守法，拒不高價出售。平價當然也不肯賣。我專業創作之後，立即下鄉掛職，當了個鄉和大社黨委副書記，到 1957 年 8 月劃右派的 1 年 4 個月，主要致力於 50 萬字的長篇小說《金色的運河》的創作，一年多只發表了 3 個短篇小說和 3 篇論文，從報刊上得到的稿費不算多。但這一年多出版了 3 本書，卻收入了 6000 多元，

〔註23〕劉紹棠：《我是劉紹棠》第 125〜127 頁，北京，團結出版社，1996。

也不算少。最有意思的是少年兒童出版社出版我的《瓜棚記》，只是個 1 萬多字的小冊子，但是印了 17 萬冊；六個定額，稿酬每千字竟達 108 元。當時，我的長篇小說《金色的運河》，已在《人民日報》上刊登廣告，定於 10 月 1 日國慶節出版，印數 10 萬冊，其中 5000 冊是精裝，此書如果出版，可得稿費 3.5 萬元。因而，我打算拿到這筆稿費，深入生活 10 年，10 年之後拿出多卷體長篇小說。我想花 5000 元在我那生身之地的小村蓋一座四合院，過肖洛霍夫式的田園生活。10 年內雖然不發表和出版作品，但每月的利息收入仍可使全家豐衣足食。我是個『撐不著，餓不死』的命，沒等《金色的運河》見書，就被劃了右派。……我雖有 2 萬元存款，但『反右』之後利率年年下降，到『文革』前已降到年利率 3.6%，所以，利息已不能維持生活，年年都要吃一部分本金。本金年年減少，利息也就年年降低。1979 年 1 月 24 日我的錯劃問題得到改正，銀行存款只剩下 2300 元，坐吃山空已經亮了囤底。天不滅劉，我活著熬出了頭。」〔註24〕

從劉紹棠的遭遇中可見，那時候也有「一夜成名」的作家，且收入驚人，劉紹棠的寫作收入存款，支撐了他往後在老家農村近 20 年的生活。但也可以「一夜被毀」，讓你名聲掃地、傾家蕩產，甚至性命堪憂。

〔註24〕劉紹棠：《我是劉紹棠》第 116～118 頁，北京，團結出版社，1996。

第四章　中央文學研究所和
作家培養模式

一、前蘇聯作家培養模式的影響

　　由官方創辦的、專門用於培養作家、編輯、評論或文學管理幹部的學校，
應該說是前蘇聯時代計劃經濟體制的產物，「高爾基文學院」就是代表。它是
1932 年 9 月 17 日蘇聯中央執行委員會為慶祝高爾基文學活動四十週年而決定
創辦的高等教育機構，1933 年 12 月 1 日正式創建於莫斯科，實際上主要是為
有一定創作能力的作者（尤其工、農、兵作者），提供深造機會的培訓機構，
最初的名稱是「工人文學夜大學」，1936 年高爾基逝世之後，才正式稱之為「高
爾基文學院」。學員在學習期間側重於文學技能訓練。創作講座（散文、戲劇、
評論、詩歌、文藝翻譯）由有經驗的作家講授，如費定、法捷耶夫、康·帕
烏斯托夫斯基、列昂諾夫等。還開設散文理論（主要是小說理論）、戲劇理論、
詩歌創作、舞臺藝術和造型藝術原理、電影藝術原理等課程。1954 年增設文
學高級進修班，學員都是蘇聯作家協會的會員。蘇聯時期的作家西蒙諾夫、
邦達列夫、田德里亞科夫等，都畢業於高爾基文學院。這些由高爾基文學院
培養出來的作家，代表了前蘇聯時期文學的典型風格。按照後來的文學史家
的評價，這種風格是斯大林時代「一種獨特的官方文體。這是一種浮誇、刻
板、虛偽、唱高調而又粗俗不堪的文體，……和他們的前輩，即老一輩的知
識分子相比，則他們缺乏藝術技巧，……他們描寫的是完美無暇的英雄形象
和冗長的頌揚建設中的事跡的讚歌，……充斥著樂觀主義、英雄主義、歌舞

昇平、官方口號、誇誇其談的愛國主義，以致作品中的主人公看上去要比他們原來的形象大兩倍……」。〔註1〕

關於作家是否能夠通過學校教育培養出來的問題，歷來是有爭議的。一般認為，作家是無法通過學校教育培養出來，學校教育只能將那些與真正的文學相關的東西埋沒，而給他們灌輸許多與文學不相干的東西。20 世紀俄羅斯大詩人、諾貝爾文學獎獲得者帕斯捷爾納克，〔註2〕就否定那種由官方組織的專門的文學教育。俄羅斯的著名彈唱詩人奧庫賈瓦〔註3〕，在《帕斯捷爾納克是我一尊神》的文章中，回憶了一件發生在 20 世紀 50 年代的事情。當時，奧庫賈瓦是格魯吉亞第比利斯大學哲學系的學生，愛好詩歌並開始了詩歌創作。一次偶然的機會，他認識了自己所崇拜的大詩人帕斯捷爾納克。他將自己試圖放棄大學學業，要去高爾基文學院接受專門的詩歌創作教育的想法告訴了這位大詩人，帕斯捷爾納克及時勸阻了他。帕斯捷爾納克「把頭稍稍向後一仰，閉上眼睛，講起了我們的文學，其中也談到文學院。我打算回家後把他說的話全記下來，但是記不下來。只記得他說：辦文學院是高爾基的一個天才的錯誤。高爾基本人在校門外度過一生，使他深感沉痛，他便認為，必須創辦一所文學院，以培養詩人和散文家。把人們從邊遠地區招到文學院來，是因為那些人自己擠不進去。帕斯捷爾納克對我說：你們在綜合大學學習多好啊，綜合大學的教學大綱，即使是第比利斯大學的，也比文學院的大綱嚴肅得多，廣泛得多。而要成為文學家，成為詩人，根本不需要專門的職業教育，需要的不過是廣義的教育，人文學的教育，這種教育恰恰在綜合大學進行。」〔註4〕帕斯捷爾納克的文學教育標準僅僅是他個人的。新的文學標準並不要求那種綜合教育，或者說將全面的綜合性教育視為多餘的，並且試圖用各種方式，比如強制性學習，下鄉入廠入伍，寫檢討文章，乃至更為極端的措施，去清除它、改造它。對於新的文學標準而言，帕斯捷爾納克的那

〔註1〕馬克‧斯洛寧：《蘇維埃俄羅斯文學史》，第 248～249 頁，浦立民等譯，上海譯文出版社，1983。

〔註2〕帕斯捷爾納克（1890～1960），詩人，著有長篇小說《日瓦戈醫生》等。1958 年獲諾貝爾文學獎，1989 年由家家屬補領。

〔註3〕奧庫賈瓦（1924～1997），俄羅斯作家，著名彈唱詩人，1994 年獲俄語布克獎。1997 年病逝於訪問法國途中，葉利欽總統下令在阿特巴爾街修「奧庫賈瓦紀念館」。

〔註4〕奧庫賈瓦：《帕斯捷爾納克是我一尊神》（徐玉琴譯），見北京師範大學編《俄羅斯文藝》1998 年第 2 期。

種「綜合素養」恰恰是多餘的，被視爲「資產階級的」，要予以清算的。當他獲得諾貝爾文學獎的時候，費定代表蘇聯作協，要作者宣佈拒絕諾貝爾文學獎。帕斯捷爾納克最終被戴上了諸多嚇人的大帽子：「頹廢的形式主義者」、「反革命雇用文人」、「叛徒」等；蘇聯作家協會還宣佈開除帕斯捷爾納克的會籍，多名作家聯合呼籲蘇共中央將他驅逐出境。蘇聯作家協會的《文學報》刊登了這樣一封所謂的「讀者來信」：「我從未讀過帕斯捷爾納克這個小丑的作品（按，當時《日瓦戈醫生》還沒有出俄文版，只有少數文學編輯讀過它的俄文手稿），但是，我要求開除他的蘇聯國籍……應當把這個惡棍趕出我國，因爲他在自己這部撒謊的、令人作嘔的作品中背叛了祖國……我是一醫生，祖上世代行醫，我抗議誹謗我們這一行業的帕斯捷爾納克。」〔註5〕「高爾基文學院」的 300 多名學員被組織去參加所謂「自發性」遊行示威，並要求在一封抗議信上集體簽名。〔註6〕在官方的威脅和強大的輿論壓力下，他最後被迫在《眞理報》上公開宣佈「拒絕」諾貝爾文學獎。

　　中華人民共和國成立之初，正式確定了「一邊倒」的國際交往策略。毛澤東在《論人民民主專政》一文中早就提出了「一邊倒」（倒向蘇聯）的政策：「帝國主義侵略打破了中國人學西方的迷夢」，「走俄國人的路——這就是結論」，「積四十年和二十八年的經驗，中國人不是倒向帝國主義一邊，就是倒向社會主義一邊，絕無例外」，「我們在國際上是屬於以蘇聯爲首的反帝國主義戰線一方面的，眞正的友誼的援助只能向這一方面去找」，「蘇聯共產黨就是我們最好的先生，我們必須向他們學習。」〔註7〕周揚附和道：「『走俄國人的路』，政治上如此，文學藝術上也是如此。」〔註8〕這種文學上「一邊倒」的學習蘇聯的模式，反映在文藝政策，文學理論，文藝機關的管理體制，文學運動模式、口徑、腔調，對文學資源的控制和使用方法等各個方面。新的文學政策是冷戰時期的國際、國內政治思維在文藝領域的表述。文學理論以蘇聯的「社會主義現實主義」爲中國當代文學創作的最高規範和「唯一

〔註5〕 馬克·斯洛寧：《蘇維埃俄羅斯文學史》，第 351 頁，浦立民等譯，上海譯文出版社，1983。
〔註6〕 伊文思卡婭：《「日瓦戈醫生」的風波》，高紉譯，見《追尋——帕斯捷爾納克回憶錄》第 193～194 頁，廣州，花城出版社，1998。
〔註7〕 毛澤東：《論人民民主專政》，見《毛澤東選集》第四卷，1473、1475、1481頁，北京，人民出版社，1991。
〔註8〕 周揚：《社會主義現實主義——中國文學前進的道路》，見《周揚文集》第二卷，183 頁，北京，人民文學出版社，1985。

正確的道路」。文學機構設置和組織形式，內部運作規則（黨組負責的權力形式）等都是如此。中國的中央文學研究所在基本任務、管理模式、教學內容與教學方式等方面，與「高爾基文學院」的模式十分接近。

　　1949 年 5 月 22 日下午，第一屆文代會召開前夕，茅盾約請黃藥眠、鍾敬文、焦菊隱、楊振聲、卞之琳、馮至、聞家駟等 18 位專家座談，茅盾說：「蘇聯作家協會有文藝研究院，凡青年作家有較好的成績，研究院如認為應該幫助他深造，可徵求他的同意，請到研究院去學習，在理論和創作方法方面得到深造。」〔註9〕在 5 月 30 日召開的另一次座談會上，鄭振鐸也介紹了蘇聯作協文學院的情況，但提出中蘇兩國的情況不同，一個剛剛解放；一個結束內戰已經三十多年，作家的職業化程度很高。所以，在籌建文學院時，要考慮差別云云。但他把蘇聯作協的「青年作家教育委員會」與「高爾基文學院」混為一談。〔註10〕

　　1949 年 10 月 26 日，丁玲任團長（吳晗任副團長），率領中國代表團前往莫斯科參加蘇聯十月革命 32 週年慶祝典禮（按：「十月革命紀念日」為俄曆 10 月 25 日，公曆則是 11 月 7 日）〔註11〕，在蘇聯停留了一個月，期間專門到蘇聯作家協會高爾基文學院參觀考察，回國後向中央領導做了彙報。徐光耀在回憶中也提到，丁玲的秘書陳淼在談到創辦中央文學研究所時告訴他：「（1）解放不久，毛主席找了丁玲去談話，問她是願意做官呢，還是願意繼續當一個作家。丁玲回答說：『願意為培養新的文藝青年盡一些力量。』毛主席聽了連說『很好很好』，很鼓勵了她一番。所以，丁玲對這次文研所的創辦，是有很大的決心和熱情的。（2）文研所的創辦，與蘇聯友人的重視也有關係。蘇聯的重視也有關係。蘇聯的一位青年作家……，一到北京便找文學學校，聽說沒有，便表示失望。（3）少奇同志去蘇聯時，斯大林曾問過他，中國有沒有培養詩人的學校。以上兩項，也對『文研所』的創辦，起了促進作用。」〔註12〕中央文學研究所圖書資料室主任劉德懷回憶：「劉少奇訪問蘇聯，回國後找丁玲談起蘇聯高爾基文學院培養青年作家，我國也需要

〔註9〕 1949 年 6 月 2 日《文藝報》（會刊）第 5 期第 6 版。
〔註10〕 1949 年 6 月 9 日《文藝報》（會刊）第 6 期第 4 版。
〔註11〕 「十月革命紀念日」一直為前蘇聯時期的國家法定節日。2004 年 12 月 25 日，俄羅斯國家杜馬以 324 票贊成，104 票反對的結果，投票通過了新的《勞工法》修正案，廢止每年 11 月 7 日的「十月革命紀念日」。
〔註12〕 徐光耀：《「丁玲事件」之我見》，見《新文學史料》1991 年第 3 期。

建立相應的培養文學人才的機構。丁玲很樂意爲新中國培養青年作家盡力。」
〔註13〕

1950 年 5 月至 6 月，劉白羽到莫斯科參與影片《中國人民的勝利》後期製作工作，回來後於 12 月在《文藝報》第三卷第四期上撰文，介紹高爾基文學院的情況：「文學院是一九三三年，由高爾基倡議創辦，屬作家協會所領導。創辦的動機，並不是由於單純培養作家的觀點，而是高爾基鑒於工人群眾當中有很多人喜歡文學，高爾基看到勞動人民中含有豐富的創造天才與智慧，所以這個學校當時是一所工人文化夜校，是個補習性質的學校。但後來，由於蘇維埃社會的成長和成熟，人民文化水平的提高，對文學藝術的要求逐漸普遍……而漸漸變成爲一所正規學校。學院裏的課程，除了必須學習馬列主義、政治經濟學課程之外，學習中的重點最主要的部分是文學史、古代文學、民間文學、蘇聯文學、文學理論、詩、小說、兒童文學以及各民族文學史、各民主國家文學史。」〔註14〕劉白羽所介紹的高爾基文學院的課程設置情況，與下面將要介紹的中央文學研究所的課程設置情況基本上差不多。

二、中央文學研究所的創辦

中央文學研究所的創辦，主要是由丁玲主持。1950 年上半年，經陳企霞執筆，劉白羽、周立波、雷加、艾青、曹禺、趙樹理、宋之的、陳淼、碧野、楊朔、何其芳、柯仲平等人參與討論和修改，提交了一份《國立魯迅文學研究院籌辦計劃草案》（原件影印資料）：〔註15〕

《國立魯迅文學研究院籌辦計劃草案》（1950 年 3 月 9 口）

根據中央文化部及全國文聯「1950 年創辦文學研究所的決議」草擬如下籌備計劃。

一、**定名**：國立魯迅文學研究院。

二、**創辦目的**：培養新中國的文學作家及新文學理論、批評、編輯等幹部。

〔註13〕 魯迅文學院編：《文學的日子——我與魯迅文學院》，第 127～128 頁，內部紀念文集，2000。
〔註14〕 轉引自邢小群：《丁玲與中央文學研究所的興衰》，第 29 頁，濟南，山東畫報出版社，2003。
〔註15〕 本章所有原始材料，除注明出處者之外，均來自魯迅文學院建院 50 週年展覽檔案。

三、教學原則：在毛主席文藝方向下，採取理論與實際結合的方針，即學習
　　　　　　　研究與參加各種實際工作（工廠、農村、部隊）與創作相結
　　　　　　　合的方針。

四、學制：分研究班與普通班。

　　甲、研究班

　　　1、（參加人員條件）第一，參加人員經過一定的思想改造，具有相
　　　　當的政治修養及實際工作經驗，並有一定的寫作能力及表現，
　　　　或在研究工作、實際工作（如編輯）上有某些經驗與成績者。
　　　　第二，有相當的文學、政治修養，發表過一些創作或理論，政
　　　　治傾向進步者。第三，出身工農，有相當的實際工作經驗，且
　　　　又初步的寫作能力及表現者。這是參加成員的三種不同對象的
　　　　條件。

　　　2、研究班下設創作室、理論研究室。創作室下分散文（包括小說
　　　　及劇作）及詩歌兩組。理論研究室按性質分小組，如理論批評、
　　　　文學史、民間文學等。

　　　3、研究班成員，可根據其條件、經驗及表現分為研究員與研究生。

　　　4、研究班不論員、生，研究年限不固定，但起碼一年，一年以後，
　　　　得根據其成績，決定其繼續研究（包括研究生升為研究員）、繼
　　　　續創作，或分配下鄉、入廠，以深入生活，並定期回來創作，
　　　　或分配其適當的工作。此外，在研究的任何時期，都得視需要
　　　　及情況派員生下鄉、入伍、入廠，或組織集體創作及專題研究。

　　　5、研究班員生，除必須進行幹部學習及參加指定的重要的文藝課
　　　　程學習外，一般以自學及集體研究（理論問題、創作問題、作
　　　　品〈名著或自己的作品〉等）為主。

　　乙、普通班

　　　1、學生條件：一是有一定的政治知識與實際工作經驗，並有初步
　　　　的文學基礎知識或經驗（如學習寫過通訊、報告、快板詩或從
　　　　事過部隊、農村的編輯、記者等文字工作等）者，二，高中畢
　　　　業以上程度，有起碼的文學寫作能力或理論研究實際工作（教
　　　　育、編輯等）經驗，政治傾向進步者。三，工農出身的文藝青
　　　　年，有實際生活體驗及起碼寫作能力者。

2、普通班修業年限為二年，第一年為全部普通必修課程，第二年
　分創作、理論研究二系，創作系下又可分為小說、詩二組，理
　論研究系亦可分理論批評、文學史、民間文學等組。

3、課程：

　　第一，政治課為必修課，分哲學（辯證唯物論與歷史唯物論）、
馬列主義（包括社會發展史、政治經濟學、黨史等）、國家建設（即
各種政策）三門，兩年學完。

　　第二，第一學年普通課程：文藝學（文學概論，毛主席文藝講
話）。中國文學史（包括舊文學及五四以來的新文學）。俄國文學及
蘇聯文學。西洋文學。中國民間文學。名著研究。創作方法。創作
實習。

　　第三，第二學年按創作、理論研究各系不同性質，制定不同課
程，作進一步較專門的深入的學習。但本系得選外系一種至二種課
程。

4、學習方法，上課與集體討論並重，但必須有一定的自學時間。

　　每學期定為二十個星期，寒暑假得組織下鄉、入伍、入廠實習。

五、組織機構

　　院長：正院長一人，副院長一人或二人。

　　院長辦公室：設正副主任各一人，下設各科，助理院長處理日常工作。

　　教務處：在院長領導下，計劃、推動、管理全院教育學習事宜，設主任
一人，下分教務科（掌握課程，設科長一人，科員三人）。組織科（掌握幹部、
學生材料，負責對外聯絡，組織幹部學習，設科長一人，科員三人）。圖書資
料科（建設圖書室，整理、保存、供給學習研究資料，設科長一人兼圖書館
長，圖書管理員三人，資料組長一人，組員三人）。總計教務處得需幹部十七
人。

　　秘書處：在院長領導下，計劃、推動、管理全院生活及事務事宜。設主
任一人，下分秘書科（科長一人，文書股文書、打字、刻印四人；收發一人，
並領導傳達、看門、司車二人及通訊員三人；俱樂部負責體育娛樂的幹部二
人；公務員十五人；汽車司機等二至四人）；總務科（正副科長各一人，會計
股三人，事務股保管、採購、建設等四人，管理股三人，伙夫七人）。總計秘
書處需幹部及勤雜人員約四五十人，內科員以上幹部約需十二三人。

研究班：在院長領導下，按計劃進行研究、創作、實習等。設班主任一人，秘書一人，下面創作室、理論研究室各設室主任一人，室下面可分組，組設組長；研究人員分為研究員與研究生。有些研究員可兼教授、教員、助教等等。研究班需要室主任以上幹部四人。

普通班：在院長領導下，按計劃組織學生學習。設正副班主任各一人，第二學年設創作、理論研究系主任各一人。剛創辦時只需班主任二人。學生生活等由學生民主管理。

教授會：由各專任的教授、副教授、講師、教員、助教組成，在院長領導下研究、討論及建議全院教學具體實施上面的事宜。

院務會議：由院長、辦公室主任、研究班主任、普通班主任、教務處主任、秘書處主任、教授代表、學生代表，組成院務會議，在院長的領導下決定全院的大政方針（首先是教學方針）。

此外，還可建立聯繫性質的教學會議，由院長辦公室主任、教務處主任、各班主任及各科主任、教員、學生代表組織之。

六、創辦第一期招生計劃

甲、介紹、保送五十名。研究班員生暫定為三十名，全部介紹、保送，不招生；普通班學生介紹、保送二十名。介紹、保送來後審查確定如研究班或普通班，不合格者介紹工作。分配名額暫定：

1、四大野戰軍，每一野送六人，共二十四人，但數目不一定平均分配。

2、各大行政區、軍區，統一由各中央局負責介紹、保送，共二十六名，東北、華北可多一些，華東、中南次之，西北、西南可少些。

3、男女兼收，二十三歲以上，四十歲以下。

乙、招收普通班學生五十名。

1、京津二十名，滬寧二十名，武漢十名。

2、男女兼收，二十歲以上，三十歲以下。

3、此外，可酌情收取少數旁聽生，不超過十名。

七、房子：約需一百五十間至兩百間。

八、供給：一律供給制，研究班員生按幹部待遇，學生按學生待遇，旁聽生自費。

九、進行計劃：

　　甲、三月份批准計劃，決定主要籌備幹部，制定預算。

　　乙、四月份批准預算，找到房子。

　　丙、五月份初步建設房子，調人，配備幹部，向各級調介紹保送的人員。

　　丁、六月份幹部配備有個眉目，發出招生廣告，擬詳細教學計劃。

　　戊、七月份建設大體就緒，批准詳細教學計劃，準備招生及開學後的一
　　　　切。

　　己、八月份招生完畢，九月初開學。

十、目前的主要事項：

　　甲、決定並批准計劃。

　　乙、確定籌備處負責人。

　　丙、作預算，找房子。

（完）

上面是一份手寫稿。在諸多草稿和文件中選擇這份手稿的全文，是因為它包括了當時中國作協中熱衷於創辦「文學研究院」者比較全面的設想，從中可以看出丁玲創辦一個大型作家培養機構的勃勃雄心。但這些設想中有許多並沒有實現，連這個機構本身也是「短命」的。1950 年 4 月 24 日正式上報中央文化部時，是一份字數較少的打字稿，增加了長篇大論的「創辦理由」，省略了組織機構和招生計劃的詳細內容，增加了預算（小米 44 萬 1 千斤），上報材料中的名稱，依然堅持寫著「中央文學研究院」。但文化部 1950 年 6 月 26 日的批覆卻是「中央文學研究所」：

　　　　本部為了培養一些較有實際鬥爭經驗的馬青年文藝寫作者及
　　一些從事文藝理論批評的青年，業經呈准文化教育委員會及政務
　　院，決定本年內籌辦文學研究所，並聘請丁玲、張天翼、沙可夫、
　　李伯釗、李廣田、何其芳、黃藥眠、楊晦、田間、康濯、蔣天佐、
　　陳企霞等十二人為籌備委員組織籌委會並以丁玲為主任委員、張天
　　翼為副主任委員，特此函達。

中央人民政府文化部（蓋章）

1950 年 6 月 26 日

據說，「文學研究所」這個名稱，是當時的政務院副總理兼文化教育委

員會主任郭沫若最後定下來的〔註16〕。也有人說是因爲周揚不同意叫「院」
才改爲「所」的。〔註17〕「所」比「院」感覺上更小一些。據梁斌回憶，
胡喬木也不主張叫「院」，並且說毛主席主持的「廣州農民運動講習所」也
叫「所」嘛〔註18〕。20 世紀 80 年代，丁玲在魯迅文學院的一次講話中提到
這件事：「……按我的意思，是希望叫個『什麼什麼院』的，但上面不批，
只准叫『所』。『所』好呀，你看，『衛生所』，『托兒所』，『派出所』，還有『廁
所』，都是『所』啊……」。〔註19〕丁玲的語氣中明顯帶有不滿和諷刺。

　　文化部 1950 年 7 月 18 日「同意『中央文學研究所計劃草案』的批覆」：

　　　　一、「中央文學研究所計劃草案」及第一次籌備委員會會議決
　　議七項照准，望即據此進行。

　　　　二、隨此附發「中央文學研究所籌備委員會」長戳一枚。

　　　　　　　　　　　　中央人民政府文化部（蓋章）　　部長：沈雁冰

　　　　　　　　　　　　　　　　　　　　　　1950 年 7 月 18 日

中央人民政府文化部令（50 文秘字第 589 號）：

　　　　中央文學研究所業經政務院第六十一次政務會議通過設立，並
　　通過任命丁玲爲中央文學研究所主任，張天翼爲副主任。奉此，原
　　「中央文學研究所籌備委員會」應即結束，正式成立中央文學研究
　　所。茲隨令轉發政務院任命書兩份，並頒發「中央文學研究所印」
　　木刻關防一顆。望即遵照執行，並將關防啓用日期連同印模一式三
　　份報部備查。（引按，「關防」即官印）

　　　　此令

　　中央文學研究所

　　丁玲主任

　　張天翼副主任

　　　　　　　　　　　　　　　　　中央人民政府文化部（蓋章）

〔註16〕邢小群：《丁玲與文學研究所的興衰》，第 104 頁，濟南，山東畫報出版社，
　　　　2003。
〔註17〕邢小群：《丁玲與文學研究所的興衰》，第 141 頁，濟南，山東畫報出版社，
　　　　2003。
〔註18〕魯迅文學院編：《文學的日子——我與魯迅文學院》，第 98 頁，內部紀念文集，
　　　　2000。
〔註19〕魯迅文學院編：《文學的日子——我與魯迅文學院》，第 52 頁，內部紀念文集，
　　　　2000。

　　　　　　部長：沈雁冰　　副部長：周揚 丁燮林

　　　　　　　　　　　　　　　　1950 年 12 月 27 日

　　中央人民政府文化部下達的這份命令，應該是中央文學研究所正式成立的標誌。但此前的 1950 年秋季，中央文學研究所組織機構已基本內定，教員、第一期學員也都已經到位，校舍、資料室、辦公設施都已經辦妥，所以，一般認爲中央文學研究所是 1950 年秋季成立的。1951 年 1 月 8 日，正式舉行第 1 期研究員班的開學典禮。第一期學員胡昭回憶：「我永遠忘不了我們的開學典禮。過去只在文學史上，在報刊上見過的名字和照片的文學前輩們相繼走進小小的禮堂：郭沫若、茅盾、周建人、葉聖陶、丁玲、張天翼、李廣田……」〔註20〕還有周揚、沙可夫、黃藥眠等人都參加了開學典禮。郭沫若說，新中國成立了，可歌可泣的事情很多。茅盾說，希望他們中間出現高爾基、馬雅科夫斯基和莎士比亞。周揚說，希望大家認眞學習毛澤東思想。

三、學員、師資和課程

　　中央文學研究所的校址在鼓樓東大街 103 號，另外在鼓樓東大街 156 號和後海北官房 27 號有房產（主要是做學員的宿舍）。從 1950 年開始的丁玲時期的「中央文學研究所」（中央文化部和中國文聯共同管理），到 1953 年後的田間和公木時期的「中央文學講習所」（全國文協管理），前後經歷了 7 個年頭，開設了四期五班（第一期兩個班），結業學員 279 人。經歷了 1955 年的「丁陳反黨集團」事件和 1957 年「反右」運動，中央文學講習所被迫終結。直到 1980 年，重新恢復建制，改稱「中國作家協會文學講習所」（李清泉所長，徐剛副所長）。1985 年改稱「魯迅文學院」（唐因院長，1991 年由賀敬之任代院長），終於實現了與前蘇聯「高爾基文學院」的名稱接軌的宿願！但此時的「魯迅文學院」，或者說中國作家協會，與風起雲湧的 50 年代相比，已經不可同日而語了。下面所附表格，是 2000 年魯迅文學院慶祝建院 50 週年展覽時製作，但中央文化部 1954 年 1 月的公文所示爲「中國作家協會文學講習所」，並附有方印圖案，特此說明。

〔註20〕魯迅文學院編：《文學的日子——我與魯迅文學院》，第 336 頁，內部紀念文集，2000。

歷屆主要負責人簡介【中央文學研究所時期（1950～1953）】

姓　　名	簡　　介	職　　務	任 職 時 間
丁玲	作家	所長	1950～1953
張天翼	作家	副所長	1950～1953
田間	詩人	祕書長	1950～1953
康濯	作家	副祕書長	1950～1953
馬烽	作家	副祕書長	1950～1953

歷屆主要負責人簡介【中央文學講習所時期（1953～1958）】

姓　　名	簡　　介	職　　務	任 職 時 間
田間	詩人	所長	1953～1956
吳伯蕭	作家、教育家	所長	1953～1956
邢野	作家	副所長	1953～1954
田家	作家	副所長	1953～1954
公木	詩人、學者、教育家	副所長	1953～1958
蕭殷	作家、記者、教育家	副所長	1953
徐剛	作者、記者	講習班主任	1956～1957

中央文學研究所學員的選拔方式和標準，在上一節的「草案」中已有詳細說明。第一和第二期學員屬於調幹性質，有些學員同時兼工作人員，比如馬烽、徐剛等同時兼任文學研究所的幹部和老師。綜合魯迅文學院展覽資料和學員回憶文章，前四期五班的學院情況如下：

1、第一期第一班為研究員班，1950 年 10 月入校，1953 年 6 月結業。學員有馬烽、西戎、李若冰（即沙駝鈴）、唐達成、陳淼、古鑒茲、徐剛、陳登科、李納、劉德懷、周雁如、司汀、張今慧、吳長榮、王雪波、高冠英、郭小蘭、王慧敏、段杏錦、董偉、逯斐、葛文、胡正、王景山、王谷林、丁力、雷加、張學新、楊潤身、徐光耀、朱靖華、胡昭等。

2、第一期第二班研究生班，1952 年 9 月入校，1953 年 8 月結業。學員有曹道衡、馬拉沁夫、毛憲文、劉真、張鳳珠、龍世輝等。第一期研究員班和研究生班兩班共 53 人。

3、第二期 1953 年 9 月入校，1955 年 3 月結業，學員有鄧友梅、張志民、白刃、孫靜軒、沙鷗、苗得雨、趙郁秀、胡海珠、劉真、王谷林、和谷岩、

王有卿、劉超、沈季平、漠南等共 43 人。另外還有 24 名是第一期轉過來繼續學習的。第二期實際上是 67 人。

4、第三期是 1956 年上半年的短訓班，學員有吉學沛、李學鰲、胡萬春、流沙河、梁信、鍾藝兵、任大霖、王劍青、胡景芳等 60 人，都是第一次全國青年文學創作者大會代表中挑選的。

5、第四期文藝編輯班 1956 年 10 月入校，1957 年 6 月結業。學員有馬德波、王平凡、王成剛、王占彪、李昭、高歌今等 99 人。

總的來看，第一、第二兩期學員的素質比較高。第一班成名作家比較多，主要來自老解放區和解放軍的青年作家。第二班是從各大學選來的：曹道衡、毛憲文、白婉清、王有欽、許顯卿等來自北京大學，龍世輝、王鴻謨來自輔仁大學，還有復旦大學等高校的。

到中央文學研究所授課的，都是著名作家和著名學者。魯迅文學院提供的主要授課老師名單（按姓氏音序排名）：阿紅、艾青、卞之琳、冰心、蔡其矯、蔡儀、曹禺、曹靖華、陳荒煤、陳企霞、陳學昭、陳湧、陳占元、丁力、丁玲、杜秉正、方紀、馮雪峰、馮至、公木、光未然、郭沫若、何其芳、胡風、黃藥眠、康濯、柯仲平、老舍、李廣田、李何林、李霽野、李劼人、李又然、劉白羽、柳青、廬隱、呂叔湘、呂熒、馬烽、瑪金、茅盾、聶紺弩、裴文中、彭慧、阮章競、沙鷗、邵荃麟、孫伏園、孫家琇、孫維世、秦兆陽、田間、吳伯蕭蕭、吳興華、吳組湘、夏衍、蕭殷、蕭三、嚴文井、楊晦、楊思仲、楊朔、楊憲益、葉君健、葉聖陶、游國恩、余冠英、俞平伯、張道眞、張庚、張天翼、趙樹理、鄭振鐸、鍾敬文、周立波、周揚。

魯迅文學院提供的第一期第一班課程表（不全）：

1、中國古典文學課程——

裴文中：史前的文化

郭沫若：屈原

鄭振鐸：三國六朝文集

鄭振鐸：唐代的駢文和傳奇

葉聖陶：古文

葉聖陶：辛家軒詞

張庚：元曲

鄭振鐸：明代的小說與戲曲

鄭振鐸：清朝末年的小說
鄭振鐸：中國文學史、中國古代文學
俞平伯：古詩十九首、孔雀東南飛
余冠英：南北朝樂府詩、樂府詞
游國恩：白居易和諷刺詩
鄭振鐸：詞與詞話
葉聖陶：元朝時代的文學
聶紺弩：水滸傳
鄭振鐸：《桃花扇》與《紅樓夢》
鍾敬文：人民的口頭文學

2、五四以來的新文學

蔡儀：五四新文學史
李何林：抗日統一戰線前期的新文學
楊晦：延安文藝座談會講話以後
吳祖湘：茅盾的小說
丁玲：漫談「左聯」點滴
鄭振鐸：文學研究會
李何林：左聯成立前後十年
李伯釗：蘇維埃時期文藝史料
李又然：魯迅先生思想的發展
陳企霞：丁玲的作品
老舍：抗戰時期的文協
黃藥眠：郭沫若的詩

3、文學理論課程

李廣田：《實踐論》與文藝工作
蕭殷：文學與語言
艾青：談詩
丁玲：讀書問題及其它
黃藥眠：主題與題材
葉聖陶：語文問題
田間：「詩」的報告

胡風：怎樣閱讀文學名著

4、文藝思想與文藝政策

周揚：毛主席「講話」的歷史意義

周揚：文藝統一戰線與思想鬥爭

胡華：關於黨史

嚴文井：文藝批評

馮雪峰：社會主義現實主義的幾個問題

艾青：文藝的階級性與黨性

陳企霞：為文藝的新現實主義而鬥爭

徐剛：中國共產黨黨史

5、蘇聯文學

周立波：契訶夫的小說

陳企霞：蘇聯短小說

馮雪峰：關於《毀滅》

光未然：蘇聯獨幕劇

　　老學員事後的回憶文章可以彌補這份課程表的不足。第二期學員趙郁秀的聽課記錄保留得比較完整，她在《我們的隊伍向太陽》的回憶文章中說，**中國古典文學**，除鄭振鐸講授文學史之外，還有李又然講《詩經》，游國恩講《楚辭》和白居易，馮至講杜甫，宋之的講《西廂記》，馮雪峰主持《水滸傳》的課後討論。**中國現代文學**，李何林講五四以來的新文學（現代文學史），吳祖湘講茅盾的小說，黃藥眠講郭沫若的詩歌，陳荒煤講電影創作，柯仲平講解放區文藝，康濯講小說《太陽照在桑乾河上》，馮雪峰講魯迅的小說，胡風講魯迅的雜文，孫伏園講魯迅生平。**西方文學**，楊憲益講古希臘神話、史詩、戲劇，吳興華講文藝復興文學和《神曲》，馮至講歌德的《浮士德》，葉君健講《唐吉訶德》，蔡其矯講惠特曼，陳占元講巴爾扎克，高銘凱講《歐也尼·葛朗臺》，張道真講《約翰·克里斯多夫》，孫家琇講莎士比亞，曹禺講《羅米歐與朱麗葉》，卞之琳講《哈姆雷特》，呂熒講《仲夏夜之夢》，吳興華講《威尼斯商人》。**俄蘇文學**，李何林和彭慧講俄羅斯和蘇聯文學概況，方紀講托爾斯泰，張光年講《大雷雨》，潘之汀講契訶夫，馮雪峰講蕭洛霍夫，等等。〔註21〕

〔註21〕魯迅文學院編：《文學的日子──我與魯迅文學院》，第 364～376 頁，内部紀

授課較多的老師是鄭振鐸和李何林。在學員的回憶中，游國恩、李何林、李又然、丁玲、鄭振鐸、楊憲益、馮至、曹禺、孫家琇等老師的課較受歡迎。第二期學員孫靜軒回憶了馮雪峰和胡風講課的情形：「……此公（馮雪峰）最不善言辭……每次開講，就像是自言自語、說給自己聽似的，只聽他嘮嘮叨叨沒完沒了地講下去，簡直聽不懂他講些什麼……無獨有偶，除了馮雪峰，還有一個胡風，也是個不會講話的人，……像是被什麼堵塞了似的，斷斷續續說半句留半句，始終表達不出一個完整的意思……」。孫靜軒瞭解到胡風與黨內的文藝領導「不和」的信息，便「**特別留意捕捉他的每一句話，想抓把柄。**」當孫靜軒用「革命」觀點質疑胡風對魯迅的理解，說他只強調魯迅的「進化論」階段，沒有講魯迅從「進化論」到「階級論」的飛躍時，衝突終於爆發了，胡風「拍著桌子叫嚷起來……說胡某再不敢進文講所的大門了，邊說邊走下講臺，氣衝衝地走了出去。」孫靜軒說，自已後來成為批胡風的積極分子，「很是出了一陣風頭」，直到「文革」後才翻然悔悟。孫靜軒還認為，講得最糟的是瑪金和沙歐。瑪金講「文藝學」，繞來繞去，不但學員糊塗了，連他自己也糊塗了。沙歐講《聯共黨史》是「趕鴨子上架」，結果是誰也不聽他的。〔註22〕

四、培養方式和教學成果

中央文學研究所（講習所）的教育方式，是課堂教學和討論、自學和創作實踐、社會實踐（下鄉、入廠、入伍）三位一體。第一、第二兩期在教學上比較正規，也就是說正式上課的時間和自己讀書創作的時間比較多。第一期第一學期共開設四門課程：馬恩列斯方法論、大眾哲學、文藝學、新文學史，14 周，每周 5 天上課，周 5 小組漫談，周 6 大組討論，作業是提交學習心得或者讀書報告。這種正規上課安排整整四個學期。第二期學員苗得雨回憶：「文學講習所的學習，包括政治理論、業務學習（中外文學史、文藝理論、作家作品研究）和創作實習。自第二期起更加系統，除原有的範圍，又增加了『文學概論』、『中共黨史』、『世界近代史』等。作家輔導也更加具體化，如丁玲、張天翼、康濯、馬烽、趙樹理、劉白羽、嚴文井輔導小說組，光未

念文集，2000。

〔註22〕魯迅文學院編：《文學的日子——我與魯迅文學院》，第 163～165 頁，內部紀念文集，2000。孫靜軒（1930～2003），詩人，1943 年加入八路軍，1953 年入中央文學講習所學習，1958 年劃為右派，1962 年定居成都。

然、宋之的、陳白塵輔導戲劇組,艾青、田間輔導詩歌組,每人輔導誰都一一列明。第一學期,研讀中國文學,第二學期,研讀外國文學,第三學期重點研讀魯迅作品,第四學期研讀《紅樓夢》。研讀重點有小組範圍的,有全體的,全體的都有大組討論數天,如第一期討論《水滸》,第三期討論魯迅作品,……外國文學重點討論莎士比亞戲劇……」〔註23〕學員除了在校學習和自己讀書寫作之外,還參加各種社會實踐活動。1951 年底,1 期 1 班部分學院參加全國政協土改工作團到廣西參加土改半年,田漢、艾青、李又然帶隊,回來後又分組下鄉入廠入伍,或參加北京的「三反」運動;1953 年 1 期 1 班到浙江采風;1 期 2 班到大同煤礦實習;1953 年第 2 期學員到青島國棉 6 廠實習。

與延安魯藝早期的「三三制」(三個月在校學習,三個月上前線,再迴學校學習三個月)相比,文學研究所(尤其是第一、第二期)要正規多了,學習時間也更長。延安「魯藝」在周揚任常務副院長時期,一度也試圖走正規化、學院化、專門化的道路。從一份 1940 年、1941 年制定和修改的課程表,可以瞭解當時延安「魯藝」在辦學思路上的變化:文學、戲劇、音樂、美術四系公共課(中國的近代史、文藝思潮史、社會問題,西洋近代史,思想方法論、外國語等)10 門,共 740 學時(其中外國語 360 學時),三學年修完。文學系專業課 11 門(包括中外文學史、文學概論、文學批評、文學名著選讀、理論名著選讀、中國小說研究、中國詩歌研究、作家研究等),共 1080 學時,三年修完。選修課 3 門(民間文學、新聞學、文學翻譯),每門 60 學時。文學系的教師也很強,有何其芳、周立波、陳荒煤、嚴文井等,丁玲、艾青、高長虹、蕭軍、歐陽山等人都應邀到「魯藝」做過演講。然而,延安「魯藝」在正規化、專門化方面的這種努力和嘗試,卻引起了毛澤東、賀龍等中央領導人、前方部隊將領和邊區某些文化界人士的不滿。在 1942 年的整風運動中被尖銳批評為關門提高。〔註24〕丁玲的中央文學研究所的遭遇也基本上是一樣,第一、第二期之後就改成短訓班了。

文學研究所學員在生活上實行一種半軍事化的供給制或包幹制。資料員李昌榮說:「不是供給制。供給制是全都管了。是包幹制,給一點點錢,根據資歷分吃大竈、中竈、小竈。我是部隊轉業到文研所的。在部隊,我是排

〔註23〕魯迅文學院編:《文學的日子——我與魯迅文學院》,第 306 頁,內部紀念文集,2000。
〔註24〕王培元:《延安魯藝風雲錄》,第 82～94 頁,桂林,廣西師範大學出版社,2004。

級，到文研所就給我一個班級待遇。那時思想很革命，隨便怎麼都行。王景山（李昌榮的丈夫）是三十幾元。……我們拿包幹制的人生活水平很低，誰富呢？有孩子的富。爲什麼？因爲孩子有供應，營養品、保姆費，兩個孩子，公家出錢給你雇一個保姆，孩子的營養費花不了。……後來，我得了肺病，王景山讓我吃 15 元的中竈（據當時的管理員張鳳翔說，小竈 20 元，中竈 18 元，大竈 12 元），我再給母親錢，就什麼錢也沒有了。我們從來不做衣服。但日常生活用品、學習用品都發，包括手紙。後來人事科幹部王孔文勸我改成薪金制。我們沒有孩子，如果改成薪金制就有上百元錢了。我想，壞了，讓我領薪金，就是對我實行雇傭了，我就不是革命大家庭裏的一員了，所以就哇哇地大哭起來。到了 1955 年一律改成薪金制時，有人和我開玩笑說，李昌榮，我們都改了，你一個人革命吧。」〔註25〕王景山入學前是江蘇通州師範學校的教師，有較好的收入，他在西南聯大和北京大學的同學楊犂（當時在《文藝報》任編輯）推薦他來學習，所以一進文研所，丁玲就找他談話：「文學工作要耐得清苦、耐得寂寞。……你看楊犂，在外面肯定是領導幹部了，在這裡還是吃大竈。」〔註26〕可見在這裡學習而又吃大竈者，生活還是比較清貧的。從學員的回憶中可以看出，生活清貧並不是問題，但等級制在他們的腦子裏還是留下了很深的印象的。第一期學員朱靖華回憶：「那時候的等級觀念很重。……這是由戰爭年代長期的『供給制』演化而來的。我來文研所是吃大竈，使用的是簡陋的三屜桌，椅子是木頭板的，這是最次的待遇。秘書以上可以用兩屜一頭沉帶櫥櫃的桌子，並配有小書架。學員是『研究員』，可以用軟椅和一頭沉桌子。一般吃中竈的處級幹部用大的一頭沉，有三個抽屜，還可以用軟座沙發椅，並配有大書架。……所長級幹部是小竈，丁玲是特竈（也有說是小竈）。」〔註27〕

　　丁玲是文學研究所的所長和主心骨，如果不受外力左右的話，她的話應該是文學研究所的「聖旨」。1951 年 3 月 12 日，丁玲「在中央文學研究所理論批評小組成立會上的講話」，顯得很有個性：「要大膽爭論，要發現新鮮事

〔註25〕轉引自邢小群：《丁玲與中央文學研究所的興衰》，第 23 頁，濟南，山東畫報出版社，2003。

〔註26〕魯迅文學院編：《文學的日子──我與魯迅文學院》，第 57 頁，內部紀念文集，2000。

〔註27〕轉引自邢小群：《丁玲與中央文學研究所的興衰》，第 24～25 頁，濟南，山東畫報出版社，2003。

物。開會不要成爲形式。無形的、眞正研究問題的會，三人五人的會，要多開。要紛紛討論，是解決問題的議論。要善於聽取別人的意見，修改自己的意見，集合大家的意見，使之成爲最完整的東西。要用腦子，獨立思想，不要鸚鵡學舌。應該老老實實，想說什麼就說什麼。」〔註28〕

　　1951 年 7 月 31 日的「第二學季『文藝思想和文藝政策』單元學習總結的啓發報告」，主要是結合當時批判電影《武訓傳》和蕭也牧、朱定等人的小說，批判小資產階級思想：「是不是什麼都要總結呢？……不是，而是要總結我們同學中思想上有了哪些進步。從《武訓傳》、《關連長》、《我們夫婦之間》裏，討論無產階級的，非無產階級的，小資產階級的文藝思想，什麼是好的，什麼是危害人民的東西。……上海認爲蕭也牧是解放區最有才華的作家，其次是秦兆陽，認爲蕭也牧的作品有工農兵，又有藝術。人家反對我們，不是從內容上，他們不敢，而是從形式上反對我們，認爲缺乏愛，缺乏情感，缺乏人情味。……《我們夫婦之間》主角是知識分子，是知識分子結合工農兵。寫張英不好，就是想襯托李克好。《關連長》的出現，不是不瞭解解放軍，而是故意出解放軍的洋相。不是看不見好東西，而是專門去找壞的東西，誇大，甚至造謠。這不是有心、政治上的問題，而是思想上的問題。走下去，可能走到反對我們的反對階級反面去。小資產階級改造，是一個很大的問題。」〔註29〕

　　第一期第一班入學近一年的時候，丁玲開始作創作動員報告，急於要學員拿出有分量的、重大題材的、像《白毛女》和《誰是最可愛的人》那樣的作品。這個動員報告似乎與丁玲的文藝觀不大吻合，但她創辦中央文學研究所之後，急於想出一批有轟動效應的作品。1951 年 11 月 14 日《給第一期第一班學員作創作動員報告》：「一年來，我所培養青年作家的方法、道路是對的，沒有脫離政治、群眾。但成績是沒有的。我們並沒有說馬上要成績，但成績卻還是要的。……搞創作一定要搞出東西來，分量重，主題意義大。寫自己熟悉的東西，是對的，但要看你熟悉的是什麼，身邊瑣事不合要求，不合水平。同時，我們還要強調集體來搞，《白毛女》就是集體的。當然，這不大容易。不過要相信，集體裏能產生好東西。這次要求寫作是任務，也

〔註28〕　轉引自邢小群：《丁玲與中央文學研究所的興衰》，第 209 頁，濟南，山東畫
　　　　　報出版社，2003。
〔註29〕　轉引自邢小群：《丁玲與中央文學研究所的興衰》，第 215～217 頁，濟南，山
　　　　　東畫報出版社，2003。

足考驗，對大家都是考驗。集體地搞，有重點地搞，希望人家爭取做重點。我們要爭取寫出一個劇本來，1952 年上半年上演。寫出幾篇好的小說和報導來。魏巍的通訊受到歡迎，是因為文中對志願軍戰士有無限的熱情。群眾要求熱情蓬勃的東西，我們的東西往往不熱烈，黯淡無光……。」〔註30〕

　　1953 年，丁玲辭去文學研究所所長職務。1955 年，作家協會開始整「丁陳集團」。1956 年下半年準備改正，1957 年又翻過來，期間幾經周折，最終定為「反黨集團」。到了 1957 年，中央文學研究所（文學講習所）終於關門，丁玲想幹一件「有意義」的事情終於失敗了，還將自己搭了進去。丁玲的「罪狀」主要是「搞個人崇拜」、「一本書主義」、「不要黨的領導」等。丁玲的學生張鳳珠、徐光耀認為這些都是「莫須有」的。在下面的章節裏還要涉及這個問題，這裡不再展開討論。在閱讀魯迅文學院編的《文學的日子——我與魯迅文學院》一書時，讀到 50 年代老學員的回憶錄 20 多篇，其中除了一些客觀材料之外，多數是抒情，回憶起自己的青春歲月，但涉及創作問題本身的不多。這些學員畢業以後當作家的並不多，他們大多都成了文學幹部，各省市文聯、作協的領導人。我現在做這樣的假設：假設丁玲不辭去所長職務，她的願望實現了，也就是按照她在創作動員報告中所想的那樣，結果又怎麼樣呢？

　　下面是魯迅文學院建院 50 週年展覽上所提供的一份《文學研究所和文學講習所學員 1950～1966 年的代表作》目錄——

　　徐光耀：《小兵張嘎》（電影劇本）

　　鄧友梅：《在懸崖上》（小說）

　　馬烽：《結婚》（小說）、《三年早知道》、《我們村裏的年輕人》（電影劇本）

　　董曉華：《董存瑞》（電影劇本）

　　梁斌：《紅旗譜》（小說）

　　邢野：《平原游擊隊》（劇本，後改編成電影劇本）

　　劉真：《春大姐》、《我和小榮》（小說）

　　李納：《明淨的水》（小說）

　　和谷岩：《狼牙山五壯士》（電影劇本）

　　谷峪：《一件提案》（小說）

〔註30〕轉引自邢小群：《丁玲與中央文學研究所的興衰》，第 219～220 頁，濟南，山東畫報出版社，2003。

陳登科：《風雷》（小說）

王雪波、張學新：《六號門》（劇本）

馬拉沁夫：《草原上的人們》、《草原晨曲》（電影劇本）、《敖包相會》（歌詞）

白刃：《兵臨城下》（電影劇本）

郭梁信（梁信）：《紅色娘子軍》（劇本）

朱祖貽：《甲午海戰》、《赤道戰鼓》（劇本）

就中央文學研究所和講習所 4 期 5 班的 279 名畢業生整整 16 年而言，上面的成果實在是少得可憐。而且文學研究所（講習所）這個培養作家的地方，結果大部分都在改編電影劇本。值得注意的小說，也只有梁斌一部《紅旗譜》。梁斌是一個比較執著的人，經常是夾著一個裏面裝著手稿的大牛皮紙文件袋，一邊參加會議，一邊偷偷寫作。他在晚年回憶的時候說，文學講習所的政治理論課「講聯共黨史，沒有什麼道理，還不如講政治經濟學。」〔註31〕

上面列舉的那些課程，並且由那些名師來教授，其規格之高、陣容之強大，無論是當時還是現在，都是任何一所高等學校文學系所無法想像、無法相比的。第一期和第二期學員的學習期限都是兩三年，還有一部分學員從第一期轉到二期繼續學習，最長的時間長達四年，長期與著名作家和學者在一起交流、切磋，但最終的教育效果卻不明顯，這不得不讓人深思！倒是那件與中央文學研究所（講習所）、與丁玲等人密切相關政治事件──「丁玲、陳企霞反黨集團」──成了當代文學史研究的重點之一。

〔註31〕魯迅文學院編：《文學的日子──我與魯迅文學院》，第 98 頁，內部紀念文集，2000。

1950 籌委會會議記錄

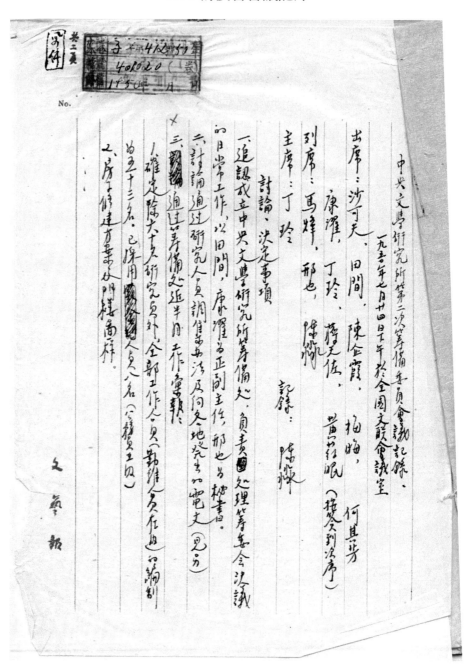

丁玲給第一班學員的信

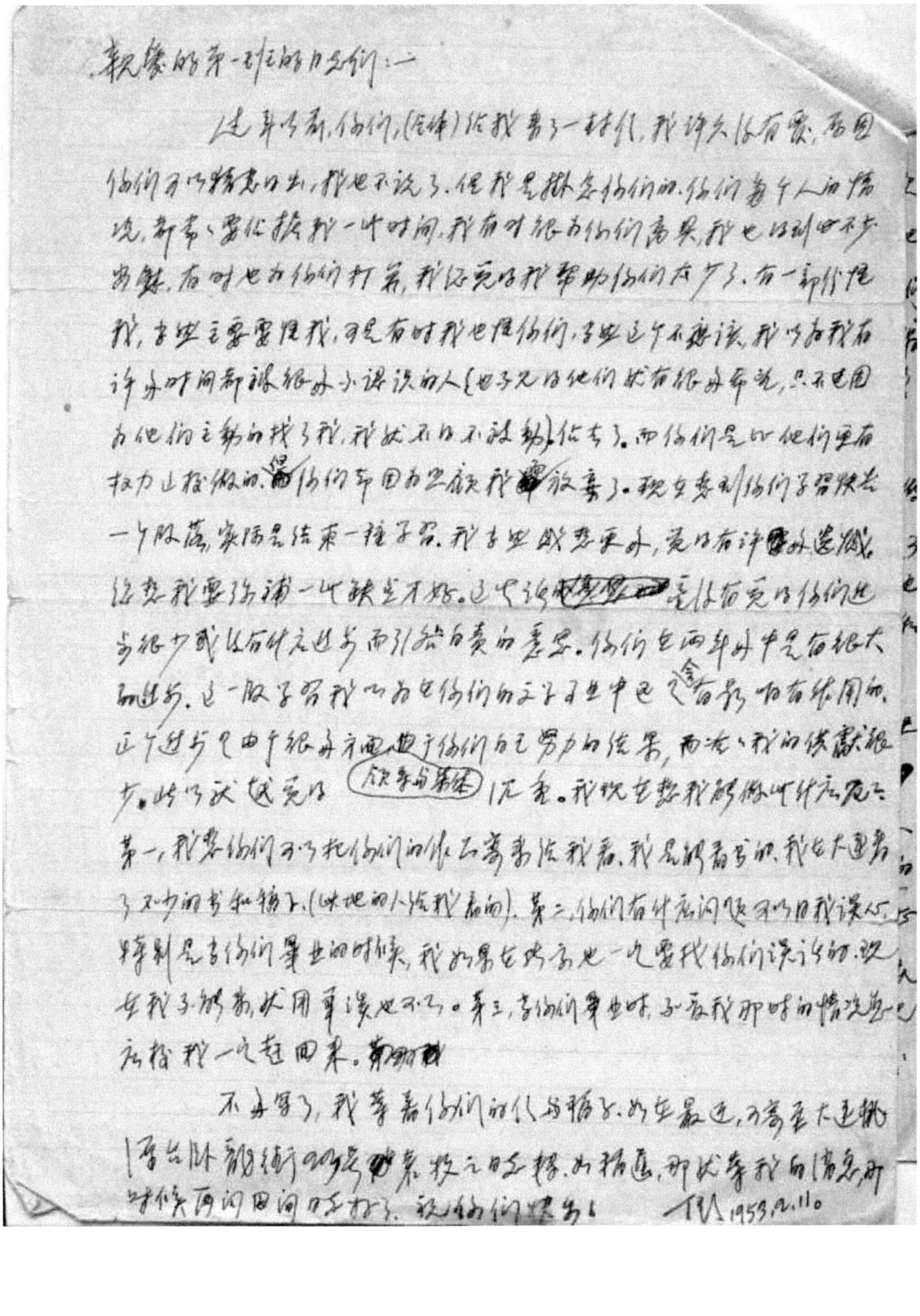
親愛的第一班的同志們：

丁玲 1953.2.11

小兵張嘎封面

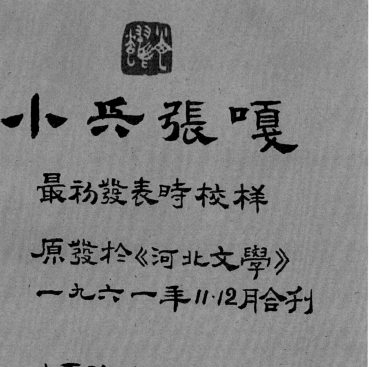

小兵張嘎

最初發表時校样

原發扵《河北文學》
一九六一年11·12月合刊

此系徐光耀手校存栒

初稿完成于一九五八年
六月九日

文化部批覆籌備計劃

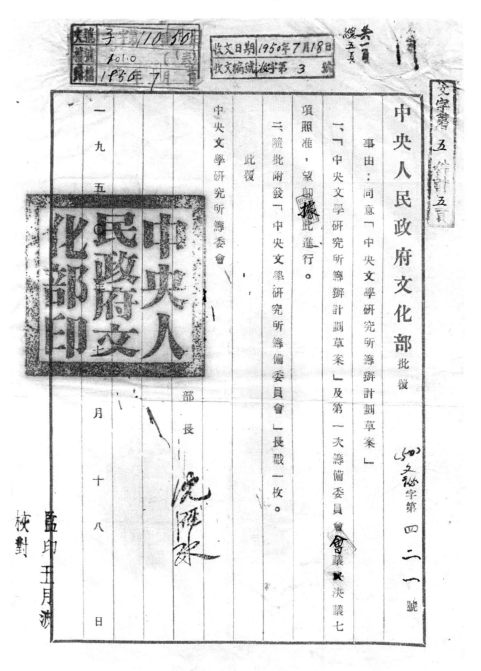

文研所人員機構

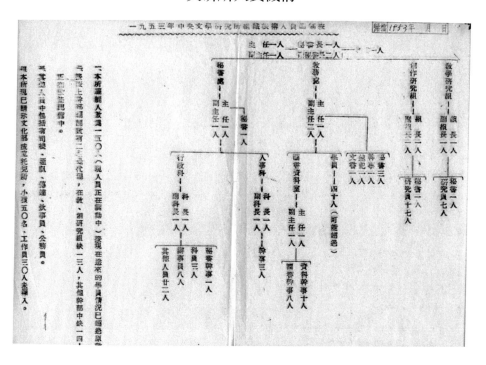

文研所成立 1951 年 1 月 2 日

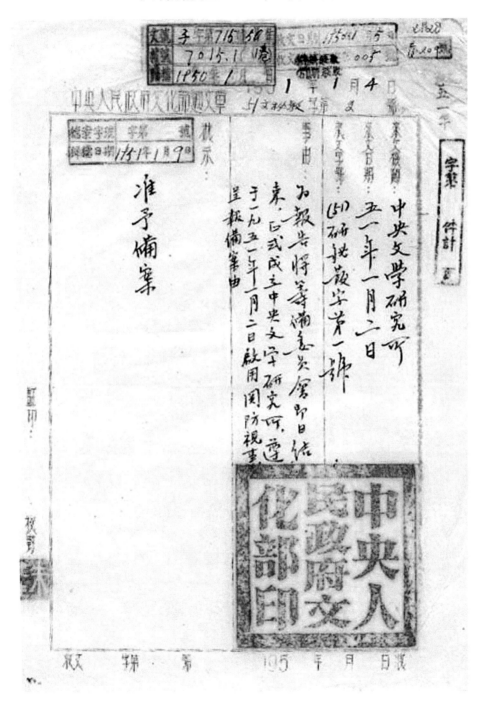

文研所預算

國立文學研究院開辦費簡單預算

一、需購買房子一百間，每間以十三疋二呎五噸布計算（地政局所定次中等房價），共一三○○疋布，折合小米約三二○○○○斤。

二、按裝修理費（包括按裝燈、水、電、補修房屋等）約一五○疋布，折合小米三六三○○斤。

三、傢俱購置費（包括桌、椅、床、椅，以及做假用具等）約二○○疋布，折合小米四八四○○斤。

四、其他費用（如購買自行車、文具紙張、油印機、打字機等零星用品），約一五○疋布，折合小米三六三○○斤。

以上四宗共布三六三○○斤。

折合小米：四四一○○○斤

中華全國文學藝術界聯合會

任命丁玲、張天翼（左半張）

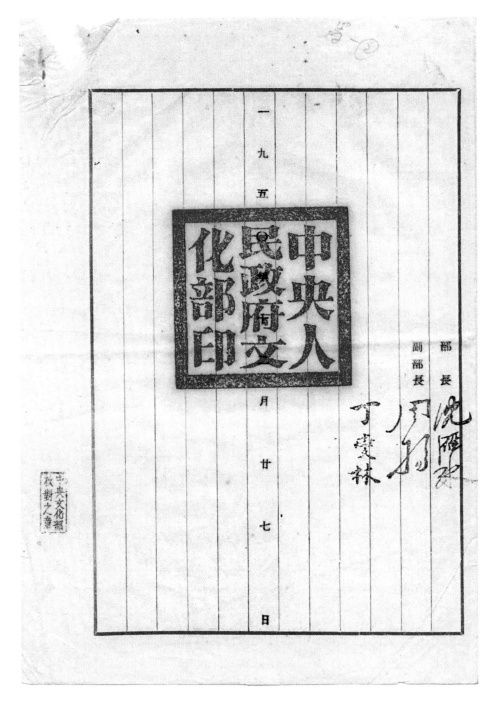

任命丁玲、張天翼（右半張）

中央人民政府文化部令

事由：頒發丁玲、張天翼任命通知書及中央文學研究所關防

中央文學研究所業經政務院第六十一次政務會議通過設立，並通過任命

丁玲為中央文學研究所主任，張天翼為副主任。奉此，原「中央文學研究

所籌備委員會」應即結束，正式成立中央文學研究所。茲隨令轉發政務院

任命通知書兩份，並頒發「中央文學研究所印」木刻關防一顆。望即遵照

執行，並將關防啟用日期連同印模一式三份報部備查。

此令

中央文學研究所

丁玲主任

張天翼副主任

企霞給周揚信‧研究院籌備草案

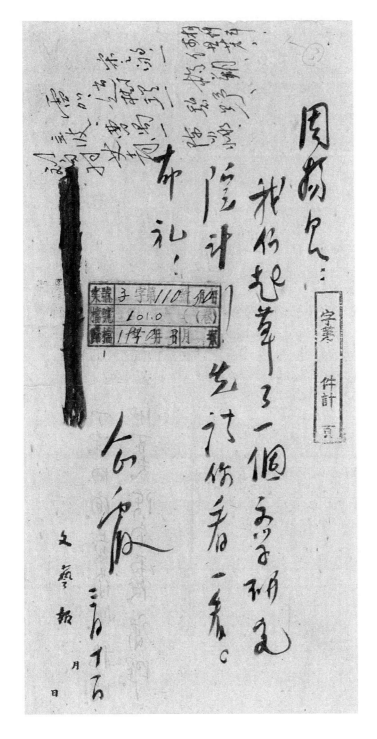

作家協會講習所行政名單

中國作家協會文學講習所各部門負責人名單

所主任：田間　電話：四局○七四一　　住鼓樓東大街103号　右

副主任：邢也　同　　右

副主任 兼教學研究組？長：蕭殷　同　鼓樓東大街152号　右

兼教務處主任 副主任：田家　同　鼓樓東大街103号　右

教務處副主任：徐剛　同　右

秘書處主任：朱東　電話：四局一七三八　同　右

秘書處副主任：張习先　同　右

所部 秘書：王谷林　電話：四局○七四一　同　右

秘書：瑪金　電話：四局一三五六　同　右

教學研究組副組長：李又然　同　右

教　員：蔡其矯　同　右

教　員：葉楓　同　右

教　員：潘之汀　同　右

第一期中國古典文學講課記錄

案卷　字第　號 51 +
檔號　60205.0（2卷）
歸檔　　年　月　日

第一期中國古典文學講課記錄

1. 史前的民族文化　　　　　　裴文中
2. 中國文學史　　　　　　　　鄭振鐸
3. 古代文學　　　　　　　　　〃
4. 屈　原　　　　　　　　　　郭沫若
5. 古詩十九首与孔雀東南飛　　俞平伯
6. 三國六朝文學　　　　　　　鄭振鐸
7. 南北朝樂府辭　　　　　　　余冠英
8. 唐詩变文和傳奇文　　　　　鄭振鐸
9. 白居易及其諷刺詩　　　　　游國恩
10. 古文　　　　　　　　　　　叶聖陶
11. 詞与詞話　　　　　　　　　鄭振鐸
12. 辛稼軒詞　　　　　　　　　叶聖陶
13. 元朝时代的文學　　　　　　鄭振鐸
14. 元曲　　　　　　　　　　　張庚
15. 水滸傳　　　　　　　　　　聶紺弩
16. 明代的小說与戲曲　　　　　鄭振鐸
17. 桃花扇与紅樓夢　　　　　　〃
18. 清朝末年的小說　　　　　　〃

中國作家協會文學講習所

遺漏：如何從民間文艺中吸取意義　赵樹理

第一期中國古典文學講課記錄 2

19. 晚清小说　　　　　　　　　阿英

20. 人民口頭文學　　　　　　　　鍾敬文

21. 中國竟小说的衍变　　　　　　鄭振鐸

第一期五四以来新文學讲课纪錄

1. 五四新文學史　　　　　　　　蔡儀

2. 左联成立前後十年　　　　　　李何林

3. "抗日统一战线"前期的新文学　　　"

4. 蘇维埃时期文艺史料　　　　　李伯釗

5. 延安文艺座谈会讲话以后　　　杨晦

第一期中國新文學专题报告纪錄

1. 魯迅的小說　　　　　　　　　杨思神

2. 关於阿Q　　　　　　　　　　張天翼

3. 魯迅雜文　　　　　　　　　　何幹之

4. 魯迅与翻译　　　　　　　　　曹靖华

5. 记未名社　　　　　　　　　　李霁野

6. 关於"阿Q正傳"的一些问题　　張天翼

7. 魯迅先生的思想发展　　　　　李欧梵

8. 茅盾的小说　　　　　　　　　吳祖緗

中國作家協會文學講習所

第一期中國新文學專題講課記錄

9. 丁玲的作品　　　　　　　　　陳企霞

10. 文學研究會　　　　　　　　　鄭振鐸

11. 漫談"左聯"點滴　　　　　　　丁　玲

12. 抗戰時期的文協　　　　　　　老　舍

13. 中國近五十年劇運概況　　　　張　庚

第一期 "文艺学" 与文艺習问题讲課记录

1. "实践论"与文艺工作　　　　　李廣田

2. 文學的种類　　　　　　　　　楊思仲

3. 主題与題材　　　　　　　　　黄药眠

4. 文學与語言　　　　　　　　　肖　殷

5. 語文問題　　　　　　　　　　叶聖陶

6. 談詩　　　　　　　　　　　　艾青

7. "詩"的报告　　　　　　　　　田間

8. 詩歌座談会　　　　　　　　　"

9. 讀書問題及其他　　　　　　　丁玲

10. 看了几篇作品後的感想　　　　"

11. 怎样阅讀文學名著　　　　　　胡風

遺漏：郭沫若的詩　黄药眠

中國作家協會文學講習所

第一期文藝思想與文藝政策講課記錄

第一期文艺思想与文艺政策讲课记录

1. 毛主席在"延安文艺座谈会讲话"的历史意义　周扬
2. 关於社会主义现实主义的几個问题　　　　冯雪峰
3. 文艺统一战线与思想斗争　　　　　　　　周扬
4. 为文艺的新现实主义而斗争　　　　　　　陈企霞
5. 文艺的阶级性与党性　　　　　　　　　　艾青
6. 文学的语言　　　　　　　　　　　　　　何其芳
7. 再论普及与提高　　　　　　　　　　　　肖殷
8. 文艺批评　　　　　　　　　　　　　　　严文井
9. 周扬同志的报告　　　　　　　　　　　　周扬
10. 如何连接新的学习　　　　　　　　　　　丁玲

第一期苏联文学讲课记录

1. 契柯夫的小说　　　　　　　　　　　　　周立波
2. 关于"毁灭"　　　　　　　　　　　　　冯雪峰
3. 從永不掉队读起　　　　　　　　　　　　肖殷
4. 关於收藏　　　　　　　　　　　　　　　梅运夷
5. 苏联短篇小说　　　　　　　　　　　　　陈企霞
6. 苏联独幕剧　　　　　　　　　　　　　　光未然

中國作家協會文學講習所

第一期作家談創作經驗報告記錄

第一期作家談創作經驗報告記錄

1. 創作經驗	周立波
2. 〃	阮章競
3. 〃	柳青
4. 部隊文艺創作问题	劉白羽
5. "傳家寶"的寫作經过	趙樹理
6. 谈谈創作經驗	柯仲平
7. 創作与生活	刘白羽
8. 創作經驗	楊朔
9. 〃	秦兆陽
10. 工会工作	陳用文

中國革命史、近代世界史讲課记録

1. 年表		资料
2. 关於党史		胡華
3. 中國共產党党史第一册		徐剛
4. 〃	二册	
5. 〃	三册	
6. 〃	四册	田家

中國作家協會文學講習所

魯迅文學院歷屆領導名單

魯迅文學院

（含中央文學研究所、中央文學講習所、中國作家協會文學講習所）

歷屆主要負責人簡介

中央文學研究所時期（1950～1953）

姓 名	簡 介	職 務	任職時間
丁 玲	作家	所長	1950～1953
張天翼	作家	副所長	1950～1953
田 間	詩人	祕書長	1950～1953
康 濯	作家	副祕書長	1950～1953
馬 烽	作家	副祕書長	1950～1953

中央文學講習所時期（1953～1958）

姓 名	簡 介	職 務	任職時間
田 間	詩人	所長	1953～1956
吳伯簫	作家、教育家	所長	1953～1956
邢 野	作家	副所長	1953～1954
田 家	作家	副所長	1953～1954
公 木	詩人、學者、教育家	副所長	1953～1958
蕭 殷	作家、記者、教育家	副所長	1953
徐 剛	作家、記者	講習班主任	1956～1957

中國作家協會文學講習所時期（1980～1984）

姓 名	簡 介	職 務	任職時間
徐 鋼	作家、記者	籌備組組長	1980～1982
古鑑茲	作家	籌備組組長	1988～1982
延澤民	作家	作協書記處書記兼所長	1982～1983
李清泉	評論家、編輯家	所長	1982～1985
徐 剛	作家、記者	副祕書長	1982～1985

魯迅文學院時期（1984～今）

姓 名	簡 介	職 務	任職時間
唐 因	評論家、編輯家	院長	1985～1990
周艾若	學者、教育家	教務長	1985～1990
古鑑茲	作家	副院長	1991～1994
李一信	作家	副院長	1991～1995
楊子敏	詩人	作協書記處書記兼第一副院長	1994～1995
孫武臣	評論家	副院長	1995～1999
賀敬之	詩人、曾任中宣部副部長、文化部代部長	院長	1991～今
雷抒雁	詩人	常務副院長	1995～今
白 描	作家	副院長	1999～今
胡 平	評論家、作家	副院長	1999～今

籌備委員會長戳（1950）

丁玲反黨集團

第五章　文學媒介及其管理機制

一、民營和同人報刊的終結

　　1949 年以後的文學「一體化」，首先體現在作家隊伍的重整，新作家的培養模式，表達方式（抒情方式和敘事方式）的「規範化」，最後是整整一個時代文學趣味的變化，等等。但是，對這些方面的顯現，正是依賴報刊雜誌這一重要的傳播媒介而實現的。對文學媒介的控制，是新中國文學生產和傳播的核心內容之一。管理的基本步驟是，1、取消民國時期已有的老報刊雜誌；2、阻止新的同人刊物或者民營報刊的出現；3、創辦新的官方刊物（國家刊物、機關刊物）；4、對新創辦的「國家刊物」進行監督、批評、批判，直至符合預想的標準。關於第一、二兩條，無須詳細討論，到 1952 年前後，這種現象基本絕跡。其中值得提及的是兩家出現在上海的同人刊物和民營報紙。一個是胡風的夫人梅志、路翎、化鐵等人 40 年代末、50 年代初期創辦於上海的同人刊物《起點》，胡風的長詩《時間開始了》第三部《青春曲》的第一曲《小草對陽光這樣說》，就刊登在《起點》1950 年第 1 期上。後來因為主管全國民營文藝期刊發行工作的三聯書店上海分店，拒絕發行這個刊物，因為北京的總店有吩咐，「叫他們不要賣」，刊物才出了三期就要停辦。〔註 1〕《起點》的命運就是新中國同人報刊的命運。但當時採取的是一種比較柔性的態度，比如不發行，讓它自生自滅，還沒有採用「取締」的強行措施。

〔註 1〕梅志《胡風傳》第 619 頁，北京，十月文藝出版社，1998。

　　上海的《小報》和《人報》也是如此。1949 年下半年到上海主持文化工作的夏衍，考慮到要團結和改造諸多因原來的報社被取締而失去工作的報業人員，批准出版《大報》和《亦報》兩種民營小報，《亦報》由唐大郎和龔之芳兩人主辦。《大報》後來併入《亦報》。1952 年，《亦報》停刊，部分工作人員併入《新民晚報》，上海的民營小報從此退出歷史舞臺。當時，剛剛創辦的《亦報》在市民中影響較大，並團結了一批著名作家為固定撰稿人。周作人化名在上面發表了上百篇短文，又有豐子愷的畫，加上張愛玲的小說，各種機緣巧合，使得這份小報，具有了一般小報通常不可能具有的品味。陳子善所編《知堂集外文・亦報隨筆》，收入周作人從 1949 年 11 月 22 日起至 1952 年 3 月 15 日止，在上海《亦報》發表小文 908 篇。張愛玲也是《亦報》的重要作者，在上面以梁京的筆名發表了《十八春》和《小艾》兩部小說。北京老作家張恨水在張愛玲的《十八春》連載完之後，接著在《亦報》連載《人跡板橋霜》。這可以說是 20 世紀上半葉都市類小報繁榮狀況，在上海灘最後一次亮相，截至時間是 1952 年。

　　1951 年 11 月 24 日，北京市文藝界召開整風學習動員大會，強調文藝工作者改造思想。胡喬木、周揚、丁玲在會上發表講話。丁玲做了《為提高我們的刊物的思想性、戰鬥性而鬥爭》的報告。丁玲說：「我們還有很多人用一種傳統的觀點、舊的觀點去對待我們今天的刊物，把刊物常常看成只是一夥人的事。過去一小夥人掌握了一個刊物（即是所謂同人刊物），發表這一夥人的思想，宣傳這一夥人的思想，反對一些他們要反對的，也慷慨激昂過，也發牢騷。這些刊物有的曾經因為被進步人士所掌握，當時起過一些積極的作用，有的編輯部裏因為有共產黨員，曾反映過一些黨的政策。但這種辦刊物的辦法，已經過時了，我們應該明白我們已經處於另外一個嶄新的時代了。我們已經是主人，國家和人民需要我們的刊物能擔當思想領導的任務，能帶領群眾參加一切生活中的思想鬥爭，並且能引導和組織作家們一同完成這個任務……。」〔註 2〕按照丁玲的意思，「同人刊物」只是發表「一夥人」的作品和思想。「五四」時期的著名刊物《新青年》只是發表了「一夥人」的思想嗎？或者說，刊物能夠發表很多很多人的作品和思想嗎？解放前掌握在「進步人士」和「共產黨員」手中的額「同人刊物」曾經起到了積極的作用，解放後為什麼不可以用同樣的方式讓它起到積極的作用呢？丁玲的話當然是應

〔註 2〕丁玲：《為提高我們刊物的思想性、戰鬥性而鬥爭》，《文藝報》第 5 卷第 4 期。

時而發，但就她的講話本身而言，邏輯混亂，沒有說服力，但很有威嚴。她在講話毫無疑問宣判了「同人刊物」的死刑！這就意味著「五四」新文學運動以來，以《新青年》等雜誌所開創的「同人報刊」傳統已經終結！用今天的話說，具有現代色彩的「言論公共空間」消失了！

20 世紀三四十年代的著名編輯家胡風，對這種新的辦刊思維早就不以為然，他堅持自己「暫時不接管《文藝報》和《人民文學》」的決定，目的是希望有一天能夠按照自己的編輯思想辦刊。直到 1954 年 7 月，他才在《三十萬言書》中全面闡釋了他的辦刊思想和思路。《三十萬言書》的第四章第二部分，專門就刊物編輯工作向中央進言，他建議：

> 一、有領導地取消現在的所謂「國家刊物」或「領導刊物」或「機關刊物」的《文藝報》、《人民文學》、《文藝學習》（中國作協）、《劇本》；《譯文》保留；《新觀察》研究以後加以調整。
>
> 二、有領導地取消現在所謂大區刊物《文藝月刊》、《長江文藝》、《西南文藝》、《東北文藝》等。
>
> 三、有領導地解散中央和各大區的、行政管理或變相的行政管理的所謂創作機構，如「駐會作家」、創作所、創作室、創作部、各種創作組等。……

胡風指出那些機關刊物的諸多弊端，認為其編輯和審閱工作，由沒有經驗而且政治和藝術水準不高的青年，和一些「培養」出來的「文藝幹部」承擔，作家們成了由編輯部裁決的對象。因為這些期刊「都是獨佔性的」，有壟斷地位，它不可能鼓勵進行真正的作品競賽，「反而成了一呼百諾的壓死了思想鬥爭的局面」，「成了主觀主義或機械論的基本陣地」。為了「保證創作實踐能在更廣泛的思想鬥爭的基礎上爭取發展」，「應建立幾個公私合營的出版社」，容納「可以出版但水準不高或審稿人把握不定的作品」。針對新的辦刊方針，胡風提出以下建議：

> 一、創刊七八個作家協會支持並給以物質供給的會員刊物（不是「國家刊物」、「領導刊物」或「機關刊物」，而是作家協會支持的**群眾刊物**，按，著重號原有），北京五六個，上海一兩個。
>
> 二、每一個刊物是一個勞動結合單位，絕對排除任何行政性質（包括服從多數）的工作方式。
>
> 三、每一個刊物由一個有影響的作家負責主編，用自願擔任，

由中宣部批准的方法決定……

　　四、每一個刊物由主編選任三四個負日常工作責任的作家為副主編，由中宣部審查批准……

　　五、每一個刊物團結二十名到三十名上下的作家和青年作者，作為擔負編輯工作的成員……

　　此外還有很多具體的措施，有的太瑣碎，不再詳細引述。其中涉及用稿原則是這樣的，主編不同意，但責任編輯堅持的稿件，可以發表，但責任由編輯承擔。主編同意發表，但編輯不同意的，也可以發表，責任由主編承擔。〔註3〕。胡風在這裡強調的是「群眾刊物」，「勞動合作單位」，「主編負責」等關鍵詞。胡風無疑想借鑒「五四」時期的和自己在三四十年代的編刊經驗，以便在當時的文學界，創造一個相對寬鬆自由的「公共言論空間」。不要說在當時，即使在今天，胡風的這些說法都像是「癡人說夢」。但他說出來了，儘管等待他的是噩耗。

　　有胡風類似想法的，其實也大有人在。1956 年 11 月 21 日至 12 月 1 日，中國作家協會在北京召開「全國文學期刊編輯工作會議」，討論如何在文學刊物編輯工作中貫徹「雙百」方針。參加會議的有來自全國各地 64 家文學期刊的主要編輯 90 多人。周揚在會上發表講話，認為刊物的特點首先是要有自己鮮明的主張，要有傾向性，要有民族風格，要有地方色彩，一個刊物質量不高，就跟本談不上什麼風格，要允許不同風格和不同流派出現。黎之回憶道：「周揚講話中講不要怕片面性……你一個片面，我一個片面，加起來不就全面了麼。……周揚提出可以考慮允許辦同人刊物，他這個講話影響很大，後來文藝界不少人準備辦同仁刊物。」〔註4〕。

　　時任《文藝報》編輯的敏澤回憶，他們也曾經有過辦同人刊物想法，因為適值「雙百」方針時期，文藝界一些領導也公開提到過可以辦同人刊物。敏澤等人就辦同人刊物的問題徵求馮雪峰的意見，並「向作協當時的領導人作了詢問，得到了十分肯定的答覆……但我們此時還是想到了各種可能發生的指責，為了防止別人指責我們脫離黨的領導，我們一個非黨群眾也不吸收；我們要根據黨的方針辦；並且要在黨委領導下工作。」儘管如此，「這個遠遠

〔註3〕《胡風全集》第 6 卷，第 408〜412 頁，武漢，湖北人民出版社，1999。
〔註4〕黎之：《文壇風雲錄》，第 52 頁，鄭州，河南人民出版社，1998。轉引自陳偉軍《被放逐的邊緣話語——解讀建國初期文壇有關全人刊物的言說》（香港中文大學《二十一世紀》2005 年 11 月號）。

沒有成為行動的、經過當時領導人批准的打算和一些議論，不久就成了彌天的大罪！」〔註5〕

　　郭小川在「文革」期間寫了很多檢討書，其中回憶到他操辦「全國文學期刊編輯會議」的情況，這種寫於「文革」時期的檢討書，措辭詭異，文風怪誕，但從中還是能看出一些重要信息。在《我的第三次檢查》（1968年底）中郭小川認為自己主持的編輯工作會議：「是在所謂解放思想……的藉口下，對牛鬼蛇神的總動員，對黨的無產階級的輿論陣地的大出賣。我在準備和實際主持這個會議的指導思想，就是不要無產階級立場，不要無產階級領導，不要毛澤東思想，不要毛主席的為工農兵服務的文藝方向，更不讓工農兵登上文藝舞臺，而讓反動的資產階級知識分子、一切牛鬼蛇神，來個群魔亂舞，這樣，當然就是使全國的文藝刊物都成為資本主義復辟的反革命陣地，使全國文藝刊物和報紙文藝副刊成為資本主義集團競爭的反革命工具。**我自己還想自己辦一個同人刊物**，這所謂同人，不僅包括李興華、楊犁、蘇中、涂光群、楊志一這些人，而且還想拉林默涵、樓適夷等等一起辦，後來，只因為林默涵從文藝黑線的全局考慮認為不需要，而應集中力量辦好已有的反黨喉舌如《文藝報》等等，才沒有辦出來。如果辦出來，肯定是個右派刊物，單憑這一點，我也就早已成了右派。想到這裡，真是怵目驚心，可怕得很。」〔註6〕

　　在檢討書《向毛主席請罪　向革命群眾請罪》（1969年7月14日）中，郭小川再一次談到文學期刊編輯工作會議問題：「這個黑會的方針是周揚和舊作協黨組定的，會議也是由周揚指揮的，但會議的具體主持者卻是我。這個黑會的中心問題是把『百花齊放，百家爭鳴』的階級政策，歪曲成為資產階級自由化。偉大領袖毛主席於5月初提出了『百花齊放，百家爭鳴』的方針，反革命修正主義分子陸定一5月底就做了一個黑報告進行了歪曲，周揚也不斷進行歪曲。我也跟著他們進行了歪曲。在會議準備期間，9月初到9月中，我曾到上海、武漢兩地訪問了不少資產階級作家和教授、幾個刊物的編輯部，回京後寫了一個所謂『資料性的材料』，集中了他們的錯誤看法，提出了在刊物上推行資產階級自由化的全面意見，這些意見就成了編輯工作會議的重要根據。在開會後，《開幕詞》是我致的，周揚的兩次黑報告是我催促他來做的，

〔註5〕敏澤：《帶著歉疚的回憶》，《北京文藝》1980年第4期。同上。
〔註6〕郭曉惠等編：《檢討書——詩人郭小川在政治運動中的另類文字》，第213～214頁，北京，中國工人出版社，2001。

會議通過的文學刊物的反革命修正主義綱領——《會議紀要》是我起草的，
會議期間舉辦的『五四』以來的文學刊物展覽會是我組織的。我在會前會後
做了多方面的活動。實際上，我幫助周揚通過這一黑會使全國的重要的輿論
陣地——文藝刊物進一步成為資產階級復辟的工具，為 1957 年的右派向黨猖
狂進攻準備了條件。這個黑會的影響是很惡劣的，流毒是很廣泛的。」〔註 7〕

　　江蘇作家陳椿年、高曉聲、陸文夫、葉至誠、方之、梅汝愷、曾華等人
1957 年 6 月發起組織了「探求者」文學月刊社，擬定了章程、啟事，在章程
和啟事中提出了他們在政治上和藝術上的主張。江蘇的《雨花》雜誌 1957 年
10 月號刊登了《「探求者」文學月刊社的章程和啟事》，並在「編者按」中「希
望大家對它進行討論和批判，以便弄清楚到底是什麼樣的性質。」《探求者》
的章程宣稱：「本月刊係同人合辦之文學刊物，用以宣揚我們的政治見解與藝
術主張……刊物不發表空洞的理論文章，不發表粉飾現實作品。大膽干預生
活。對當前的文藝現狀發表自己的見解。不崇拜權威，也不故意反對權威，
不趕浪頭，不作謾罵式的批評，從封面到編排應有自己的風格。」「本刊係一
花獨放、一家獨鳴之物，不合本刊宗旨之作品概不發表。」《探求者》的啟事
聲明：「我們將勉力運用文學這一戰鬥武器，打破教條束縛，大膽干預生活，
嚴肅探討人生，促進社會主義。」「我們還認為，自願結合起來辦雜誌，和用
行政方式辦雜誌比較起來有很多優越之處。」「我們期望以自己的藝術傾向公
之於世，吸引同志，逐步形成文學的流派。」「我們的辦法，不是先形成流派
再來辦雜誌，而是用辦雜誌來逐步形成流派；我們認為，只有這樣，形成文
學流派才有可能。」

　　同人刊物《探求者》的這些觀點，與 1956 年底北京召開的「全國文學期
刊編輯工作會議」精神相呼應，與周揚在會上的講話（比如關於雜誌風格，
關於流派等）也相吻合。1957 年 10 月 13 日出版的《文藝報》（第 27 期）刊
登了樊宇的長文《他們「探求」些甚麼？——駁「探求者」啟事》，對「探求
者啟事」逐句加以批判，上綱上線，大加討伐。同期還轉載了《雨花》上的
《「探求者」文學月刊社啟事》，並加了一個標題：《一個「文學團體」的反動
綱領》。正如樊宇的文章所言，「探求者」的壽命「像蜉蝣一樣短暫，只有半
個月」，但它與「蜉蝣」不同之處在於，它不是自生自滅的，而是被剿滅的。

〔註 7〕郭曉惠等編：《檢討書——詩人郭小川在政治運動中的另類文字》，第 229～230
　　　　頁，北京，中國工人出版社，2001。

〔註8〕

　　可見，到了50年代中期，不要說創辦民營的或同人性質的報刊，即使是你的言論中有這種動機或者念頭，也要遭到批判整肅。除了上面提到的幾個例子之外，還有 1957 年前後北京大學的學生刊物《紅樓》（中文系）、《未名湖》（校報副刊）〔註9〕的遭遇，中央民族學院的學生刊物《野草》（語文系）和《蜜蜂》（歷史系）的遭遇〔註10〕，等等，不再詳論。

二、對「機關刊物」的整頓

　　1949 年 7 月，全國文聯和全國文協（中國作協前身）等官方文藝管理機構成立之後，相繼創辦了一大批機關刊物：《文藝報》、《人民文學》、《人民戲劇》、《人民音樂》、《新戲曲》、《新觀察》、《大眾電影》、《說說唱唱》、《北京文藝》、《文藝學習》（天津）、《文藝月報》（上海）、《長江文藝》（湖北）、《作品》（廣東）等。但這些官辦的機關刊物究竟怎麼辦，新的文學表達和風格究竟如何，文藝批評的標準究竟是什麼，沒有人能夠提供準確的答案，只能是「摸著石頭過河」。因此，在辦刊中自然就伴隨著批評、批判、調整、重組的過程。1951 年 11 月 17 日，全國文聯舉行第八次常委擴大會議，通過了兩項決議，一是開展文藝界學習運動；二是調整全國性文藝刊物。會上成立了以丁玲為主任，茅盾、周揚、陽翰笙、蔡楚生等 20 人為委員的「文藝界學習委員會」。

　　1951 年 11 月 23 日，中共中央宣傳部向中央提交了《關於文藝幹部整風的報告》，其中專門談到了「整頓刊物」一事：「整頓刊物，使成為嚴肅的戰鬥的武器。決定將《人民戲劇》、《人民音樂》、《新戲曲》、《北京文藝》停止出版，集中力量辦好《文藝報》和《人民文學》，使前者成為領導性的藝術評論和文藝學習刊物，後者成為領導性的發表創作指導創作的刊物。同時，加強《說說唱唱》，使成為指導全國通俗文藝的刊物。」〔註11〕

　　無論是民營的還是同人性質的報刊，其遭遇都是可想而知的。即使是文

〔註8〕　《文藝報》1957 年 10 月 13 日（第 27 期），第 6、7、8 版。
〔註9〕　參見許覺民編：《追尋林昭》，武漢，長江文藝出版社，2000。
〔註10〕　參見中央民族學院整風辦公室編：《關於「野草」、「蜜蜂」社反動小集團的材料》，1957 年 12 月。
〔註11〕　中共中央文獻研究室：《建國以來重要文獻選編》第 2 卷，第 466 頁，北京，中央文獻出版社，1993。按，最後一個句子有語病。

藝領導部門主管的機關刊物，也經常遭到批評和整頓，比如《文藝報》、《說說唱唱》、《北京文藝》，甚至中宣部理論處的刊物《學習》等。下面以 1954 年因《紅樓夢》研究問題引起的對《文藝報》的批判為例來說明。

1954 年 10 月，毛澤東多次在《文藝報》、《光明日報》相關文章上寫下批示，將關於《紅樓夢》研究的學術問題變成「錯誤思想」、「胡適哲學的實用主義」等。1954 年 10 月 16 日毛澤東給中共中央、文化界、文藝界領導 28 人寫了《關於〈紅樓夢研究〉問題的信》，指出「這個在古典文學領域毒害青年三十餘年的胡適派資產階級唯心論的鬥爭，也許可以開展起來了。」〔註12〕10 月 18 日，中國作家協會組織學習了這封信。10 月 28 日，《人民日報》發表了署名袁水拍的文章《質問〈文藝報〉編者》，指責《文藝報》對「唯心論觀點的容忍依從」和「資產階級貴族老爺態度」。袁水拍列出一些事例批評這種「老爺態度」，毛澤東在原稿上加上一句措辭嚴厲的話：「文藝報在這裡跟資產階級唯心論和資產階級名人有密切聯繫，跟馬克思主義和宣揚馬克思主義的新生力量卻疏遠得很，這難道不是顯然的嗎？」〔註13〕當時《文藝報》主編是馮雪峰，副主編是陳企霞。儘管《文藝報》轉載了李希凡和藍翎在《文史哲》雜誌上的批評文章，但大局已經難以挽回。一個原因是「登晚了」，另一個原因是馮雪峰還加了編者按。按照後來文聯和作協主席團《關於〈文藝報〉的錯誤的決議》中的說法，就是「轉載時，編者又加上了貶抑這個批評的重大意義的錯誤按語……」。從 10 月 31 日起，中國作協主席團和中國文聯主席團便多次召開會議，展開對《文藝報》的批判。10 月 31 日，馮雪峰在中國文聯和中國作協主席團擴大會議上做了深刻的檢查：「特別嚴重的，是我對這個錯誤的嚴重性又不是很快認識到的。在主席關心到這問題並給以嚴厲的批評後，我才一步一步地認識到，這不僅證明我的思想確實有和資產階級思想的長期的根深蒂固的聯繫，而馬克思列寧主義思想在我思想中卻是十分單薄；同時我身上的嚴重的包袱又在阻礙我從思想上去認識問題的本質和錯誤的嚴重性，例如我自以為做過一些幫助青年的工作以及自以為我平日在工作上是艱苦的等……」。毛澤東在閱讀報刊上馮雪峰的檢討時寫了一些批註「是反馬克思

〔註12〕中共中央文獻研究室：《建國以來毛澤東文稿》第 4 冊，第 574 頁，北京，中央文獻出版社，1990。

〔註13〕中共中央文獻研究室：《建國以來毛澤東文稿》第 4 冊，第 587～588 頁，北京，中央文獻出版社，1990。

主義的問題」、「用各種方法向馬克思主義作堅決鬥爭」、「應該以此句（按，反馬克思列寧主義的錯誤）爲主題去批判馮雪峰」。〔註14〕毛澤東在閱讀11月10日《人民日報》署名黎之的文章《文藝報編者應該徹底檢查資產階級作風》一文時寫下批註：「編輯部被資產階級統治了」、「不是這些問題（按，驕傲自大問題），而是他們的資產階級反馬克思主義的立場觀點問題。」〔註15〕

　　中國作家協會前秘書長張僖回憶：文聯和作協主席團多次召開會議，商定起草對《文藝報》的處理意見。……1954年12月28日，中國文聯主席團和中國作協主席團聯席（擴大）會議正式通過了《關於〈文藝報〉的決議》，並根據決議中對《文藝報》改組的內容做出決議。

　　　關於改組《文藝報》編輯機構的決議：

　　　根據1954年12月8日中國文學藝術界聯合會主席團、中國作家協會主席團聯席（擴大）會議所通過的《關於〈文藝報〉的決議》，《文藝報》編輯機構予以改組，茲決議：

　　　一、撤消陳企霞同志所擔任的《文藝報》副主編兼編輯主任職務。

　　　二、成立《文藝報》編輯委員會，決定康濯、侯金鏡、秦兆陽、馮雪峰、黃藥眠、劉白羽、王瑤七同志爲編輯委員，並以康濯、侯金鏡、秦兆陽三同志爲常務編輯委員。免去黃藥眠及康濯同志原任的《文藝學習》編輯委員職務。

　　　三、責成編輯委員會在兩星期內提出改進《文藝報》的具體方案和新的編輯方針。

　　接下來的工作就是全面地對中國作協系統的各個刊物進行檢查。1954年12月16日，在作協第四次常務辦公會上，擬訂了作協全面檢查工作的計劃，並指定由嚴文井、阮章競和我組成檢查工作小組，協助主席團具體研究與掌握全盤檢查工作。除了《文藝報》以外。將各部門分爲以下七個檢查單位：一、《人民文學》，二、普及部（包括《文藝學習》），三、古典文學部（包括《文學遺產》），四、創作委員會，五、《譯文》，六、《新觀察》，七、外國文

〔註14〕中共中央文獻研究室：《建國以來毛澤東文稿》第4冊，第602～604頁，北京，中央文獻出版社，1990。

〔註15〕中共中央文獻研究室：《建國以來毛澤東文稿》第4冊，第599～600頁，北京，中央文獻出版社，1990。

學委員會。……

　　檢查小組的分工是這樣的：嚴文井負總責，另外主要負責聯繫瞭解《人民文學》、創作委員會。阮章競負責聯繫《譯文》、普及部（包括《文藝學習》）、《新觀察》。我負責聯繫古典文學部（包括《文學遺產》）、外國文學委員會等單位。……在將近一個月的檢查活動中，各部門主要是從刊登稿件、來稿退稿的工作中對照毛主席的信，檢查是否存在《文藝報》一類的問題。……要檢查「對資產階級思想容忍和投降的問題」「輕視和壓制新生力量的問題」、「執行創作上的自由競爭的問題」……還要檢查「權威思想」「名人思想」「脫離群眾」「脫離當前鬥爭任務」等等。檢查文章的過程中有些突出的例子，比如《人民文學》檢查了 3 月號刊登的《窪地上的戰役》，認為這是一篇有錯誤傾向的小說，但刊物至今也沒有批判。……還有柯仲平的詩《獻給志願軍》。有人認為這詩的質量並不高，只因為他是名人（文聯副主席），就給予發表。1955 年初對《文藝報》的批評處理和對作協系統各個刊物的檢查告一段落。〔註 16〕

　　1956 年的「雙百方針」時期，《文藝報》、《人民日報》文藝副刊都開始了改版工作。胡喬木指示《人民日報》文藝副刊：「要作為貫徹『百花齊放，百家爭鳴』方針的重要園地……學術問題和文藝理論問題可以有不同意見乃至爭論……副刊稿件的面盡量可能地寬廣……作者隊伍盡可能地廣泛。」胡喬木還囑咐，要向沈從文、張恨水、周作人等老作家約稿。〔註 17〕《文藝報》改版工作自 1956 年下半年開始，1957 年第 1 期直到 4 月 14 日才出版，蕭乾、陳笑雨、巴人、鍾惦棐等人成為《文藝報》的編委。1957 年 7 月就開始遭到批判，蕭乾、鍾惦棐、巴人的編委身份被取消。1957 年 12 月 29 日的《文藝報》（第 38 期），刊登了《中國作家協會改進期刊編輯工作》，對《文藝報》、《文藝學習》、《新觀察》、《譯文》等雜誌的編輯方針進行了批判和整改。文藝期刊半年多短暫的「百花」時代結束了。

　　20 世紀 60 年代，毛澤東關於文藝的「兩個批示」中，就有一個涉及文聯繫統的刊物，1964 年 6 月 27 日，毛澤東在《對中宣部關於全國文聯和各協會整風情況的報告的批語》中寫道：「這些協會和他們所掌握的刊物的大

〔註 16〕 張僖：《隻言片語──中國作協前秘書長的回憶》，第 42～46 頁，北京，十月文藝出版社，2002。

〔註 17〕 袁鷹：《風雲側記──我在人民日報副刊的歲月》42～45 頁，北京，中國檔案出版社，2006。

多數（據說有少數幾個好的），十五年來，基本上（不是一切人）不執行黨的政策，做官當老爺，不去接近工農兵，不去反映社會主義的革命和建設。最近幾年，竟然跌到了修正主義的邊緣。如不認真改造，勢必在將來的某一天，要變成像匈牙利裴多菲俱樂部那樣的團體。」批示下達不久，文聯各協會迅速開始了自我批判和整頓，其中關於期刊整頓方面提出：「改進文藝刊物，加強刊物的戰鬥性，使刊物真正成為發展社會主義文藝、宣傳黨的文藝方針政策、宣傳毛澤東文藝思想……的堅強陣地。」〔註18〕1969 年「文革」期間，全國期刊只剩下《紅旗》、《新華月報》、《人民畫報》等 20 種。「這僅存的 20 種期刊，不僅比建國初期的 1950 年（出版期刊 295 種）的數量少275 種，而且也是近百年來中國期刊發展史上全國期刊出版量的最低點。」〔註19〕

三、文學媒介標本一：《文藝報》

在新中國的前 17 年，《文藝報》，無疑是社會思潮和思想鬥爭的「晴雨錶」。這份奇異的報紙是中國文聯的機關報（委託中國文協組成「《文藝報》編輯委員會」負責編輯工作），主要刊登全國的文藝動態和文藝批評文章，實際上是文藝政策的風向標。它與建國後的許多重大的問題和許多顯赫的人物密切相關。《文藝報》正式創刊於 1949 年 9 月 25 日，編者為「中華全國文藝界聯合會」（1966 年 7 月終刊 10 年）。它一直是政治鬥爭和人事糾紛的中心。特別是主編走馬燈似的變更。《文藝報》編輯委員會成員及其變更情況如下——

茅盾時期，試刊和創刊初期（1949 年 4 月～7 月）：茅盾、胡風、嚴辰（廠民）。

丁玲時期（1949 年 9 月～1952 年 1 月）：主編：丁玲、陳企霞、蕭殷。顧問：阿英。

馮雪峰時期（1952 年 1 月～1954 年 8 月）：主編：馮雪峰。編委：馮雪峰、陳企霞、蕭殷、張光年、馬少波、王朝聞、李煥之、黃鋼。

〔註18〕 中共中央文獻研究室：《建國以來毛澤東文稿》第 11 卷，第 91～93 頁，北京，中央文獻出版社，1996。

〔註19〕 方厚樞：《「文革」十年的期刊》，《編輯學刊》1998 年第 3 期。轉引自陳偉軍《被放逐的邊緣話語——解讀建國初期文壇有關全人刊物的言說》（香港中文大學《二十一世紀》2005 年 11 月號）。

集體編輯時期（1955 年 1 月～1957 年 4 月）：常務編委：康濯、侯金鏡、張光年、秦兆陽。編委：馮雪峰、黃藥眠、劉白羽、王瑤、袁水拍、陳涌。實際主持人為康濯。

張光年時期（1957 年 4 月～1958 年 1 月）：總編輯：張光年。副總編輯：侯金鏡、蕭乾、陳笑雨。編委：王瑤、巴人、華山、陳涌、康濯、黃藥眠、鍾惦棐、公木、嚴文井、陳荒煤。（自 1957 年 11 月第 32 期開始，編委會成員中沒有蕭乾、黃藥眠、鍾惦棐的名字）

正刊出版之前，1949 年 5 月 4 號到 1949 年 7 月 28 日，共出版了 13 期「試刊」，編者為「中華全國文藝工作者代表大會籌備委員會」，刊名也是《文藝報》，同樣是公開發行的報刊，並沒有標明「試刊」字樣，為了與正刊區別，姑且稱之為「試刊」，與「正刊」惟一不同的是編者。作為機關刊物，《文藝報》的創刊還應改是 1949 年 9 月 25 日。

我們先來瞭解一下「試刊」13 期的基本情況。這 13 份報紙在正常情況下都是每期 12 版，只有第 3 期為 8 版，第 8、9 期（即第 1 屆文代會開幕前後）為 16 版，第 12 期為 14 版。報紙為大 16 開，自右向左繁體豎排（1956 年改為橫排），每周一期。我們可以從第 1 期（創刊號）瞭解它的一些基本情況。首先是報頭，由著名畫家丁聰設計（像工廠黑板報的報頭），刊名「文藝報」三個字是變體美術字，紅色圖案體現了文藝與「工農兵」相結合的涵義：一位農民站在田野（一張帶方格子和五線譜的稿紙）上收割稻子；右邊是兩根冒煙的工廠煙囪；左邊是一支槍、一支筆和一個筆記本。這個報頭只用了一期，第二期只有手寫草書「文藝報」三個字（書寫者不詳，正刊三個字是根據魯迅手跡拼成的）。報紙第一版左上角有責任表，標明編者為「中華全國文藝工作者代表大會籌備委員會」。根據大會文件彙編可知，編委會委員是茅盾、胡風、廠民（嚴辰），編委會幹事是董均倫（抗大學員，曾任印度援華醫療隊柯棣華大夫的翻譯，民間文藝學者，退休於山東省文聯）、楊犁（中國作協幹部）、候民澤（中國社科院學者敏澤）、錢小晦（作家錢小惠）。敏澤回憶〔註 20〕說，茅盾是主編，胡風和廠民（嚴辰）是副主編，主要管事是廠民，主要編輯是候民澤和董均倫，沒有提到楊犁。但敏澤說報紙「限內部參考，不公開發行」，似有疑問。因為責任表上分明標有「總經銷：新華書店」字樣，並標明了「定價：每份人民券 15 元」。1949 年上半年的人

〔註20〕《文藝研究》2003 年 2 期。

民券（也就是人民幣）15元，相當於一斤大米的價格。〔註21〕從第2期開始沒有標定價，並不能說明它不發行了，而是那時候貨幣變化太大，根本無法標價。一份報紙一斤大米的價錢。每一期報紙都有目錄（目次），這不像報紙的編法，倒像雜誌的編法，早期的《文藝報》也的確是在報紙與雜誌之間遊移不定，比如，正式出刊的《文藝報》其實是雜誌的形式，而1957年改版爲周刊後的《文藝報》就像報紙。

《文藝報》在第1卷第1期中規定了自己的辦報宗旨：「《文藝報》是文藝工作與廣大群眾聯繫的刊物。它用來反映文藝工作的情況，交流經驗，研究問題，展開文藝批評，推進文藝運動」〔註22〕。後來，《文藝報》作爲文藝界領導者的角色不斷地得到加強，在文藝界整風期間，文聯發布了《全國文聯爲加強文藝幹部對〈文藝報〉的學習給各地區文聯和各協會的通知》，要求「各地文聯及各協會應將《文藝報》規定爲各地區、各部門文藝幹部經常閱讀的學習刊物。對於《文藝報》所提出的有關文藝思想、文藝創作和文藝運動等方面的重大問題，應通過各種方式，組織本地區或本部門的文藝幹部聯繫自己的情況和問題進行討論。各大行政區文聯的機關刊物，應有計劃地組織發表討論這些問題的文章。《文藝報》的社論和文章，各地文藝刊物亦應及時予以轉載和介紹」。〔註23〕《文藝報》已經完全成爲全國文藝界的指導性刊物，也同時成爲政治權力在文學領域內表達自身意圖最主要的場所和實現這些意圖最重要的媒介。

由於本書的各個章節所涉及的重大文藝思潮和文學運動，幾乎都涉及到《文藝報》，或者說，《文藝報》與「文革」前17年的整個文學運動和文學思潮都息息相關，因此，這裡不再對《文藝報》進行詳盡討論。

四、文學媒介標本二：《人民文學》

1949年10月25日，中國文協（中國作家協會前身）的機關刊物《人民文學》正式創刊，至1966年5月12日（5月號）停刊爲止，出刊198期

〔註21〕 據陳明遠的《知識分子與人民幣時代》，上海，文匯出版社，2006。當時的豬肉價格在65到40元人民券之間波動，180人民券相當於一塊「袁大頭」。
〔註22〕 《給願意做文藝通信員的同志們的信》。《文藝報》第一卷第1期（1949年9月25日出版）。
〔註23〕 《全國文聯爲加強文藝幹部對〈文藝報〉的學習給各地區文聯和各協會的通知》。《文藝報》1952年第1號（1月10日出版）。

（1976 年 1 月 20 日重新復刊）。與注重文藝政策、文藝思想和理論批評的《文藝報》不同，《人民文學》的辦刊定位是發表各類文藝作品為主的國家最高文學刊物。《人民文學》的「編輯者」是「中華全國文學工作者協會人民文學編輯委員會」，地點在北京東總布胡同 22 號。第一任主編茅盾，副主編艾青。1952 年 3、4 月號合刊起，副主編改為丁玲。編輯成員有嚴辰（廠民）、秦兆陽、古立高、呂劍、王燎熒、韋婺，嚴辰任執行編輯（即編輯部主任）。1952 年 3、4 月號合刊起正式列出編委名單：艾青、何其芳、周立波、趙樹理，編輯：郝芬、趙宗珏、唐祈、李古北、何路等，陳涌繼嚴辰之後任編輯部主任。創刊至第三卷第二期，出版、發行均由新華書店承擔；自第三卷第三期起，出版者改為人民出版社，第四卷第一期起，又改為人民文學出版社，發行者依舊。早期版本分甲種紙本和乙種紙本，兩種分別出版（時間略有先後）。刊物標明為月刊，每月 1 日出刊。作為與新中國同時共生的國家最高文學刊物，《人民文學》的創辦理所當然地受到了國家最高權力和領導人的支持，其本身並無多少可供探究的歷史曲折。它是被賦予了應當代表新中國新文藝的最高（政治文化）使命。這種使命在《人民文學》創刊號上就獲得了最為充分和明確的強調與體現。

1、創刊號的總體特點

政治化。創刊號作品首先從形式上體現了對於國家意志與主流意識形態的刻意追求，從而確立了刊物的主流意識形態陣地地位。《人民文學》創刊號通過專論、社論、專題、譯文、批評等形式來宣傳執政黨的文藝方針政策，並且刊登合乎政策規範的作品實踐著這種指示。眾所周知，社論是報社或雜誌社在自己的報紙或刊物上，以本社名義發表的評論當前重大問題的文章。因此社論的政治性極強。作為一個文學類的期刊，《人民文學》創刊於新中國成立伊始的十月，因此發表的社論一方面固然體現了人們對國家新生的喜悅，但同時從所發社論的數量及表達方面也不排除其對政治的有意靠攏。《人民文學》創刊號的專論部分主要是以轉載的方式來實現的，周揚《新的人民的文藝》是以毛澤東的《在延安文藝座談會上的講話》為標準對解放區文藝狀況的概述，從而實現對整個文藝界的規範。轉載的意義不僅在於宣傳黨的文藝政策從而完成對黨的文藝政策的有力訴說，同時這也是《人民文學》用來表達本刊對於新中國文藝政策擁護的一種方式。

批評也是文藝政策下達作家的一種重要途徑，它更體現著對文藝政策的

指導性。周揚說「我們必須在廣泛的文藝界統一戰線中進行必要的思想鬥爭。必須經常指出，在文藝上什麼是我們所要提倡的，什麼是我們所要反對的。……必須經過批評來提高作品的思想性和藝術性。批評是實現對文藝工作的思想領導的重要方法。」〔註 24〕這也道破了批評的眞諦。通過批評，讓大眾知道了什麼才是新文藝需要的作品，對從政治的角度引導著文學的發展方面來說，這種方式不免可以稱得上是一條捷徑。創刊號選載的《孔厥創作的道路》一文正是毛澤東文藝新方向的生發，體現著創作對黨的文藝政策的配合。

　　通俗化。創刊號的作品不論是小說、詩歌、散文還是論文，作品以現實主義爲主要的創作手法，以樸實、眞摯動人，較少雕琢或做過分的渲染，語言口語化，在表達上強調通俗易懂、大眾化的特點，題材淺近，在閱讀理解上基本不設置任何障礙。詩歌熱烈奔放，語言淺顯直白：「我們愛護他，／像愛護自己底眼睛，／我們保護他，／像保護自己底肝花；／我們不許任何人，／趕來傷害他一根頭髮！」〔註25〕

　　小說語言也表現出口語化的特點，如話家常。從敘事角度上看，三篇小說均採用了傳統的第三人稱的全知敘事方式，以按事件的發生發展的時間順序的平鋪直敘爲主，兼有倒敘和插敘。在審美情趣上，作家往往遵循一定的模式，善於設置尖銳的矛盾衝突，故事明顯地呈現出開端、發展、高潮、結束的分界：「誰知從第三天起他們又遭遇了狂風暴雨，雨一來就如同招了海來啦！嘩嘩合著口往下倒，樹木都刷刷的彎身在地下，各處山峰都影影綽綽看不見了。」〔註 26〕「山西北部有條無名小河，小河南面有兩個村莊：西邊那個大村子叫趙莊；東邊那個小村子叫田村。」〔註 27〕

　　散文的語言口語化，結構句式比較隨意，風格熱烈、樸實、剛健，感情眞摯：「然而我望著望著，我走開，又走回來，我仍然望著，他始終不曾動過。……我控制不住自己的眼淚，……」〔註 28〕「我就遇到了這樣的人。大約三個月以前罷，和一個有著優秀成績的小說家作過大約四小時的討論。」〔註 29〕

〔註 24〕周揚：《新的人民的文藝》，見《人民文學》創刊號第 32 頁

〔註 25〕柯仲平：《我們的快馬》，見《人民文學》創刊號第 17 頁

〔註 26〕劉白羽：《火光向前》，見《人民文學》創刊號第 33 頁

〔註 27〕馬烽：《村仇》，見《人民文學》創刊號第 87 頁

〔註 28〕巴金：《憶魯迅先生》，見《人民文學》創刊號第 60 頁

〔註 29〕胡風：《魯迅還在活著》，見《人民文學》創刊號第 62 頁

時代感。作品在內容上，往往圍繞一個鮮明的主題發散開來，始終體現著對農村生活、軍隊戰鬥的著力表達與對知識分子和小資產階級題材的有意忽略〔註 30〕，宣傳先進思想，歌頌時代主旋律，尤其是對共產黨、毛主席以及共產主義思想的頌揚是作品共同表達的中心。與此相適應，作品的基調多表現爲樂觀、昂揚、明朗、熱烈，充滿氣魄性的豪言壯語大量充斥其中：「看我們有人民水手幾萬萬，／我們要勝利勝利再勝利，／我們的船要一直向前向前開向前，／我們能夠勝利到將來，勝利到永遠。」〔註 31〕「呵，讓我們更英勇地開始我們的新的長征！／我們已經走完了如此艱辛的第一步，／還有什麼能夠攔阻／毛澤東率領的隊伍的浩浩蕩蕩的前進！」〔註 32〕「我們前面還有漫長的艱苦途程，／但是我們有民族的英勇堅忍。／我們處處追隨中國共產黨，／我們就會處處旗開得勝！」〔註 33〕

小說通過描寫戰士和農民在黨的領導下或克服困難奮勇作戰或轉變思想發展生產以及認清形勢擺脫階級束縛，都表達了對共產主義思想的擁護與熱愛。除此之外，小說也能夠提煉有典型意義的矛盾衝突來解釋新舊社會關係的變化，塑造有血有肉的人物形象。小說中，爲了民族與國家而置個人安危於不顧的士兵群眾形象、響應黨的號召而積極發展生產的農民形象以及維護群眾利益的幹部形象屢見不鮮。以《火光在前》爲例，文中人人不甘落後，爭當積極，爭當先進，毛主席、中國共產黨黨員的稱號成爲了他們前進的動力。政治委員梁賓爲了大家置小家於不顧，爲戰爭出謀劃策，「當他（指梁賓）心中頭緒紛繁，不可開交的時候，在朦朧中，他突然記起毛主席說過的話，那是在自己腦子裏印象最深的一段話……」〔註 34〕

政策性。作品的創作主題鮮明，有一定的時事性，往往配合著當時的政治工作對農民進行政策上的鼓動宣傳。以小說爲例，小說的創作，與當時的政治運動和中心工作（如對新政權合法性的宣傳、在農村宣揚反封建迷信、搞好農村階級鬥爭等）有很緊密的聯繫。《火光在前》通過對戰爭的追溯敘述表現了新政權得來之艱難，寄予了希望人們珍惜勝利果實的厚望，同時也在

〔註 30〕 《人民文學》編輯部曾經對創刊一年以來的作品情況進行統計，「內容比重，則反映部隊的最多，反映農村的次之，反映工人的最少，」見《編後》，《人民文學》第二卷第六期 102 頁
〔註 31〕 柯仲平：《我們的快馬》，見《人民文學》創刊號第 17 頁
〔註 32〕 何其芳：《我們最偉大的節日》，見《人民文學》創刊號第 20 頁
〔註 33〕 李季野：《在『七一』慶祝大會上》，見《人民文學》創刊號第 78 頁
〔註 34〕 劉白羽：《火光在前》，見《人民文學》創刊號第 37 頁

不同程度上宣揚了政權的合法性。

解放初期，在突然而降的勝利面前，農民不能認清自己的主人翁地位，深深植根在人們思想中的封建迷信等慣性思維也沒有得到扭轉，小說同時廣泛存在於農民思想中的與新時代不符的舊觀念進行了揭露，並指出了解決的出路。《買牛記》是向殘存於農民意識中的封建迷信思想開炮，通過李老漢思想的轉變，告誡人們只有拋開這種舊思想，才能真正地過上好日子。小說先是描寫李老漢受迷信思想的作祟，拒絕買牛。接著描寫牛生病，表面上彷彿應了李老漢迷信的先兆。後來找到真正的病因後，牛恢復了健康。迷信也隨之不攻自破了。

小說對表現農民在新的勝利面前，不能正確認清敵我關係方面也相當成功。農民在敵人（地主）和朋友面前失去了辨別力，《村仇》則是針對這一問題而作。小說重視對矛盾衝突的體現，不迴避生活中的矛盾，尤其是人民內部的複雜關係，強調波瀾起伏的情節。文章首先表現了趙、田兩村人持著火槍、鐵鍬進行的血腥殘酷的原始械鬥。趙拴拴和田鐵柱兩個好朋友也被捲入了這場戰爭，先是田鐵柱在昏醉的情況下打死了趙拴拴的兒子狗娃，田鐵柱因此而坐牢，在刑滿釋放的那天，趙拴拴埋伏在路上打斷了鐵柱的腿。兩家的仇恨由此而生。解仇過程的一波三折體現了既農民心裏的芥蒂之深，同時也預示了農村工作的艱難。

藝術性。作品過於重視對思想性的表達，在藝術表現上則顯得蒼白無力。詩歌在表達上，一方面社會功能加強，集體情感代替了個人情感。詩歌中再也尋不到「我」的字眼，「小我」被拋棄，「我們」取代「我」成為詩歌的情感抒發主體：「我們的快馬就是電，／乘電去，告訴全世界：／我們在古老的中華，／創立起新民主的國家；／我們愛護他，像愛護自己底眼睛，……」〔註35〕「呵，我們多麼願意站在這裡歡呼一個晚上！／我們多麼願意在毛澤東的照耀下／把我們的一生獻給我們自己的國家！」〔註36〕「我們前面還有漫長的艱苦途程，／但是我們有民族的英勇堅忍。／我們處處追隨中國共產黨／我們就會處處旗開得勝！」〔註37〕同時，詩歌的敘述能力加強，跳躍性、凝練性等特徵被擯棄。「中華人民共和國／在隆隆的雷聲裏誕生。」

〔註35〕柯仲平：《我們的快馬》，見《人民文學》創刊號第 17 頁
〔註36〕何其芳：《我們最偉大的節日》，見《人民文學》創刊號第 20 頁
〔註37〕李霽野：《在‘七一’慶祝大會上》，見《人民文學》創刊號第 78 頁

〔註38〕「前年十月，／毛澤東指揮我們開始大進軍，／並頒佈了一連十五個
『打倒蔣介石』的口號。」〔註39〕

　　小說多以故事情節為結構中心，用情節來帶動整篇小說的發展，而對於
人物心理甚而外貌、場景的表現相當薄弱，且有概念化的傾向。敘事淺顯，
文學性不足，在表達中以白描居多，比喻也往往由於喻體的粗疏而失之於淺
薄：「他（指梁賓）是一個高身材，永遠昂著頭，明快，果決，將近四十歲
的人，他嘴上挨過一粒子彈打碎了牙床，到現在說話總像是皺著眉，咬著牙
齒，發出的聲音就更顯得果敢、動人、有鼓舞的力量。」〔註40〕「這時，月
光不斷在波濤上閃亮，船在江上如同幾根短粗的黑木片迅速漂行。」〔註41〕

2、選稿標準

　　毛澤東非常重視文學在政治中的地位和作用，《在延安文藝座談會上的講
話》中他將文學藝術的性質、作用規定為「作為團結人民、教育人民、打擊
敵人、消滅敵人的有力的武器，幫助人民同心同德地和敵人作鬥爭」。〔註42〕
與此同時，他還提出「政治標準第一，藝術標準第二」、「文藝為現實鬥爭服
務」、「文藝為工農兵服務」的原則，由此確立了毛澤東文藝發展的新方向，
對建國後文學藝術的發展產生了深遠的影響。從以上的分析我們可以看出，
創刊號試圖表現的正是毛澤東文藝的新方向，不論是論文、小說、散文還是
詩歌，它們在主題上都或隱或顯地表現了對於反映當前政治生活與文藝政策
的熱情，以及對於表達時代主旋律的迷戀。在表達上則追求通俗易懂，以藝
術性的普遍缺失為美，重視文學在政治上的宣傳鼓動作用。

　　中國的革命和解放是以農民為主體的革命戰爭和民族解放，毛澤東對文
藝的概括正是當時時代要求的反映，也充分體現了以毛澤東為代表的黨和國
家領導人對文藝概況的基本認識。因此，它得到了當時中國大多數作家的認
同並進而主導了當時以至後來的文藝界創作。顯然，從這方面來說，《人民文
學》創刊號的審美傾向與主流意識形態相吻合併非偶然，這種主觀努力主要
體現在《人民文學》創刊號的選稿上。

〔註38〕何其芳：《我們最偉大的節日》，見《人民文學》創刊號第 19 頁
〔註39〕何其芳：《我們最偉大的節日》，見《人民文學》創刊號第 20 頁
〔註40〕劉白羽：《火光在前》，見《人民文學》創刊號第 36 頁
〔註41〕劉白羽：《火光在前》，見《人民文學》創刊號第 45 頁
〔註42〕毛澤東：《在延安文藝座談會上的講話》，見《毛澤東文藝論集》北京：中央
　　　　文獻出版社，2002 年，第 49 頁。

　　茅盾在《發刊詞》中提到，「通過各種文學形式，反映新中國的成長，表現和讚揚人民大眾在革命鬥爭和生產建設中的偉大業績，創造富有思想內容和藝術價值，爲人民大眾所喜聞樂見的人民文學，以發揮其教育人民的偉大效能。」〔註43〕由此可見，進入《人民文學》視野的作品應該同時具備時代性、思想性以及藝術性，並且還要做到大眾化。而通過以上的分析，我們可以看出藝術性並未眞正地作爲一項主要標準服務於稿件的遴選機制。而與此同時，我們還能觀察出茅盾所未提及的選稿過程的幾個隱性標準。

　　創作者以國統區的進步作家和解放區作家爲主，且解放區作家明顯佔據優勢，以上很多作家如周揚、何其芳、周立波等，他們自從解放戰爭時期就是延安文藝的中流砥柱，在新時期的文學中他們再一次地充當了文藝界的領軍人物，這不是偶然的。第一次文代會不僅完成了解放區和國統區兩支文藝大軍的勝利會師，而且還以毛澤東文藝思想和解放區文藝實踐爲標準，確立了對文藝工作者及其文藝活動的等級劃分。解放區文藝工作者由於很好地堅持了毛澤東文藝方向，被認爲是高於國統區文藝實踐的文藝範式。〔註44〕因此，《人民文學》作爲官辦的「思想領導的刊物」，「我們工作的司令臺」、「我們的喉舌」，〔註45〕更應該選擇具有模範意義的文章。

　　其次，政治性也被納入了考慮之中，這往往和反映問題的多少相關，政治性的高低就成爲衡量稿子是否可用的重要標準。這是文學長時期與政治相結合的後遺症。1950 年茅盾在《目前創作上的一些問題》一文中指出，在完成政治任務與高度的藝術性二者不能兼得的情況下，「與其犧牲了政治任務，毋寧在藝術上差一些。」當時的主要作家發表作品時也往往把「在政治上是否成立」作爲重要的衡量標準。〔註46〕

　　最後，主題是否明確也是重要的考慮因素。這是與政治性緊密相連的特點，在當時的選稿中往往被列爲主要的方面。在 1949 年 5 月 11 日，胡風的

〔註43〕　茅盾：《發刊詞》，見《人民文學》創刊號第 13 頁。
〔註44〕　見《中國當代文學概觀》緒論，張鐘、洪子誠等編著，北京大學出版社 2002 年 7 月，第 3 頁。
〔註45〕　丁玲：《爲提高我們刊物的思想性，戰鬥性而鬥爭》，見《人民日報》1951 年 12 月 10 日第三版。
〔註46〕　《胡風全集》第九卷，胡風著，武漢：湖北出版社，1999 年，第 291 頁，另外，沈從文曾經在信中提到，「另外寄篇文章來，……提出 3 個問題，只是普通編者看來，會以爲不夠政治性的。」《致程應鏐》見《沈從文全集》沈從文著，太原：北嶽文藝出版社，2002 年，第 91 頁。

日記中記錄了這樣的事情，「康濯回答不出秦兆陽的長篇小說的主題是什麼，於是被斷定主題不明確，作品不看不發表。」〔註47〕好的作品如果沒有「明確」的主題，就得不到認可。與此同時，如果主題明確，即使粗製濫造，也同樣能得到欣賞。「近來在報上讀到幾首詩，感到痛苦，即這種詩就毫無詩所需要的感興。如不把那些詩題和下面署名聯接起來，任何編者也不會採用的。」〔註48〕這反映著當時文藝界的變態審美取向。《人民文學》創刊號在保證作品政治性的同時，也給予了主題性以絕對的重視。

總的來說，時代主流意識施加的壓力影響了《人民文學》創刊號的基本風貌，而刊物也通過對作品的作者、主題及政治性的刻意選擇等主觀努力來與主流意識趨同。具體說來，《人民文學》創刊號通過形式上對政治的刻意追求以及內容上的大眾化、高度的思想性和其對主旋律的表達共同實現了它對於主流意識形態的表達與對國家意志的言說。

五、文學媒介標本三：《說說唱唱》

1949 年之後的一年多時間裏，中央到地方都紛紛創辦了許多文藝期刊。除了《文藝報》和《人民文學》之外，還有軍隊系統的《部隊文藝》（1949年 11 月在武漢創刊，陳荒煤、劉白羽主編），上海文聯工人文藝工作委員會主辦的《群眾文藝》（出版廣告稱之爲《說說唱唱》的姊妹刊物），1949 年10 月創刊，周而復、柯靈主編；天津文協的《文藝學習》，1950 年 2 月 1 日創刊（非中國作協普及部於 1954 年 4 月創辦的《文藝學習》）。還有就是我們在這裡要介紹的、由北京大眾文藝創作研究會主辦的《說說唱唱》雜誌。大眾文藝創作研究會，是北京市文聯成立之前直屬中共北京市文委的文藝領導機構。

《說說唱唱》曾經是一份聲名顯赫的雜誌，負有發表優秀通俗文藝作品、指導全國通俗文藝創作的重任。它創刊於 1950 年 1 月 20 日，由紅軍出身的作家、楊尚昆夫人李伯釗和趙樹理兩人主編，編委有老舍、田間、馬烽、王亞平等人，著名作家汪增祺、端木蕻良只不過是普通編輯，編輯部最初設在東單 3 條 24 號「大眾文藝創作研究會」的辦公處。

〔註47〕《胡風全集》第十卷，胡風著，武漢：湖北出版社，1999 年，第 64 頁。
〔註48〕《凡事從理解和愛出發》見《沈從文全集》第十九卷，沈從文著，太原：北嶽文藝出版社，2002 年，第 107 頁。

　　1949 年後，文學管理面臨的第一個問題就是如何爭取小市民讀者。周揚在延安時期就發現：「沒有一本新文藝創作的銷路，在小市民層中能和章回小說相匹敵……舊形式的偏愛……甚至到了新的社會人民意識中……還可以延續很長一個時候。」〔註 49〕（當時的新文學作品起印數一般都在 2 千冊到 5 千冊之間，《北方文叢》中周揚的《表現新的群眾的時代》起印 2 千冊）1949 年周揚又說：「經過『文藝座談會』以後，文藝上的『洋教條』是吃不開了，但是以舊戲為主的封建藝術……仍然有它很大的市場。舊戲劇是中國民族藝術的重要遺產之一……」〔註 50〕所以，周揚認為，為了「團結人民」，就必須利用和改造舊形式，而不應該「全盤否定」。1949 年 9 月 5 日，《文藝報》專門召開了關於改造舊形式，爭取市民讀者的座談會，提出「哪一種形式為群眾所歡迎並能接受，我們就採用哪一種形式。」要團結原來給舊報刊寫章回小說的人，在政治上提高，然後「打進小市民讀者層」。〔註 51〕之所以反覆強調和十分關注「小市民階層」，目的並不是要表現他們，而是要通過利用舊文藝形式，佔領城市居民的閱讀和思維。趙樹理主編《說說唱唱》雜誌的初衷，就是要讓新文藝佔領「天橋」，利用通俗文藝形式宣傳新主題、新形象，比如用快板的形式進行宣傳。《說說唱唱》雜誌最高發行量近 6 萬冊。即便如此，它的處境也不是很好。

　　1951 年 11 月全國報刊整頓，12 月，創刊 1 年多的北京文聯雜誌《北京文藝》停刊，編輯部人員併入《說說唱唱》雜誌，改由老舍主編，李伯釗、趙樹理、王亞平為副主編，編輯部搬入王府井西邊南河沿附近的霞公府 15 號。1952 年第 1 期《說說唱唱》雜誌和同年 1 月 19 號的《光明日報》，同時刊登了趙樹理的檢討文章《我與說說唱唱》，反省了自己的 3 點錯誤：1、發表了歪曲農民形象的作品《金鎖》，2、過於強調形式的「形式主義」，3、在配合政治任務時沒有計劃性，臨時找人應付。事情起因於《文藝報》對《說說唱唱》雜誌第 3、4 期所連載的孟淑池的小說《金鎖》的批評，趙樹理因此多次在幾家報紙上發表檢查文章，最後淡出《說說唱唱》編輯工作，調往中宣部文藝處任文藝幹事，並於 1952 年春去山西鄉村參與農業合作社建設。

〔註 49〕周揚：《對舊形式利用在文學上的一個看法》，《周揚文集》第一卷，294 頁，北京，人民文學出版社，1984。
〔註 50〕同上。周揚所說的「洋教條」，是指「五四」白話文文學中的歐化傾向。
〔註 51〕《文藝報》1 卷 1 期：《爭取小市民層的讀者》，洪子誠編：《二十世紀中國小說理論資料》第五卷（1949～1976），14～15 頁，北京大學出版社，1997。

《說說唱唱》雜誌創刊號發表了趙樹理根據田間的長詩《趕車傳》改寫的鼓詞《石不爛趕車》(分兩期連載);康濯創作的評話《李福泰翻身獻古錢》;辛大明的大鼓書詞《煙花女兒翻身記——獻給北京市婦女生產教養院的姐妹們》等。雜誌刊登的作品主要有兩類,一類是根據現有作品改寫成民間文藝形式的鼓詞、評書、說唱、評話;另一類是作家直接創作的民間文藝形式的作品,基本上不刊登現代白話小說和詩歌。刊物「稿約」來稿要求,一、內容:用人民大眾的眼光來寫各種人的生活和新的變化。二、形式:力求能說能唱,不能說唱但有內容的也要,可以經過本社改寫後發表。這兩條在 1952年第 1 期的「稿約」中改為:一、站在無產階級的立場、觀點來寫新社會、新人物、新生活,二、通俗易懂,力求能說能唱能表演。

無論從內容還是形式上看,編者都很謹慎,在處理「普及」和「提高」的關繫上也煞費苦心,以民間通俗文藝為主,偶而刊登自己認為比較優秀的小說。第 3 期開篇就是老舍寫的太平歌詞《中蘇同盟》:「叫完大哥叫二哥,/ 列位仁兄聽我說:/ 今天不講精忠傳,/ 不講三國與列國;/ 國家大事表一表,/ 毛主席去到莫斯科。/ 主席一去兩個月,/ 替咱們辛苦做事多:/ …… / 毛主席的高見明日月,/ 斯大林的偉大蓋山河,/ ……」。第 2 篇是王春的《中蘇關係史說本》,接下來是陶鈍的彈詞《二大娘進城》,最後是淑池的小說《金鎖》。趙樹理認為作者瞭解舊社會中國鄉村,寫得真實。小說講的是一個鄉村流氓無產者金鎖的故事,將《阿 Q 正傳》的風格和《小二黑結婚》的風格結合在一起。同時,它的敘事語調帶有濃厚的民間色彩,語言雅俗雜糅、泥沙俱下:草浦莊第一號有名的大戶人家就是驢宅。驢宅無論男女老少都被人叫做「XX 驢」或「驢 XX」,以至於連真實姓名也埋沒了;如黑驢、白驢、花驢、雜毛驢、老黑驢、小黑驢、公驢、母驢、瞎驢、拐驢、洋驢、土驢、驢混子、驢槌子、驢腿子……金鎖不是驢宅的正脈,是拐驢曹五爺的乾兒子……

正是這篇非評話、評書、說唱、鼓詞的現代白話小說給《說說唱唱》帶來了麻煩。它的罪名是:侮辱了勞動人民。下三爛話太多。摹仿《阿 Q 正傳》。1950 年 2 月 8 日的《文藝報》發表了《讀者對〈金鎖〉的看法》一文,開始批評小說《金鎖》。1950 年 5 月 25 日的《文藝報》同時發表鄧友梅的批評文章《評〈金鎖〉》和趙樹理的檢討文章《金鎖發表前後》,實際上是在為這篇小說和自己辯護。1950 年 6 月 1 日的《光明日報》又刊登了趙樹理

的檢討文章，自己承擔了責任，但依然爲作者淑池和小說《金鎖》辯護。直
到 1952 年 1 月 9 日的最後檢討，趙樹理便與《說說唱唱》徹底說再見了。

《說說唱唱》雜誌中，除 3、4 期的《金鎖》，第 6 期趙樹理的《登記》，
第 10 期和第 11 期陳登科的《活人塘》等少數小說之外，實際上很少發表現代
白話小說，都是一些順口溜、彈唱歌詞，內容是現代革命史的，形式上是民
間的，沒有什麼新東西。現代白話小說從魯迅開始就是以全新的形式和內容
出現的，其敘事方式和語調，以及敘事者的角度和立場，都與民間的彈詞、
說唱、評書等有天壤之別，因而十分刺眼。1955 年 3 月 20 日，《說說唱唱》
這份誕生 5 年零 2 個月，出版 63 期，發行量爲 5、6 萬份的著名雜誌最終還
是停刊了。

1954 年 12 月號說說唱唱

人民文學創刊號

人民文學創刊號目錄

人民文學新年號，1950 年第 1 卷第 3 期

大眾文藝研究叢刊‧目錄

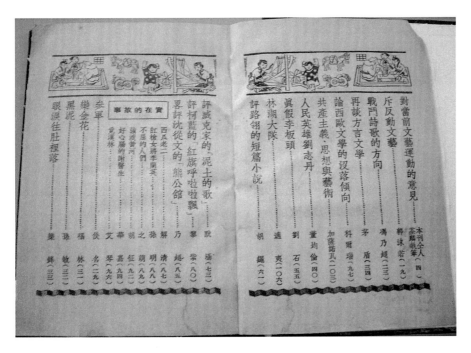

大眾文藝研究叢刊·內頁

斥反動文藝

郭沫若

反、自然，那些長處和優點仍應為我們所重視的。

今天是人民的革命勢力與反人民的反革命勢力作短兵相接的時候，衡定是非善惡的標準非常鮮明。凡是有利於人民解放的革命戰爭的，便是善，便是是；反之，便是惡，便是非，便是對革命的反動。我們今天來衡論文藝也就是立在這個標準上的，所謂反動文藝，就是不利於人民解放戰爭的那種作品，傾向，和提倡。大別地說，是有兩種類型，一種是封建性的，另一種是買辦性的。文藝是宣傳的利器，在這一方面不說也早已全面動員「戡亂」了。今天的反動勢力──國家壟斷資本主義，是集封建與買辦之大成，是有兩種類型，武裝到了牙齒，他們是全面武裝，因此，在反動文藝這一個大綱籠裏面，倒真真是五花八門，紅黃藍白黑，色色俱全的。

什麼是紅？我在這兒只想說桃紅色的紅。作文字上的裸體畫，甚至寫文字上的春宮，如沈從文的「摘星錄」，「看雲錄」，及某些「作家」自鳴得意的新式「金瓶梅」，儘管他們有着怎樣的藉口，說屈原的離騷詠美人香草，紫鵑門的雅歌也作女體的頌揚，但他們存心不良，意在蠱惑讀者，軟化人們的鬥爭情緒，是毫無疑問的。特別是沈從文，他一直是有意識地作舊反動派而活動濟。在抗戰初期全民族對日寇爭生死存亡的時候，他高唱着「與抗戰無關」論。在抗戰後期作家們正加強團結，爭取民主的時候，他又喊出「反對作家從政」。今天人民正「用革命戰爭反對反革命戰爭」，也正是鳳凰慘滅自己，從火裏再生的時候，他又裝起一個悲天憫人的面孔，謊之為「民族自殺悲劇」，把全中國的愛國青年學生斥為「比醉人酒徒遭難招架的冲撞大衆中小猴兒心性的十萬道童」，而企圖在「報紙副刊」上進行其和革命「遊離」的新第三方面，所謂「第四組織」，登在去年十月二十一日的益世報。（這些話見所作「一種新希望」）這位看雲摘星的風流小生，你看他的抱負多大，他不是存心要做一個摩登文素臣嗎？

什麼是黃？就是一般所說的黃色文藝。還是標準的封建類型，色情，神怪，武俠偵探，無所不備，迎合低級趣味，作爲麻醉人民意識的工具。在黃色作家羣中，多是道義觀念貧弱的窳文人，性格破產者，只要靠一枝毛錐可以餬口，倒不必一定有禍國殃民的明確意識，但作品傾向是包含毒希圖橫財順手。在殖民地，特別在敵僞時代，被縱容而利用着，

·19·

大眾文藝研究叢刊・香港・1948

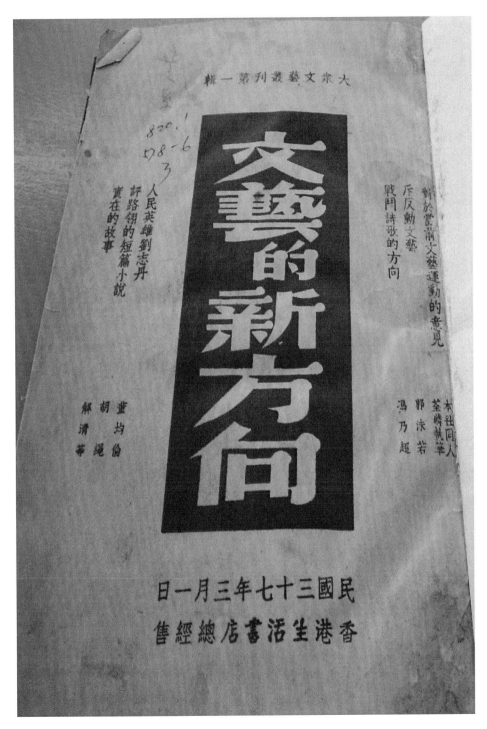

文藝報創刊號

文藝報試刊 1 號 1949 年 5 月 4 日

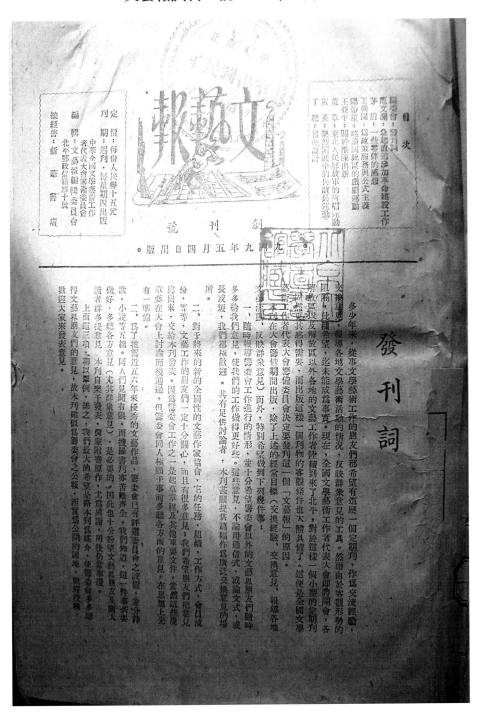

文藝學習創刊號中國作協

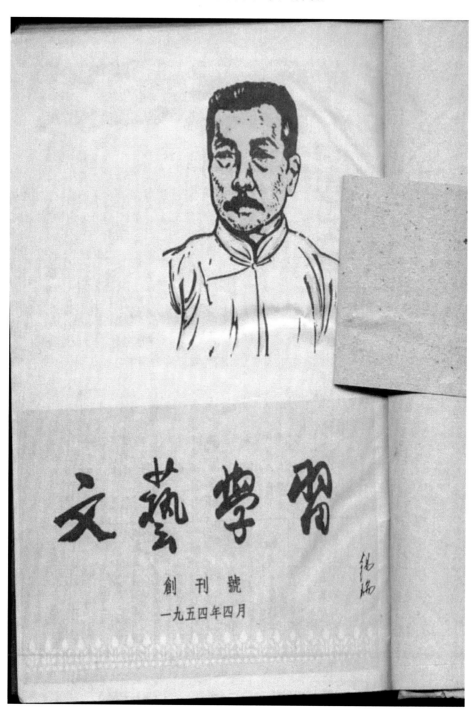

文藝報第 2 期

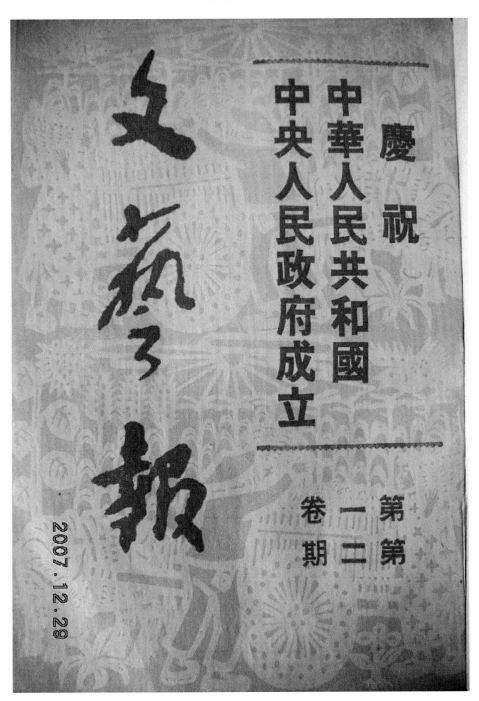

第六章　脫褲子割尾巴與作家下鄉

一、文藝的「工農兵方向」

　　中國當代文學中所強調的文學的「工農兵方向」，是毛澤東《在延安文藝座談會上的講話》中確立的。中華人民共和國成立後迅速成爲影響深遠，持續時間最長的文學思潮。在 1949 年 7 月的第一次「文代會」上，周恩來所作的政治報告指出了文藝工作者深入生活、描寫工農兵的重要性，認爲文藝工作者「應該首先去熟悉工農兵」。在這次大會上，郭沫若所作題爲《爲建設新中國的人民文藝而奮鬥》的總報告，茅盾和周揚分別就「國統區」和「解放區」革命文藝所作的報告，都強調了堅持文藝「爲人民服務」，首先是「爲工農兵服務」的文藝方向的必要性和重要性。最後，大會把堅持「工農兵方向」寫進「決議」，號召全國所有的文藝工作者，都要努力貫徹執行。〔註 1〕在 1979 年 10 月的第 4 次文代會上，鄧小平在《致辭》中繼續強調文藝的工農兵方向：「我們要繼續堅持毛澤東同志提出的文藝爲最廣大的人民群眾，首先是爲工農兵服務的方向。」〔註 2〕

　　通過《在延安文藝座談會上的講話》，可以從中梳理出「工農兵文藝」思潮的基本邏輯。

　　第一，**文藝爲誰服務**？「我們的文藝是爲什麼人的？」答案是爲人民大眾服務，首先是爲工農兵服務，而不是爲剝削階級和壓迫者服務。「什麼是人

〔註 1〕　參見《中華全國文學藝術工作者代表大會紀念文集》，北京，新華書店發行，1950。
〔註 2〕　見《鄧小平文選》第 2 卷，第 210 頁，北京，人民出版社，1994。

民大眾呢？……占全人口百分之九十以上的人民，是工人、農民、兵士和城市小資產階級。我們的文藝，第一是爲工人的，這是領導革命的階級。第二是爲農民的，他們是革命中最廣大最堅決的同盟軍。第三是爲武裝起來了的工人農民即八路軍、新四軍和其它人民武裝隊伍的，這是革命戰爭的主力。第四是爲城市小資產階級勞動群眾和知識分子的，他們也是革命的同盟者，他們是能夠長期地和我們合作的。這四種人，就是中華民族的最大部分，就是最廣大的人民大眾。我們的文藝，應該爲上面說的四種人。我們要爲這四種人服務，就必須站在無產階級的立場上，而不能站在小資產階級的立場上。……堅持個人主義的小資產階級立場的作家是不可能眞正地爲革命的工農兵群眾服務的……對於工農兵群眾，則缺乏接近，缺乏瞭解，缺乏研究，缺乏知心朋友，不善於描寫他們；倘若描寫，也是衣服是勞動人民，面孔卻是小資產階級知識分子。……我們的文藝工作者一定要完成這個任務，一定要把立足點移過來，一定要在深入工農兵群眾、深入實際鬥爭的過程中，在學習馬克思主義和學習社會的過程中，逐漸地移過來，移到工農兵這方面來，移到無產階級這方面來。只有這樣，我們才能有眞正爲工農兵的文藝，眞正無產階級的文藝。」〔註3〕

　　第二，如何服務？「爲什麼人服務的問題解決了，接著的問題就是如何去服務」，這個問題被轉化爲「普及」與「提高」的辯證關係。它要求作家「向工農兵普及」、「從工農兵提高」，並認爲這是對工農兵的態度問題，作家的「情感要起變化」，必須在感情上跟工農兵打成一片。「中國的革命的文學家藝術家，有出息的文學家藝術家，必須到群眾中去，必須長期地無條件地全心全意地到工農兵群眾中去，到火熱的鬥爭中去，到唯一的最廣大最豐富的源泉中去，觀察、體驗、研究、分析一切人，一切階級，一切群眾，一切生動的生活形式和鬥爭形式，一切文學和藝術的原始材料，然後才有可能進入創作過程。」〔註4〕文學創作中的「提高」問題實際上已經被擱置。

　　第三，如何普及？普及就是要到群眾中去體驗生活，改造思想和情感，瞭解工農兵的情感方式和生活方式，學習他們的語言，在這個基礎上從事文藝創作。「我們的文學專門家應該注意群眾的牆報，注意軍隊和農村中的通訊

〔註3〕　毛澤東：《在延安文藝座談會上的講話》，《毛澤東選集》第 3 卷，第 855～857
　　　　　頁，北京，人民出版社，1991。
〔註4〕　毛澤東：《在延安文藝座談會上的講話》，《毛澤東選集》第 3 卷，第 860～861
　　　　　頁，北京，人民出版社，1991。

文學。我們的戲劇專門家應該注意軍隊和農村中的小劇團。我們的音樂專門家應該注意群眾的歌唱。我們的美術專門家應該注意群眾的美術。」「一切革命的文學家藝術家只有聯繫群眾，表現群眾，把自己當作群眾的忠實的代言人，他們的工作才有意義。只有代表群眾才能教育群眾，只有做群眾的學生才能做群眾的先生。如果把自己看作群眾的主人，看作高踞於『下等人』頭上的貴族，那麼，不管他們有多大的才能，也是群眾所不需要的，他們的工作是沒有前途的。」〔註5〕

　　第四，原則問題。服務和提高，之所以成為「原則問題」，是因為它涉及文藝工作與黨的工作之關係。文藝工作是整個革命事業的一部分，因此必須服從黨的事業的需要，服從民族解放和階級鬥爭的需要。因此，「無產階級的文學藝術是無產階級整個革命事業的一部分，如同列寧所說，是整個革命機器中的『齒輪和螺絲釘』……文藝是從屬於政治的，但又反轉來給予偉大的影響於政治。革命文藝是整個革命事業的一部分，是齒輪和螺絲釘，……它是對於整個機器不可缺少的齒輪和螺絲釘，對於整個革命事業不可缺少的一部分。〔註6〕

　　第五，鬥爭方式和批評標準。鬥爭方式是文學批評，批評標準是政治第一，藝術第二。「任何階級社會中的任何階級，總是以政治標準放在第一位，以藝術標準放在第二位的。資產階級對於無產階級的文學藝術作品，不管其藝術成就怎樣高，總是排斥的。無產階級對於過去時代的文學藝術作品，也必須首先檢查它們對待人民的態度如何，在歷史上有無進步意義，而分別採取不同態度。有些政治上根本反動的東西，也可能有某種藝術性。內容愈反動的作品而又愈帶藝術性，就愈能毒害人民，就愈應該排斥。處於沒落時期的一切剝削階級的文藝的共同特點，就是其反動的政治內容和其藝術的形式之間所存在的矛盾。我們的要求則是政治和藝術的統一，內容和形式的統一，革命的政治內容和盡可能完美的藝術形式的統一。」〔註7〕

　　毛澤東提倡的「工農兵」文藝中的英雄，具有道德上的純潔性，他們應

〔註5〕毛澤東：《在延安文藝座談會上的講話》，《毛澤東選集》第3卷，第863～864頁，北京，人民出版社，1991。

〔註6〕毛澤東：《在延安文藝座談會上的講話》，《毛澤東選集》第3卷，第865～867頁，北京，人民出版社，1991。

〔註7〕毛澤東：《在延安文藝座談會上的講話》，《毛澤東選集》第3卷，第869～870頁，北京，人民出版社，1991。

該是「高尚的人、純粹的人、有道德的人、脫離了低級趣味的人、有益於人民的人」。要有吃苦耐勞的傳統美德、勇於犧牲的革命勇氣、大公無私的獻身精神，超越國界的共產主義境界等。這些「美德」其實早就在毛澤東的著作《爲人民服務》、《張思德》、《紀念白求恩》中反映出來了。毛澤東相信，英雄們只要努力工作，勇於獻身，一定會感動上帝的。這個上帝不是別人，就是人民大眾。

在「文藝爲工農兵服務」的思想中，「人民」概念隨不同時期的政治形式而有不同的解釋。毛澤東說：「爲了正確認識敵我之間和人民內部這兩類不同的矛盾，應該首先弄清楚什麼是人民，什麼是敵人。人民這個概念在不同的國家和各個國家的不同的歷史時期，有著不同的內容。」〔註8〕1942 年《講話》中的「人民」包括工、農、兵、城市小資產階級勞動者和知識分子，這是民族解放戰爭的要求。1956 年在《關於正確處理人民內部矛盾的問題》中，「人民」是指「一切贊成、擁護和參加社會主義建設事業的階級、階層和社會集團」，這是建國後階級鬥爭和國際形勢的要求。與這些變化的「人民」概念相應的「敵人」，也從帝國主義、資本主義，演變成「反對社會主義」的右派、修正主義、壞分子，沒有改造好的資產階級知識分子（人民民主專政的對象）。但總的來說，「人民」主要是指占人口絕大多數的「工農兵」。小資產階級和知識分子，如果改造了，在情感上接近了工農兵，也可以列入。但知識分子究竟是列入「朋友」還是「敵人」行列呢？沒有確定的標準，翻手爲雲覆手爲雨的情況經常發生。

從「爲工農兵服務」和「人民」概念的演變中，我們發現毛澤東對資產階級和小資產階級知識分子不信任。毛澤東批評那些沒有改造好的知識分子不乾淨，「**最乾淨的還是工人農民，儘管他們手是黑的，腳上有牛屎，還是比資產階級和小資產階級知識分子都乾淨**。這就叫做感情起了變化，由一個階級變到另一個階級。我們知識分子出身的文藝工作者，要使自己的作品爲群眾所歡迎，就得把自己的思想感情來一個變化，來一番改造。」〔註9〕毛澤東認爲，在農民面前，「一切革命的黨派、革命的同志，都將在他們面前受他們

〔註8〕 毛澤東：《關於正確處理人民內部矛盾的問題》，《毛澤東選集》第 5 卷，第 364
　　　 頁，北京，人民出版社，1977。
〔註9〕 毛澤東《在延安文藝座談會上的講話》，《毛澤東選集》第 3 卷，第 851 頁，
　　　 北京，人民出版社，1991。

的檢驗而決定棄取。」〔註 10〕毛澤東高度讚揚農民和人民群眾的言論比比皆是，比如：「人民，只有人民，才是創造世界歷史的動力。」〔註 11〕「群眾是真正的英雄，而我們自己則往往是幼稚可笑的。」〔註 12〕「**高貴者最愚蠢，卑賤者最聰明**。」〔註 13〕

有學者對毛澤東思想進行「民粹主義」的解讀，〔註 14〕頗爲牽強。俄羅斯「民粹主義」知識分子有兩個「敵人」，一是沙皇，一是農民，兩者都與「村社制度」和「東正教信仰」密切相關。在民粹主義那裡，知識分子不是需要剿滅，而是需要「自我懺悔」。知識分子的「改造」，是屬於自願的、帶宗教性質的內心**懺悔**，而不是在整肅的恐懼支配下的「自我保護」式的**檢討**。因此，從總體和具體的歷史角度來看，毛澤東對待農民文化、城市文明、知識分子的根本態度，與「民粹主義」觀念差別甚大。毛澤東並非不瞭解農民，並非對小農意識的落後性沒有警惕。1949 年 6 月在《論人民民主專政》中就談到了分散的小農經濟的局限性：「嚴重的問題是教育農民。農民的經濟是分散的，根據蘇聯的經驗，需要很長的時間和細心的工作，才能做到農業社會化。沒有農業社會化，就沒有全部的鞏固的社會主義。」〔註 15〕毛澤東當然也瞭解知識分子。只是每到批評知識分子及其「小資產階級」思想時，毛澤東就會拿他們與農民相比，認爲他們不如農民「乾淨」，並且主要是針對思想觀念而言，比如道德、價值、趣味、情感和表達方式等等。由此對具有獨立思想、不輕易改變自己價值觀念的知識分子予以打擊。這種打擊從延安時期開始，一直到他去世爲止。

二、延安的「下鄉入伍進廠」

延安文藝座談會召開之後大約一年的時候，1943 年 3 月 10 日，中共中

〔註 10〕毛澤東：《湖南農民運動考察報告》，《毛澤東選集》第 1 卷，第 13 頁，北京，人民出版社，1991。

〔註 11〕毛澤東：《論聯合政府》，《毛澤東選集》第 3 卷，第 1031 頁，北京，人民出版社，1991。

〔註 12〕毛澤東：《「農村調查」的序言和跋》，《毛澤東選集》第 3 卷，第 790 頁，北京，人民出版社，1991。

〔註 13〕中央文獻研究室：《建國以來毛澤東文稿》第 7 卷，第 236 頁，北京，中央文獻出版社，1992。

〔註 14〕參見莫里斯·邁斯特《馬克思主義、毛澤東主義與烏托邦主義》，張寧等譯，北京，中國人民大學出版社，2005。

〔註 15〕《毛澤東選集》第 4 卷，第 1477 頁，北京，人民出版社，1991。

央文委和中共中央組織部聯合召開黨的文藝工作者會議。新任中央書記處書記的劉少奇、《解放日報》和新華總社社長博古、中組部長陳雲、中宣部代部長何凱豐等人出席了會議。魯迅藝術文學院（常務）副院長周揚主持會議。陳雲在會上做了《關於黨的文藝工作者的兩個傾向》的報告，提出了兩個尖銳的問題，也就是延安文藝工作者必須去除的兩個重大缺陷，一是**特殊**，一是自大。陳雲認爲，黨的文藝工作者首先是黨員，然後才是文藝工作者，所以不應該搞特殊化，一律要服從黨的領導；因此必須遵守紀律，必須認真學習馬列主義和實際政治。知識分子之所以顯得「特殊」，就是因爲「自大」，反對「特殊」就要反對「自大」。〔註 16〕用什麼來反對呢？用黨的紀律和下鄉改造兩種方式，下鄉改造是紀律的表現，紀律是下鄉改造的保證。陳雲的這個講話已經將「文藝的工農兵方向」和「整頓文風」這一理論具體化了。

時任中共中央宣部代理部長的凱豐的講話《文藝工作者下鄉的問題》，將「工農兵方向」更加具體化。凱豐指出，之所以在文藝座談會之後一年才討論「下鄉」問題，是爲了讓大家在整風運動的幫助下統一思想，**轉變觀念**。現在看來，留在延安一年是有收穫的。延安文藝界經過了一年的整風學習，氣象爲之一新。「從今年春節的宣傳中可以看出來。春節文藝宣傳活動，大量採用民間形式，採用爲廣大群眾能夠聽得懂看得懂得形式，採用老百姓能解得下的形式，這是表示延安文藝活動向新的發展方向的開始，向毛主席號召的方向的開始。比如魯藝的秧歌隊爲各方面所讚譽，其它各個劇團及機關學校所組織的秧歌隊都有了成功，這是值得表揚的。許多作家已經開始去訪問老百姓勞動英雄，寫他們的事業，小說詩歌戲劇木刻等等都在向著接近群眾這一方向走。所有這些都是表現延安文藝界向著新的方向的開始，向著爲工農兵服務的方向開始。」凱豐在講話中著重強調了三個問題：

第一，爲什麼下鄉，怎樣下鄉？「過去我們有許多文藝工作者到前方去，到部隊去，到鄉下去，到工廠去，爲什麼沒有收到應有的效果……就是因爲對下鄉的認識還不夠。」下鄉的目的是與實際相結合，爲工農兵服務。在這一目的下強調兩點：第一是打破做客的觀念，不要抱著收資料的態度下去，要抱著工作的態度下去；不要抱著臨時工作的態度下去，要抱著長期工作的態度下去；不要害怕長期不寫會生疏、不能寫了，「這種問題是不會有的，即

〔註 16〕1943 年 3 月 29 日《解放日報》，1982 年 5 月 23 日《人民日報》，見中國社科院新聞研究所編：《延安文萃》（上），第 363～371 頁，北京，北京出版社，1984。

使有，也不很大，一個有技術的人，會寫文章的人，並不會丟生去……眞正有材料，在業餘還是可以寫」。第二是放下文化人的資格。「做客的觀念不能打破，也就是因爲文化人的資格沒有放下……結果就勢必做客……他們那裡不是文化工作，而是軍隊工作，政府工作，黨務工作，經濟工作，群眾工作等等，而你以文化人的資格去工作，結果還是格格不入，……不要把自己看作是特殊的，應當看作是他們之中的一個工作人員。」

第二，下鄉的困難。主要是工作上的困難，也就是文化人對新的工作的適應問題。下去後首先要服從當地黨和政府的領導。工作不比寫作，靈感來了就寫，沒來就不寫。讓你去動員牲口馱鹽、徵收公糧、牽一頭驢，不能等靈感來了才做，沒有靈感也要做。要動手動腳，不怕麻煩，照毛主席所說的「放下臭架子，甘當小學生」，就可以把事情做好。其次是物質生活上的困難，城里長大的知識分子看不慣鄉下的習慣，需要改變。農村並不是那樣衛生，你們看不慣，老百姓卻很平常。要和老百姓打成一片，才能接近他們，提高他們。

第三，下去應該注意什麼？第一，與地方干部搞好關係，先學習他們的長處，再幫助他們的缺點，不要一下去就誇誇其談。第二，下鄉後會發現很多問題，但是「要從整個工作過程、發展歷史去看問題」。工農兵文藝就是要讚揚人民大眾的光明，暴露壓迫者的黑暗。老百姓身上的「愚昧、落後、怯懦、自私等等」，是黑暗勢力加在人民身上的壞東西，寫這些是暴露侵略者壓迫者的問題。「我們的抗日根據地更是處在一個光明的時代，所以對於鬥爭中的群眾，當然是寫光明，只有對於敵人才是暴露黑暗。」〔註17〕

這次會議之後，整個延安文藝界開始了「下鄉、入伍、進廠」運動。延安文藝界提出了「到農村、到工廠、到部隊中去，成爲群眾的一分子」的口號。在延安的許多黨內外作家，紛紛到群眾鬥爭中去。詩人蕭三、艾青，劇作家塞克等到南泥灣（王震的 359 旅駐地，艾青等文人後來一直受到王震的保護）；作家陳荒煤去了延安縣；小說家劉白羽、女作家陳學昭等到部隊和農村體驗生活；柳青到隴東。丁玲在 3 月 15 日接受《解放日報》記者採訪時說：「如果有作家連續寫二十篇邊區農村的通訊，我要選他做文藝界的勞動英雄。」1944 年 6 月，她寫出關於勞模事跡的人物通訊《田寶霖》，曾得到毛澤

〔註17〕1943 年 3 月 28 日《解放日報》，見中國社科院新聞研究所編：《延安文萃》（上），第 371～383 頁，北京，北京出版社，1984。

東的好評；7 月寫作長篇通訊《一二九師與晉察冀豫邊區》；8 月到安塞難民紡織廠體驗生活兩個月，寫出雜文《老婆疙瘩》。〔註18〕音樂界也提出音樂上街、音樂進廠的口號。戲劇界也紛紛下鄉、進廠，向群眾學習，為群眾演出。畫家也背著畫板到農村去塑造農民的形象。延安部隊藝術學校改組為文藝工作團，「面向士兵，到部隊去！」創作通俗的容易為戰士所理解的作品和短小的通訊、歌曲，以適應戰時部隊需要。

會議之後，3 月下旬的《解放日報》發表了多篇作家的自我批評文章。周立波的《後悔與前瞻》批評了自己以往鄉下入伍時的「做客」思想，決心痛改前非。何其芳的《改造自己，改造藝術》一文認為，只有改造了「舊我」，才能創造新的藝術。張仃的《畫家下鄉》、舒群的《必須改造自己》等文章，都表示要更好地走與工農兵相結合的道路。1943 年下鄉、入伍之後，《解放日報》刊登了大量關於工農兵和部隊將領的人物通訊，現將關於領導人物的文章列舉如下：

蕭三：《毛澤東同志的初期革命活動》（1944 年 7 月 1 日、2 日）

愛潑斯坦：《這就是毛澤東——中國共產黨的領袖》（1945 年 10 月 10 日）

徐特立：《學習朱總司令》（1945 年 12 月 26 日）

林間：《朱德將軍生活散記》（1946 年 11 月 30 日）

王朗超：《林伯渠主席——人民的勤務員》（1946 年 1 月 21 日）

李普：《陳毅將軍印象記》（1946 年 3 月 30 日）

劉漠冰：《賀龍將軍印象記》（1946 年 4 月 25 日）

王匡：《李先念將軍印象記》（1946 年 7 月 21 日）

劉白羽：《周保中將軍》（1946 年 7 月 16 日）

周立波：《王震將軍記》（1946 年 9 月 17 日）

張香山：《記劉伯承將軍》（1946 年 10 月 22 日）

下鄉、入伍、進廠的目的是改造作家。但延安時期的改造，不是為改造而改造，而是通過作家介入革命鬥爭實踐，轉變情感方式，最終是要使他們的價值觀念、審美趣味和表達方式接近「工農兵」這一新的「總體性」。新的「總體性」的構成，從形式上看，就是被改造了的民間形式和農民話語（包括快板、道情、民歌、街頭劇、秧歌劇等載體）；從內容上看，就是中國共產黨領導下的革命鬥爭，以及它的必勝的信念。形式和內容，依附在工農兵革

〔註18〕《丁玲年譜長編》（上），第 183～186 頁，天津人民出版社，2006。

命鬥爭實踐的具體行動上。因此，塑造新的工農兵形象，成了新文藝的惟一任務。在「工農兵」形象之中，革命領袖形象得塑造，實際上尤為重要。1949年之後，塑造和歌頌工農兵形象已經成為「共識」，少數偏離軌道的現象，可以通過批評、批判，乃至更為極端的方式加以糾正和制止。於是，1949 年以後的下鄉、入伍、進廠式的「改造」，漸漸由「手段」變為「目的」本身。

三、建國初期的「脫褲子割尾巴」

　　新中國建國之初（1951 年至 1952 年）的知識分子思想改造運動，形象地稱為「脫褲子，割尾巴」，又稱「洗澡」。作家楊絳有反映這一時期知識分子思想改造過程的小說，名曰《洗澡》，意思就是「洗腦筋」。〔註 19〕這是一個延安整風時期發明的術語。

　　1942 年 5 月的文藝整風（1942 年 5 月）與 1942 年 2 月的黨內整「三風」（學風，即思維方式的主觀主義；黨風，即組織上的宗派主義；文風，內容空洞、玩弄形式的黨八股）大致是同時進行的。毛澤東在發表了《反對黨八股》（2 月 1 日在中央黨校開學典禮上的講話）和《整頓黨的作風》（2 月 8日在延安幹部會上的演講，其中提到「舊社會不良思想的尾巴，這就是小資產階級個人主義思想的殘餘」〔註 20〕）等文章。為了配合毛澤東的這些講話，1942 年的 2 月至 5 月，《解放日報》發表《整頓學風黨風文風》、《教條和褲子》、《整頓三風必須正確進行》等多篇社論，發動對幹部和知識分子的整風運動。由毛澤東的秘書胡喬木執筆的《教條和褲子》一文指出：

　　「（教條主義）高叫道，大家要洗澡啊！大家要學習游泳啊！但是有些什麼問題發生在他們的貴體下了，他們總是不肯下水，總是不肯脫掉他們的褲子⋯⋯褲子上面出教條──這就是教條和褲子的有機聯繫。誰要是誠心誠意的想反對教條主義，⋯⋯就得有脫褲子的決心和勇氣⋯⋯

　　「毛澤東同志在他二月一日的講演裏，曾經說今天黨的領導路線是正確的，但是在一部分黨員中間，還有三風不正的問題。於是你也來呀，我也來呀，大家把主觀主義、宗派主義、黨八股的尾巴割下來呀，大叫一通『尾巴』完事，⋯⋯可惜尾巴是叫不下來的。大家怕脫褲子，正因為裏面躲著一條尾巴，必須脫掉褲子才看得見，又必須用刀割，還必須出血，尾巴的粗細不等，

〔註 19〕楊絳：《洗澡・前言》，北京，三聯書店，1988。
〔註 20〕《毛澤東選集》第 3 卷，第 824 頁，北京，人民出版社，1991。

刀的大小不等，血的多少不等，但總之未畢是很舒服的事……」。該社論還指出，「我們自動的主張脫褲子」，不要秘密地脫，不要害怕在群眾面前脫，主張公開脫，讓群眾來監督和審查。〔註21〕

這裡出現了許多形象的說法：洗澡、游泳、下水、脫褲子、割尾巴，而且多層意思糾葛在一起。先說「教條主義」口頭上說著「游泳」的道理，卻不身體力行地下水去實踐，也就是不肯脫褲子。接著又把「游泳」轉為「洗澡」的比喻，實際上就是「洗腦」。洗腦式的思想改造，轉化為一系列具體可感的動作：洗澡就要脫褲子（洗腦就要公開思想），而且要當眾脫掉，把個人的羞恥感、自尊心、尊嚴毀掉（也就是當眾懺悔、自責、「掌嘴」），最後達到的效果是，把「尊嚴」視為恥辱。露出自己褲子裏面的「尾巴」（資產階級和小資產階級思想殘餘），然後用刀子割掉這個「尾巴」，而且還要「出血」。（也就是所謂的「靈魂深處腦革命」）。

建國初期的知識分子思想改造運動，方法上與延安時期類似。但此時的知識分子改造的難度更大一些，因為人數更多，思想成分更複雜。胡喬木「在北京文藝界學習動員大會上的講話」指出：雖然第一次文代會宣佈接受毛澤東 1942 年《講話》指示的方向，但是，不經過延安整風那樣深刻的思想鬥爭，這個方向就不會自然而然毫無異議地被接受。一部分曾經在「文代會」上舉過手的作家，並沒有真正瞭解毛澤東同志關於文藝工作的指示內容。他們對文藝工作仍抱著資產階級和小資產階級的見解，而不是站在無產階級立場。因此，建國後的兩年來，文藝作品缺少「新人物、新事件、新情感、新主題」，甚至「歪曲勞動人民的形象」。作家與勞動人民缺少聯繫，態度冷漠，創作上怠工、粗製濫造、飽食終日、行為放蕩。只有按照毛澤東思想認真改造思想，才是惟一的出路。〔註22〕

建國後的知識分子思想改造從 50 年代初期就開始了。1950 年 6 月 6 日，毛澤東在七屆三中全會上說：「對知識分子，要辦各種訓練班，辦軍政大學、革命大學，要使用他們，同時要對他們進行教育和改造。要讓他們學社會發展史、歷史唯物論等幾門課程。就是那些唯心論者，我們也有辦法使他們不反對我們。他們講上帝造人，我們講從猿到人。有些知識分子老了，七十幾

〔註21〕 1943 年 3 月 9 日《解放日報》，見中國社科院新聞研究所編：《延安文萃》（上），第 13～16 頁，北京，北京出版社，1984。

〔註22〕 胡喬木：《文藝界為什麼要改造思想》，1951 年 12 月 25 日《人民日報》。

歲了，只要他們擁護共產黨和人民政府，就把他們養起來。」〔註23〕

　　建國初期的知識分子思想改造，主要針對的是國統區的舊知識分子和剛剛參加革命的青年知識分子。改造的步驟與延安時期如出一轍，也是分爲兩大階段，第一階段是學習中央文件（從思想上「脫褲子割尾巴」），第二階段是下鄉入伍進廠（身心雙重的「洗澡」）。同時，這一時期的知識分子改造是和利用合而爲一的，因爲剛解放急需有文化的幹部，但他們思想又不合要求，所以采用和短訓班性質的教育形式，就是參加「革命」前的快速「洗澡」。

　　就第一階段而言，1949 年創建於北京、上海以及諸多省會城市的「人民革命大學」，就是典型的例子。「建國前我黨開辦的華北人民革命大學、華東人民革命大學、西北人民革命大學、江西『八一』革命大學、湖南人民革命大學、湖北人民革命大學，它們和華北大學、中原大學，以及各軍政大學一樣，都是我黨爲吸收幹部而創辦的。以學習政治理論政策爲主的、短期訓練班性質的幹部學校。」〔註24〕實際上，「革大」學員的主要對象是急需改造和利用的舊知識分子、國民黨時期的政府工作人員和一部分剛剛準備參加工作的知識青年。學習內容就是政治（歷史唯物論、辯證法、革命史、黨史等）。學習方法是政治培訓和政治審查（思想改造）。

　　《人民日報》曾對第 1 屆「革命大學」學生的畢業典禮進行了報導：「華北人民革命大學第一期學員一萬二千餘人……已勝利完成學習，即將出發到全國各個工作崗位上去。昨日在平（引按，北京）學員一萬人在西苑校部舉行畢業典禮……革大同學經過了四個月的馬列主義的基本理論學習，思想、作風、生活習慣等均有顯著的進步，初步建立了無產階級的革命人生觀，開始掌握批評和自我批評的武器，並紛紛要求加入革命組織，有二百餘學生已光榮地參加了共產黨，加入青年團的，已達四千五百餘人。由於革命勝利形勢的飛速發展和工作需要，校部決定將原定爲六個月的學習時間提前結束……」。〔註25〕

〔註23〕　毛澤東：《不要四面出擊》，《毛澤東選集》第 5 卷，第 22～24 頁，北京，人民出版社，1977。

〔註24〕　《關於建國前我黨開辦的華北人民革命大學、延安中學等校學員參加革命工作時間問題的通知》（1983 年 10 月 26 日組通字〔1983〕49 號）北京大學法學院北大法律信息網：http://law.chinalawinfo.com/Newlaw2002/SLC/slc.asp?db=chl&gid=30531，2008 年 8 月 19 日。

〔註25〕　《永遠作毛主席的好學生，革大萬二千學員畢業》，1949 年 7 月 23 日《人民日報》。

　　1949 年下半年開學的第二期學員曲輝明回憶說:「考進了華北革大。其實根本就沒有什麼考試,只是招生人員問了問籍貫學歷,有沒有參加什麼黨派,就錄取了⋯⋯第二期招收了約六千學員,還有一個研究班,都是一些統戰人物⋯⋯校長是劉瀾濤,副校長是胡錫奎,教務主任是王若飛的夫人李培之⋯⋯這六千學員分成三十多個班,每班約二百人左右,有一老幹部做班主任,還有幾位輔導員。每班再分成十來個小組,男女學員合編。我分在第二十七班⋯⋯在文化程度方面,一般都是初中以上文化程度,最高有出國留過學的,甚至大學教授,可能個別人或許只有小學文化程度。在出身成份方面就複雜了,就我們這個組的二十餘人來說罷,大概有一半左右是像我一樣的青年學生,其它的什麼人都有:一個從東北解放區來的『翻身農民』,在革大入了黨,可是畢業後一查卻是一個逃亡地主分子;一位大學教授;一位日本留學的高級職員;一位店員;一位國民黨少將的小姐;一位是彝族國民黨校級軍官;一位是國民黨青年軍軍官,直到畢業還沒有弄清楚他到底是個什麼人物;還有兩三位已結婚的太太;還有一個是張家口有名的妓女呢⋯⋯從一九四九年九月三日正式開學到一九五零年三月畢業⋯⋯六個月裏只發了一本書,我也就只學了這一本書。這本書就是艾思奇寫的《社會發展簡史》。六千人聽大課,由艾思奇、楊獻珍等講這本書的內容:什麼猴子變人,勞動創造人⋯⋯原始社會到共產主義社會的社會進化論;進而聯繫到資本主義必然為社會主義所代替,⋯⋯進而聯繫到共產黨領導人民革命的正義性和必然性;進而聯繫到知識分子在無產階級革命中的作用。每個參加革命的知識分子,必須與工農兵相結合,向工農兵學習⋯⋯在最後的一月裏就是思想總結,我們每個人都要向組織講清楚自己的家庭和歷史,包括是不是非無產階級出身的家庭,是否參加過反動組織或軍隊,以及對勞動人民和對勞動的態度如何,還要進行批判和重新認識,在這個基礎上寫出自己的自傳。我的自傳寫得比較認真而又詳細全面⋯⋯現在看來可能是過於深刻了,缺乏實事求是的精神,如我基本上也是勞動人民出身,對勞動和勞動人民也是有感情的,沒有必要說自己輕視勞動,還把自己臭罵一頓。」〔註26〕

　　湖北人民革命大學成立於 1950 年國慶前夕,1952 年停辦,共開辦 4 期,李先念兼任校長。學員高光菊回憶:「學習內容是『社會發展史和歷史唯物

〔註26〕曲輝明:《嶗山地瓜乾養育的孩子的一生》,青島市嶗山區史志辦:《嶗山春秋》,2006 年 6 月號,總 12 期。

論』，後來還加學了『共產黨員八條標準』（簡稱『黨八條』），一般是上午聽課下午討論……記得在討論『人是從猿猴變的，那麼猿猴又是從什麼變的』這節課時，一時爭論得全校沸沸揚揚，……校方不得不以『不要鑽牛角尖』為由結束了這場沒有結果的討論。在討論『資本家是如何剝削勞動人民剩餘價值』時，我們班有個同學就不承認『資本家是靠剝削起家的』這種說法。他說他父親是裁縫店老闆，靠的是一針一線自己做起來的，還養活了三名工人……這下，又成了我們全班的導火線，終日辯論不止。在這半年多的學習中，我的口才總算練出來了，從此說話也是一大套一大套的。」〔註27〕

　　沈從文和妻子張兆和都曾是華北大學或華北革命大學的學員。張兆和1949 年 5 月 10 日入校，地址是「國子監大街華大二部第四小組」。小組共 10 人，每天一起「討論學校指定的小冊子」，學唱《你是燈塔》、《國民黨，一團糟》、「校歌」等流行歌曲，不定期地聽革命知識分子的政治報告，周一至周五不得離校。〔註28〕沈從文於 1950 年 3 月 2 日入北京西苑拈花寺華北大學政治研究院，4 月初轉入華北人民革命大學第研究院（三部，培訓民國時期的高官和高級知識分子，北京一些名牌大學的教授，北平市長何思源都曾在這裡學習）5 班學習，12 月 30 日離校，共學習 10 個月。沈從文在致友人的書信中披露自己的心思：「我事實上已經變成一個經過改造的小小螺絲釘，做個老老實實公民，毫無芥蒂在一種材當其分的小小職務上去工作……近來學習最大的發現，即個人對於群的『無知』，及對『政治的無知』。」〔註29〕「在革大學習半年，由於政治水平低，和老少同學相比，事事都顯得落後，理論測驗在丙丁之間，且不會扭秧歌，又不會唱歌，也不能在下棋、玩牌、跳舞等等群的生活上走走群眾路線，打成一片。換言之，也就是毫無進步表現。……學習既大部分時間都用到空談上……我就只有打掃打掃茅房尿池，可以說是在學習為人民服務。」〔註30〕沈從文只是認為，8 位默默無聞工作的炊事員值得學習，後來還以此為題材創作了短篇小說《老同志》（寄給丁玲推薦到《人民文學》，後退稿，未在期刊發表過）。沈從文還發明「生命經濟學」一詞，用於解釋被解放了的「人力資源」的浪費上，暗示工作和日常生活中那

〔註27〕高光菊：《回憶當年在「革大」》，武漢鋼鐵廠工會：《武鋼文藝》2006 年第 5 期。
〔註28〕見張兆和給沈從文的書信，《沈從文全集》第 19 卷，第 37～44 頁，
〔註29〕《沈從文全集》第 19 卷，第 68～69 頁，太原，北嶽文藝出版社，2002。
〔註30〕《沈從文全集》第 19 卷，第 71 頁，太原，北嶽文藝出版社，2002。

些冗長的報告、轉公文、空談、個人業餘時間的浪費等，都是對生命的浪費。只有將這種浪費了的生命能轉化為物質生產，才能「解放已解放的生命力」。〔註31〕這在當時完全是奇談怪論。

時任北京大學圖書館工作人員的胡適之子胡思杜（1921.12.27～1957.9.21），不願隨父離京赴臺而留在北京，後進「革大」學習，是沈從文「革大」政治研究院的同學，為二班七組學員。「革大」學員寧致遠回憶：胡思杜在學習期間思想激進，在牆報上寫文章批評同學，認為他們想吃「小竈」是「不知天高地厚」，是資產階級思想。〔註32〕他 1949 年 9 月入學，1950 年 9 月畢業。其畢業的「思想總結」第 2 部分為《我的父親──胡適的批判》，曾在海內外引起軒然大波。〔註33〕胡思杜「革大」畢業後分配到唐山交通大學（該校後遷至成都，即今西南交通大學）任政治教員，1957 年「反右」時期自殺。

四、到實際工作中去改造

思想改造第二階段是下鄉入廠。1951 年前後，中央強調，知識分子改造要與當時正在進行的新土地改革、鎮壓反革命、抗美援朝三大革命運動結合起來。

1、新土地改革

知識分子參觀和參加「三大運動」是政協組織的。就土改工作而言，年紀較大的老知識分子主要是到下面作一、二周的參觀，比如燕京大學教授侯仁之、北京大學教授錢學熙、清華大學教授潘光旦、北京大學教授楊人梗、燕京大學教授林耀華等。侯仁之在《人民日報》上撰文表示，自己參觀土改工作之後，學到了「翻身農民的恨與愛」，「我向翻身農民學習了恨，咬牙切齒的恨；我也向翻身農民學習了愛，真摯熱烈的愛。而且我也明白了：唯其能痛恨，才能熱愛。在鄉下我看到了也聽到了翻身農民對毛主席普遍的關切和普遍的熱愛。」〔註34〕到湖南參觀土改的楊人梗撰文表示，參觀土改一次，

〔註31〕 沈從文：《華北革命大學日記一束》，《沈從文全集》第 19 卷，第 77～78 頁，太原，北嶽文藝出版社，2002。

〔註32〕 《我經歷的政法往事及其它》，寧致遠口述，陳夏紅、李雲舒整理，2006 年 3 月 19 日《中國政法大學校報》。

〔註33〕 該文發表在香港《大公報》，胡適將剪報附於日記中，見《胡適日記全編》第 8 卷，第 63～68 頁，合肥，安徽教育出版社，2001。

〔註34〕 侯仁之：《我在土地改革中所學習的第一課》，1951 年 5 月 23 日《人民日報》。

勝過兩年的學習，原以爲只要「和平土改」就行，不需要激烈的鬥爭；通過參觀，聽了農民的訴苦，見到地主的硬挺，我感到自己以前的想法是錯誤的，是對革命的無知，云云。〔註35〕

中青年知識分子則是三五個月的改造性質的參與。1951 年 8 月 23 日，由北京、清華、燕京、輔仁四個大學師生八百多人組成的中南土地改革工作團，在北京大學工學院禮堂舉行成立大會。該團將於九月初分批前往中南區，參加今多明春的土地改革工作。該團團員都是各大學法學院政治、法律、社會、經濟等系的師生，他們參加土地改革工作是爲了聯繫實際，向實際工作學習。現在，他們正在北京大學集中學習土地改革的政策。〔註36〕

由全國政協「參加與參觀三大運動籌備委員會」所組織的西南土地改革工作團，在團長章乃器、副團長胡愈之、陸志韋的率領下，一行九十九人，於 5 月 17 日飛抵重慶。西南軍政委員會副主席王維舟、西南軍政委員會土地改革委員會主任張際春、中國共產黨中央西南局統戰部副部長程子健、重慶市市長曹荻秋、民主黨派代表楚圖南，及人民團體代表四十餘人到機場歡迎。〔註37〕西南土改工作團其它成員，於 1951 年 5 月 29 日乘火車前往漢口，後改乘輪船 6 月 13 日到重慶，分配在巴縣人和鎮搞土改，9 月 27 日回北京，共 3 個月。西南土改工作團總團共 530 人，分東、南、西、北、巴縣五個分團，胡風在第一分團即巴縣分團，到人和鎮負責 7 個村的土改。胡風作爲全國政協代表，在土改工作團裏是一個小頭目，還負責了巴縣分團和總團的工作總結的寫作。

沈從文則是一位普通的西南土改工作團第 7 團（團長爲北京大學哲學系教授鄭昕）第 4 隊隊員，1951 年底至 1952 年初下鄉土改 4 個多月。1951 年 10 月 25 日，沈從文背著背包、排著隊隨近千人的隊伍一起乘火車往漢口，然後改乘輪船於 11 月 4 日到達重慶。沈從文在家信中介紹，工作團成員成分複雜，有地主出身的畢業於師範大學的張女士，幼稚園主任王女士，助產士張女士，家庭婦女孫女士，書店老闆，神學院學生，中學老師，18 歲的中學畢業生，還有與張聞天同去過蘇聯的老幹部，各行各業的北京市民等等。沈從文被分配到川南成都與重慶之間的內江縣 4 區。他在寫給兒子的信中，語氣

〔註35〕楊人楩：《跟農民學習以後》，1951 年 4 月 19 日《人民日報》。

〔註36〕《北京等四大學師生八百人　組成中南土地改革工作團》，1951 年 8 月 29 日《人民日報》。

〔註37〕1951 年 5 月 20 日《人民日報》。

已經像工作團的人了，說自己下鄉的工作：「和你們下鄉捉蝗蟲一樣。我們這次去是打一群吃了人民三千年的老蝗蟲，相當厲害的。經過減租、退押、反霸，搞了一大陣子，大地主小地主都在家中不能隨便外出，有了個數目，要用三個月的時間去清理掃除。比起你們的工作，困難得多的。特別是農村幹部，直接面對大蝗蟲，艱苦得很。但是人民力量已經起來了，就和你們的工作情形一樣，必然打得倒。幫同農民打，我們不過是打打雜而已，知識分子是不中用的，不大中用的。能好好學習、改造，自己才不至於成為人民的蝗蟲。」〔註38〕

胡繩（團長）、田漢（副團長）、安娥、艾青（團黨委委員）、李可染、李又然，還有部分北大、清華、北師大師生，中央文學研究所第 1 期部分學員（胡昭、王景山等），組成全國政協土改工作團第 21 團，1951 年年底離開北京，1952 年 1 月 17 日抵達廣西邕寧十三區麻子佘村，1952 年 4 月回到北京。在廣西邕寧麻子佘村土改期間，田漢創作了話劇《農民見青天》；艾青寫了《智信村土地改革檢查報告》刊登在 1952 年 4 月 3 日的《廣西日報》，並收入廣西人民政府「土地改革委員會」編的《土改重要文選》。

當時的河南省文聯副主席李蕤，在河南參加土改工作團之後，在《人民日報》撰文說：「地主階級利用農民半年休戰……的空隙，利用我們的寬大政策在執行中成為『寬大無邊』的空隙，敵人再不是像半年前那樣，膝蓋上綁著破鞋準備跪倒投降的敵人了，他們從『蠢蠢思動』到『氣焰萬丈』，到處都惡狠狠照著農民反撲，要農民翻身，便得先打退他們的反撲，這樣一開始就是炮火連天的鬥爭。……後來經過法律手續的判決，殺了一批，關了一批，管了一批，只十幾天的戰鬥，地主階級的兇焰便打退了，土地改革工作才掃清障礙。在這一階段裏，我體驗到階級感情的確立和鞏固，『溫情主義』殘根的鏟斷，並不是件說說便能做到的事。在書本上，我們老早便接受了『對敵人仁慈便是對人民殘忍』、『不能因為狗的落水便憐而不打』這些道理，但那是從書本上來的……只是個空洞的認識……過去我雖然讀了一些革命書籍，反對『人道主義』，但我卻有嚴重的『人道主義』的傾向，我是個『心腸軟』的書呆子……。但在這一次土地改革中，那些罪大惡極的土匪惡霸特務，不法地主，卻鍛鍊『硬』了我的心腸。」〔註39〕

〔註38〕《沈從文全集》第 19 卷，第 163 頁，太原，北嶽文藝出版社，2002。
〔註39〕 李蕤：《從土地改革前線歸來》，1951 年 5 月 20 日《人民日報》。

2、抗美援朝

　　1951 年 5 月 13 日，中國人民赴朝慰問團成立，總團由 575 人組成，其中正式代表 210 人，曲藝服務大隊 86 人，文藝工作團 85 人，電影放映隊 17 人，工作人員及記者 88 人，其它行政警衛人員 92 人。總團團長廖承志，副團長陳沂、田漢。下設 7 個分團和一個直屬分團，外加曲藝服務大隊和文工總團。田間任直屬分團秘書長，黃藥眠、葉丁易、丁聰爲團員；嚴辰、唐因、楊朔爲隨團記者。其它分團的作家還有王汶石、劉盛亞、徐鑄成、黃谷柳、吳祖湘、方紀、鳳子、陳因、草明、白朗等。此後，巴金、路翎、魏巍、安娥、劉白羽、歐陽山尊、馬加、魯藜、藍澄、韶華、井岩盾等人先後到朝鮮採訪。巴金寫了散文《我見到彭德懷將軍》，中篇小說《團圓》（後改編成電影《英雄兒女》），魏巍寫了著名的散文《誰是最可愛的人》。路翎 1952 年 12 月赴朝鮮戰場採訪，1953 年 7 月回國，寫了小說《初雪》、《窪地上的戰役》、《戰士的心》、《你的永遠忠實的同志》等。

　　也有一些反映抗美援朝的文學作品，及時遭到批評。比如，南京的《新華日報》一首詩《獻給漢城的解放者》，被批評爲庸俗輕佻：「我的眼睛總是跟不上你們的腿，／在朝鮮地圖上總是在你們屁股後面追，／昨天才以爲要趕上你們呢，／今早一看報，那知還是掉了隊。／／你們是長了翅膀呀？還是生了飛毛腿？／我才慶過平壤的解放又要去開漢城的祝捷會，／雖然我早已喊啞了喉嚨，／拍腫了手掌，／朋友啊！爲你們的勝利我仍要高呼萬歲！／／你們打得真好啊，祖國的人民都這樣讚美，／你們的母親和愛人歡喜得險些兒碰破了杯，／你們的友人啊，我們竟狂歡到這樣，／遊行歸來，大家痛痛快快的喝了個醉。」批評者說：「作者的感情是浮淺的，態度也不嚴肅的。詩一開始所採用的比喻就不倫不類：『眼睛……跟不上腿』，在『屁股』後面追，『掉了隊』……作者這樣問志願軍：『你們是長了翅膀呀？還是長了飛毛腿？』這同樣是十分不嚴肅和輕佻的說法。……『喊啞了喉嚨』，『拍腫了手掌』……這些過分的，使人一看就知道是虛僞的誇大之辭……作者是用第一人稱直接對中國人民志願軍發言的，真會有這樣一個人面對著我們的具有高度的愛國主義和國際主義精神的志願軍，用這種小資產階級的狂熱的輕浮的態度來說話嗎？……這和全國工人用緊張熱烈的生產競賽來支持前線有什麼相同之處呢？」〔註40〕

_____

〔註40〕《反對輕佻庸俗的感情》，1951 年 5 月 13 日《人民日報》。

　　又如，《山東文藝》第 3 卷 1 期登載的陶鈍的詩《繡紅旗》：「聽說是志願擔架隊就要別離，／崔二姐心中亂淒淒！／花有謝時月也有缺，／世間那有永不散的筵席。／任憑俺說了千萬句留人的話，／擔架隊不會多待一時。」北京南河沿 20 號讀者王石利寫信給《人民日報》說：「作者脫離了實際的鬥爭生活，套用表現舊人物思想感情的舊的詞句，歪曲了戰鬥的朝鮮人民，也歪曲了中朝人民的友誼。……難道這是戰鬥的朝鮮人民的感情麼？這和《紅樓夢》中大觀園人物的感情有何不同呢？難道中朝人民為了戰鬥的需要暫時分手，各自走上不同的崗位，就是『月缺花謝』，就是『散了的筵席』麼？難道中國人民的勝利，朝鮮人民的勝利，以至全世界人民的勝利，將來都要『月缺』、『花謝』和『散席』的麼？臨別時崔二姐（這三個字是用得何等輕薄！）居然說了『千萬句留人的話』，這會是事實麼？難道朝鮮人民不曉得中國志願擔架隊到朝鮮去是為了參加戰鬥麼？不惜用『千萬句留人的話』要把人留住，除了表現庸俗的『兒女情長』之外，還有什麼意義呢？我們反對這種歪曲中朝人民友誼的詩歌，反對作者脫離鬥爭的實際生活，只是坐在房間裏，用自己陳舊的庸俗的趣味歪曲地描寫朝鮮的戰鬥人民。我們也反對用這種錯誤的創作態度來對待文藝普及工作。」〔註41〕《人民日報》加了「編者按」，支持批評者的觀點。

3、鎮壓反革命

　　在 1951 年的「鎮反運動」中，全國的作家和文學期刊都調動起來了。《人民日報》報導：「最近各種文藝刊物、報紙副刊等，在大張旗鼓的鎮壓反革命宣傳中，已有一部分文藝作品，以生動的事實，用連環畫、鼓詞、短劇、快板、詩歌、小說等通俗的文藝形式，揭露了反革命的罪惡，反映了人民的正義呼聲。如連環畫《誰害了你》（《內蒙文藝》）……獨幕劇《難逃法網》（《天津日報》）……劇本《不能入庫》（《平原文藝》）……速寫《無邊的仇恨》（《山西文藝》）……詩歌《人民在控訴》（《新民報》）……同時，我們也看到，除了一兩份報紙連續不斷地刊載了這類作品之外，其餘各地報刊都是零碎地、寥寥無幾地出現了幾篇東西來招架應付，作品數量少，質量低，活動規模不大，還未足夠地重視這個當前嚴重的政治鬥爭任務。……鎮壓反革命，是鞏固人民民主專政的劇烈階級鬥爭，若干地區的黨委和黨的宣傳部還未注意組織與領導所有的文藝力量，投入這一運動。也還有些文藝工作者並未認識這

〔註41〕王石利：《反對歪曲中朝人民友誼的作品》，1951 年 8 月 27 日《人民日報》。

是一個嚴重的急待表現的革命主題……而是在這千百萬人民轟轟烈烈的偉大斗爭面前，表現熟視無睹，在那裡被迫地『應景』，在那裡袖手旁觀。這是嚴重的脫離現實脫離群眾的錯誤，應該加以糾正。人民群眾迫切要求我們多多創作出、演唱出有關鎮壓反革命的新作品來。人民群眾在鞏固自己的勝利，在和反革命進行鬥爭中，創造與提供給藝術家們以豐富的生動的材料，如三輪車夫、老太太、小學生都積極地英勇地告發和逮捕特務。妻子、兒女公開地檢舉自己的特務丈夫和父親。他們以高度的愛國主義精神，保衛人民的生活和祖國安全。類似這樣的模範事跡很多，但在文藝創作上卻表現得很少。在大張旗鼓鎮壓反革命宣傳中，展覽、廣播、控訴都做得很不少，但我們還未充分地利用起文藝這個教育群眾的有力武器，還未充分地利用文藝形式，正確地全面地宣傳人民政府鎮壓與寬大相結合的政策，鼓舞人民的鬥志，鞏固與提高人民的革命熱情。因此，我們要求各級黨委，特別是黨的宣傳部，認真地把文藝力量組織起來，積極參加這個鬥爭，組織創作，動員一切文藝工作者，城鄉新舊藝人，專業與業餘的文藝團體，利用多種多樣的形式，特別是更易於和群眾見面的戲劇、電影、幻燈、洋片、連環畫、牆畫、鼓詞、歌曲、街頭詩等等，廣泛地大規模地活動起來。」〔註42〕

五、五六十年代作家的「下鄉」

中華人民共和國建國初期，人們可以在城市和農村之間自由流動。城市人下鄉容易，鄉下人進城相對困難一些，但鄉村知識青年進城還不是很難的事情，可以通過學校招生，工廠招工的形式進入。到 1955 年前後，為了解決城市剩餘勞動力越來越多、鄉村青年大量湧進城市的狀況，開始壓縮招生（升高中比例為 70%）和招工規模，同時鼓勵鄉村青年立足家鄉建設。《人民日報》刊發大量文章進行宣傳。1953 年、1954 年已經開始零星刊登一些說下鄉如何好的文章，旨在誘惑青年自願放棄城市生活。1955 年 8 月 11 日《人民日報》發表社論，明確指出了中小學畢業生的未來出路，要求各地青年組織，幫助城市中的中小學畢業生「轉到農村參加生產和工作」。並批判了那些輕視體力勞動和體力勞動者的資產階級思想。〔註43〕毛澤東在《中國農村的社會主義高潮》的一個按語中肯定了知識青年在社會主義革命和建設

〔註42〕《把文藝力量動員起來參加鎮壓反革命宣傳》，1951 年 5 月 31 日《人民日報》。
〔註43〕《必須做好動員組織中小學畢業生從事生產勞動的工作》，1955 年 8 月 11 日《人民日報》。

中的重要作用。《在一個鄉里進行合作化規劃的經驗》一文的按語中指出:「一
切可能到農村中去工作的知識分子,應當高興地到那裡去。農村是一個廣闊
的天地,在那裡是可以大有作為的。」〔註44〕1958 年 1 月 9 日公佈的《戶口
登記條例》將城鄉界限固定下來,國民分為兩種人,農民和市民。大躍進時
期,又一次出現鄉村人口向城市回流。1962 年 5 月 27 日中央下達《進一步
精簡職工和減少城鎮人口的決定》,要在 3 年內壓縮城鎮人口 2000 萬,主要
原因當然是城市的糧食、住房和就業已經超出可以承受的限度。

　　在這種城鄉矛盾越來越突出的背景之下,50 年代後期至 60 年代初期的文
藝工作者和知識分子下鄉勞動,再也不像建國初期那樣僅僅與「思想」改造
相關了,其中隱含著一個潛在的危機:城市居民身份是否穩固?資產階級思
想、小資產階級思想沒有改造好,還可以繼續改造;城市居民身份沒有保住,
一切全都落空,一旦戶口遷到了鄉村,將成為永久的鄉下人。因此,50 年代
後期的下鄉改造,由主動要求、積極響應、檢查懺悔,漸漸變成一種「懲罰」。
1957 年和 1958 年劃為右派的知識分子,絕大部分都被罰到鄉下「接受勞動人
民的教育」,一去就是 20 多年。期間經歷了「三年自然災害」和「大饑荒」
時期,加上繁重的體力勞動和營養不良,以及精神上的折磨,能夠活著回到
北京和其它城市的,幾乎都是九死一生。

　　勞改右派最集中的地方就是北大荒。解放之初,王震率領的鐵道兵 7 個
師兩萬多人在北大荒成立農墾兵團,建成了 850、851、852、853……8511 等
12 個農場。其中,853 農場最艱苦,地處烏蘇里江邊的饒河縣境內,下設多
個分場。丁玲 1958 年 6 月 12 日離開北京,前往黑龍江省佳木斯地區的合江
農墾局湯原農場勞改,分配在畜牧隊養雞(撿雞蛋,掃雞圈),後轉往山西農
村,1979 年 1 月 12 日平反獲准返京,前後 21 年。丁玲和陳明最初是分配到
密山 853 場的,後來被王震照顧到湯原農場(離佳木斯市較近,交通較方便,
有電燈照明)。丁玲的改造比較接近「深入生活」。或許由於資歷和年齡的關
係,加上一些額外照顧,丁玲與其它人相比,吃苦要少一些。由於丁玲在肉
體上沒有受到太大的折磨,所以丁玲後來才會寫文章讚美那個地獄一般的密
山:「密山,我是喜歡你的。你容納了那麼多豪情滿懷的墾荒者,他們把這快
小地方看成是新的生命之火的發源地,是向地球開戰的前沿司令部。」〔註45〕

<hr>

〔註44〕中央文獻研究室:《建國以來毛澤東文稿》第 5 卷,第 527 頁,北京,中央文
　　　　獻出版社,1991。
〔註45〕丁玲《魍魎世界·風雪人間》第 211 頁,北京,人民文學出版社,1989 第 1

她的語調與同在密山勞改的杜高、殷毅的回憶中地獄般的場景，眞是有天壤之別。〔註46〕丁玲的情況當然比較特殊，首先，她是高幹，與上層人物有一些特殊關係。另外，她本來就是屬於 6 類右派，完全可以像馮雪峰一樣留在北京不下鄉勞動，但因丈夫陳明要去北大荒，她也要求下去。同時，1963 年底，有關部門已經同意讓她和陳明返京，但她卻堅持留在北大荒繼續體驗生活和從事創作（寫了散文《杜晚香》），沒想到這樣一拖就到了「文革」，1970～1974 被關進秦城監獄整整 5 年，出獄後，轉山西省長治市郊區老頂山公社嶂頭村勞改（期間開始繼續寫長篇《在嚴寒的日子裏》）。

作家吳祖光、田莊、陶冶、柳萌等人在 852 場最艱苦的地方。新華社記者戴煌，《人民畫報》總編輯漫畫家丁聰，書畫家黃苗子，電影演員李景波、張瑩、郭允泰、管仲強，外交部禮賓司司長王卓如，《光明日報》記者徐穎，新華社記者姚昌淦，北京電影製片廠編劇陳瑞琴，《世界知識》高級編輯謝和庚（著名電影演員王瑩之夫），《光明日報》記者錢統綱等人在 850 場。〔註47〕聶紺弩 1958 年 3 月到黑龍江密山縣的農墾局 850 農場 4 分場 2 隊（虎林縣境內）勞改，一度被關進虎林監獄（因失手引起火災而判刑）；1959 年調牡丹江農墾局《牡丹江文藝》編刊，與畫家丁聰同事；1961 年「摘帽」回京；1967 年再度入獄並解押山西，1979 年隨特赦戰犯一起釋放，逃回北京。艾青 1958 年 4 月補劃爲右派，隨即到北大荒農場勞改。最初被王震安排在 852 場南垣村林場當副場長，1959 年與妻子高瑛一起轉到新疆生產建設兵團石河子農 8 師，文革期間遣送 144 團 2 營 8 連勞改；1973 年因眼疾要求回京治療；1979 年平反，勞改時間 21 年。

此外，著名的勞改農場還有北京清河農場（581～585 共 5 個分場，《北京日報》郊區版記者叢維熙曾在這裡勞改），北京大興縣團河農場（北大學生右派譚天榮、鄭光第，北師大學生右派曹克強、夢波，人大美術教授朱維民，《括蒼山恩仇記》作者吳越等，曾在這裡勞改），河北唐山柏各莊農場等（陳企霞、鍾惦棐等曾在這裡勞改）。中國青年藝術劇院編劇、路翎的同事、「小家族集團」骨幹成員之一的杜高，先到北大荒的密山縣興凱湖農場勞動（850 場），後押回北京受審，曾在清河農場、團河農場、北苑農場勞改。1969 年宣佈「摘

版，1997 第 1 次印刷。

〔註46〕杜高：《又見昨天》第 4 章，北京，十月文藝出版社，2004。殷毅：《回首殘陽已含山》第三章，北京，十月文藝出版社，2003。

〔註47〕戴煌：《九死一生：我的右派歷程》，北京，中央編譯出版社，1998。

帽」，解除監禁後，與學生右派譚天榮等一起押回湖南原籍，從 1958 年 4 月至 1979 年平反，前後整整 21 年。〔註 48〕這種勞動改造和監禁，在「文革」期間更爲慘烈。

也有一種是**自覺自願主動下鄉**。如果說上面所說的「下鄉」有強制性懲罰的色彩，是對作家和知識分子的傲慢性格、「異端」想法的懲罰，那麼，有兩位著名作家並不在此列，他們的創作和思想都是正確的，而卻要主動放棄城市居民身份，要求到農村安家落戶。這實際上可以理解爲一種肉體上的「自我懲罰」，類似於精神上的「自我懺悔」。這兩個作家就是趙樹理和柳青。他們的共同特點是，不願意介入政治和權力之爭，淡泊名利，心繫鄉村，潛心創作。換一個角度看，他們都被定位爲「工農兵文學」的典型，擅長描寫農民的代表，被定位在官方文學史敘事的概念之中。他們的不同之處在於：一個身體很好，健康得像農民，一個身體極差，病懨懨的像典型的知識分子；一個試圖寫農民都能讀懂的「故事」，一個要寫名垂青史的「史詩」；一個在「文革」期間死於非命，一個因疾病折磨多年到「文革」後去世。

趙樹理 1951 年底離開《說說唱唱》雜誌的編輯崗位之後，編制曾掛在中宣部文藝處和中國作家協會十幾年，1965 年正式調入山西省作家協會，期間他一直在山西鄉下體驗生活和創作，被稱爲「京城裏的鄉下人」。《三里灣》、《表明態度》、《靈泉洞》、《鍛鍊鍛鍊》、《實幹家潘永福》、《套不住的手》、《老定額》等農村題材的小說，都是他體驗生活的產物。有人回憶道：「趙樹理同別的作家有個不同點，就是長年下鄉。當時他的家在北京，北京的家裏有他的老伴兒和女兒、兒子。……但是誰想找趙樹理只知道到北京他的家裏找，那就大錯了。那麼應該到哪裏找他呢？只有一個地方——太行山上。平順縣呀，武鄉縣呀，陽城縣呀，沁水縣呀，總會找到趙樹理。後來趙樹理搬回太原市，他也一樣到太行山下鄉。所以北京的家，太原的家，那簡直是趙樹理進京開會、進省城開會的一個留守處。趙樹理的一生有大半生是生活在太行山上，生活在農村的。」〔註 49〕「他的穿著卻十分簡單，一身藍色中山服，一頂藍色前進帽、一雙黑色千層底布鞋。他的穿著給大家一種很大的想像反差，可是，又給人們一個儉樸、莊嚴、大方的印象，更給農民一種親切感。……勞動、吃派飯、參加各種會議是他聯繫群眾的好方法；和農民拉家常、講故

〔註 48〕 李輝編：《一紙蒼涼——杜高檔案原始文本》，北京，中國文聯出版社，2004。
〔註 49〕 韓文州：《和趙樹理一起下鄉》，2006 年 9 月 21 日《太原晚報》。

事、談人生是他的拿手好戲，農民和他成了朋友，成了無話不說、無事不講的好夥伴。老百姓說，來了個大官，又不像大官；來了個大作家，也不像個大作家，倒像個咱農民的老大哥。」〔註50〕1965 年開始到山西晉城縣掛職任縣委副書記，並參與創作上黨梆子《焦裕祿》、《萬象樓》、《十里店》等「遵命文學」，1970 年 9 月 18 日，趙樹理暈倒在太原的 5 千人批鬥大會會場上，23 日離世，時年 64 歲。〔註51〕

　　柳青〔註52〕也是一位為了寫作長期住在鄉下的作家。1952 年 5 月，柳青離開他工作的單位共青團中央，到陝西落戶，8 月，到陝西長安縣掛職，任縣委副書記。1953 年 3 月，辭去長安縣委副書記，保留常委職務，開始定居皇甫村，前後共 14 年。1967 年「文革」期間離開皇甫村，遭受批判和 4 年的關押，1978 年病逝。柳青當時就說「我已下定了決心，長期地在下面工作和寫作，盡可能和廣大的群眾與幹部保持永久聯繫。」1954 年春開始寫作長篇小說《創業史》，年底完成第一部的初稿，此後 6 年，反覆修改，1959 年開始在《延河》連載（1960 年 5 月，中國青年出版社出版《創業史》第一部），與掛職、勞動、創作相伴隨的是疾病。柳青在青年時代曾患嚴重的肺結核，抗戰時期在前線採訪時復發，被迫到西安治療；1949 年初在米脂縣下鄉時再一次復發，咯血十幾天，到西北局療養，4 月與馬純如離婚，1952 年在西安與西北黨校的馬葳結婚。1955 年寫完《創業史》第一部之後，柳青的身體極差，「又黃又瘦，一身黃水瘡」，馬葳被組織安排離開工作崗位（某區委副書記），在家照顧他的生活（暫不領工資）。1957 年 5 月患嚴重的哮喘病期間，他還給自己定了四條規劃「1、終生在農村群眾中生活、工作、學習。2、把一個一百萬字以上的關於合作化歷史的小說寫出來。3、在哮喘和風濕病允許的情況下，盡力參加集體勞動。4、生活上不計較任何待遇問題。」1959 年到延安療養，1960 年到鞍山鋼鐵廠療養和參觀，1961 年到四川療養參觀。1969 年病情繼續惡化，「哮喘病發展為嚴重的肺心病」，以至於五七幹校不敢收留他，讓他回家，1970 年 11 次病危，被搶救過來。1972 年「林彪事件」之後到北京治病，衛生部按周總理的指示，積極安排柳青到首都醫院就診，

〔註50〕于太成：《趙樹理在黃碾》，《文史月刊》，2006 年第 6 期。

〔註51〕董大中：《趙樹理評傳》，天津，百花文藝出版社，1986。

〔註52〕柳青（1916～1978），本名劉蘊華，1937 年考入西北臨時大學俄文專修班，1938 年 5 月赴延安，解放後歷任《中國青年報》編委，中國作協理事，陝西作協副主席等職，著有《種穀記》、《銅牆鐵壁》、《創業史》等小說。

病情得到緩解。1974 年病重，入長安縣醫院治療，此俊經常住住醫院，一邊治療一邊修改《創業史》第二部，直到 1978 年 2 月才轉到北京治療。1978年 6 月，他對醫生說：「你們採取一些措施，讓我再活上兩年，有兩年時間，我就可以把《創業史》寫完了！」〔註53〕，這就是柳青簡單的「下鄉史」、「寫作史」和「疾病史」。

〔註53〕蒙萬夫：《柳青生平述略》，見《柳青寫作生涯》，天津，百花文藝出版社，1985。

第七章　此起彼伏的批判浪潮

　　五六十年代的歷次思想鬥爭和意識形態批判運動，多是些「概念遊戲」，但也是一種能夠致人於死地的「詞語遊戲」。比如，別人不主張乾的事情你硬要幹，叫做「左傾左傾冒險主義」。別人要幹的事情你偏不願意幹，叫做「右傾保守主義」。別人不讓你幹你幹了，偶而還有成功的時候，叫做「左傾機會主義」。別人要你幹「甲」你卻幹「甲加乙」或「甲減乙」，叫做「修正主義」。遭到批評不虛心接受，還用馬列主義原理為自己辯解，可定罪為「教條主義」。我行我素的是「自由主義」。偏重實踐，幹多於說的是「事務主義」。偏重務虛，說多於幹的是「主觀主義」。有幾個可交流的私人朋友，叫做「宗派主義」。沒有朋友、獨往獨來是「個人英雄主義」。幾個人在一起另搞一套叫「山頭主義」。說話時表達稍微複雜一點是「形式主義」。講究一點個人生活趣味和審美情調的是「小資產階級個人主義」。推崇外國的東西是「資本主義」。推崇自己的傳統是「封建主義」。不主張暴力革命的是「投降主義」。主張局部改革的是「資產階級改良主義」……。如果在這些「主義」面前還不及時檢討和懺悔，就有可能成為反黨、反社會主義、反人民的反革命分子。社會空間、言論空間乃至個人的思維空間和表達的多樣性，就這樣被剿滅。最後導致了文藝創作的公式化、概念化，整整一代人審美趣味的單一化。

一、改良主義：《武訓傳》和第一次大批判

　　電影《武訓傳》由私營上海崑崙影業公司拍攝，孫瑜〔註19〕導演，趙丹

―――――――――――――――――――――――――――

〔註19〕孫瑜（1900～1990），編劇、導演。早年就讀於天津南開中學，參加過五四運

主演。劇本先是得到了中宣部審查通過的,拍攝結束之後又得到了中共華東區有關領導的首肯。1951 年 2 月孫瑜帶著拷貝到北京請周恩來等領導審看。21 日,周恩來、朱德等領導在中南海觀看了影片,並給予了充分的肯定。朱德與孫瑜握手,說「很有教育意義」。〔註2〕毛澤東沒有出席觀片會,而是事後調看的,並親自發動了全國性的大批判運動。與電影發行的同時,還出版了孫瑜的電影小說《武訓傳》,李士釗編、孫之雋繪的《武訓畫傳》,也遭到了批判。

批判《武訓傳》,是建國後第一次大規模思想批判運動,歷時約八個月,《人民日報》、《文藝報》、《光明日報》、《學習》雜誌等報刊先後發表文章數百篇,許多學者、作家、編劇、演員寫了檢討文章。黨內的一些高級領導也做了檢討,為《武訓畫傳》題寫書名並作序的郭沫若在《人民日報》就此事公開檢討。〔註3〕周揚、夏衍也做了檢討,周揚對夏衍說:「周總理也因為他事先沒有考慮到這部片子的反動性而一再表示過他有責任。」〔註4〕據夏衍回憶,周恩來 1952 年 3 月在上海的一次萬人大會上做報告時說:第一次文代會上,孫瑜就向他提出過要拍《武訓傳》,「他只提了武訓這個人的階級出身問題,而沒有制止。後來看了影片(和劉少奇一起看的)也沒有發現問題,所以他對此負有責任。」〔註5〕

《周恩來年譜》中的相關記載,大致反映了這一事件發生的時間。1951年 3 月 24 日:「召集沈雁冰、陸定一、胡喬木等開會,研究加強對電影工作的領導問題。會議決定:(一)目前電影工作的中心問題是思想政治領導,為此應組織中央電影工作委員會,草擬一個關於電影工作的決定,對《武訓傳》的批評需要事先與改片編劇孫瑜談通。(二)加強電影編劇力量……。(三)電影批評的標準,主要是看大的政治方向,目前還不宜過分強調藝術性。」〔註6〕1951 年 7 月 12 日:「與夏衍通話:關於《武訓傳》的事我已和于伶通

動,清華大學文學系畢業,曾公費留學美國。先後拍攝了《故都春夢》、《野玫瑰》、《大路》等著名影片。解放後的作品有《乘風破浪》、《魯班的傳說》等。

〔註2〕 孫瑜:《影片〈武訓傳〉前前後後》,1986 年 11 月 29 日《中國電影時報》。
〔註3〕 郭沫若:《聯繫著武訓批判的自我檢討》,1951 年 6 月 7 日《人民日報》。
〔註4〕 夏衍:《懶尋舊夢錄》(增補本)第 446 頁,北京,三聯書店,2000。
〔註5〕 夏衍:《懶尋舊夢錄》(增補本)第 448~449 頁,北京,三聯書店,2000。
〔註6〕 中央文獻研究室:《周恩來年譜(1949~1976)》(上)第 142 頁,北京,中央文獻出版社,1997。

過話，你回上海後要找孫瑜和趙丹談談，告訴他們《人民日報》的文章主要目的是希望新解放區的知識分子認眞學習，提高思想水平。這件事從《武訓傳》開始，但中央是對事不對人，所以是一個思想問題而不是政治問題，上海不要開鬥爭會、批判會，文化局可以邀請一些文化界、電影界人士開一兩次座談會，一定要說理，不要整人。孫瑜、趙丹能作一些檢討當然好，但也不要勉強他們檢討。……要孫、趙等人安心，繼續拍片、演戲。」〔註7〕九月份之後，報刊上的批判慢慢降溫。1951年年底還有一些零星批判文章。

　　1972年8月，美國記者維特克到中國探訪，江青是被採訪對象之一。外交部的張穎跟隨江青在北京和廣州兩地擔任翻譯。張穎後來根據錄音整理了江青對維特克的談話。其中有涉及到批判《武訓傳》一事。江青回憶道：「1951年毛主席到外地，看《武訓傳》我們兩人都不高興，主席沒有說話，我說這是改良主義的戲，主席不吭聲。我當時是中宣部電影處處長。……這一年是進城後與文藝界交鋒的一年。……對《武訓傳》我到處游說，不能向地主、資產階級磕頭，要革命，沒人理我。因爲周揚、夏衍親自主持這部片子，開電影指導委員會時，我只一票，我說對《武訓傳》至少要有個評論。周揚說，你這個人怎麼搞的，有點改良主義有什麼不好？我說你搞你的改良主義好了。把門一關就走了。……我帶了材料到主席那裡去，見了一面以後，他就看不到我了。有天突然到我房裏去，我滿屋子都是材料。主席說，我到處找你找不到，你原來在搞這個。陳伯達、胡喬木路過我們那裡，主席告訴他們《武訓傳》的事應引起注意。……武訓是地主階級的忠實走狗，學校中只有一兩個工農子弟。柳林鎮的城牆比唐邑縣大得多……，當時那一帶有幾十萬農民暴動……。他們不歌頌農民暴動的領袖。好像人民的受奴役都是因爲沒有文化，興了義學就什麼都好了。這戰鬥前後用了8個月。直到發表文章，出小冊子爲止。」〔註8〕江青所說的「到外地」，是指1951年3月初至4月底毛澤東到石家莊郊區某處修改、審定《毛澤東選集》的篇目和文章一事。〔註9〕「小冊子」是指袁水拍（人民日報）、鍾惦棐（中央文化部。按：實爲

〔註7〕　中央文獻研究室：《周恩來年譜（1949～1976）》（上）第158頁，北京，中央文獻出版社，1997。

〔註8〕　張穎：《風雨往事──維特克採訪江青實錄》第107～108頁，鄭州，河南人民出版社，1997。

〔註9〕　中央文獻研究室，逄先知、金沖及主編：《毛澤東傳（1949～1976）》（上）第138～140頁，北京，中央文獻出版社，2003。

中宣部）、李進（江青在中宣部電影處工作時的化名）等 13 人組成的「武訓歷史調查團」在山東經過 20 多天「調查」後寫的《武訓歷史調查記》，1951年 7 月 23 日至 7 月 28 日，分 6 次（前言加 5 個正文部分）在《人民日報》連載，1951 年 9 月由人民出版社出版單行本。毛澤東對「調查記」做了 15 處修改。〔註10〕

　　1951 年 5 月 20 日《人民日報》發表了經毛澤東修改的《應當重視電影〈武訓傳〉的討論》一文。文章說：

> 《武訓傳》所提出的問題帶有根本的性質。像武訓那樣的人，處在滿清末年中國人民反對外國侵略者和反對國內的反動封建統治者的偉大斗爭的時代，根本不去觸動封建經濟基礎及其上層建築的一根毫毛，反而……對反動的封建統治者竭盡奴顏婢膝的能事，這種醜惡的行為，難道是我們所應當歌頌的嗎？向著人民群眾歌頌這種醜惡的行為，甚至打出「為人民服務」的革命旗號來歌頌，甚至用革命的農民鬥爭的失敗作為反襯來歌頌，這難道是我們所能夠容忍的嗎？承認或者容忍這種歌頌，就是承認或者容忍污蔑農民革命鬥爭，污蔑中國歷史，污蔑中國民族的反動宣傳，就是將反動宣傳作為正當的宣傳。……

> 在許多作者看來，歷史的發展不是以新事物代替舊事物，而是以種種努力去保持舊事物使它得免於死亡；不是以階級鬥爭去推翻應當推翻的反動的封建統治者，而是像武訓那樣否定被壓迫人民的階級鬥爭，向反動的封建統治者投降。我們的作者們不去研究過去歷史中壓迫中國人民的敵人是些什麼人，向這些敵人投降並為他們服務的人是否有值得稱讚的地方。……

> 特別值得注意的，是一些號稱學得了馬克思主義的共產黨員。他們……一遇到具體的歷史事件，具體的歷史人物（如像武訓），具體的反歷史的思想（如像電影《武訓傳》及其它關於武訓的著作），就喪失了批判的能力，有些人則竟至向這種反動思想投降。資產階級的反動思想侵入了戰鬥的共產黨，這難道不是事實嗎？……為了上述種種緣故，應當展開關於電影《武訓傳》及其它

──────────

〔註10〕見《建國以來毛澤東文稿》第 2 冊，第 394～404 頁，北京，中央文獻出版社，1988。

有關武訓的著作和論文的討論，求得徹底地澄清在這個問題上的混

亂思想。」〔註11〕

　　這篇文章從電影《武訓傳》中發現了「根本性質」的問題；1、武訓不反對封建統治，而是奴顏婢膝的投降主義。2、拍攝、宣傳、歌頌《武訓傳》的，就是誣衊農民革命鬥爭和中國歷史。3、作者不主張用階級鬥爭去推翻反動的封建統治，而是試圖保持舊事物以免它死亡，從而否定階級鬥爭，向封建反動統治投降。毛澤東在這裡儘管沒有直接提到「改良主義」一詞，但文章的內容中已經包含了「改良主義」的語義。改良主義這一政治思想，是作為暴力革命對立面而出現的。所謂革命，是要求從根本上改變事物的本質，改良主義排斥暴力革命，以改良作為革命手段。這種思想無疑會對當時的「肅反運動」乃至對整個政權的合法性的確立不利。當時正是「肅反運動」的高潮時刻，毛澤東正在向全國各地發出打擊反革命「要穩、準、狠」，「大殺一批」的指示〔註12〕，各地都在槍殺反革命。僅 1951 年 3 月 25 日，北京就槍決了 199 名反革命分子，5 月 22 日，北京再槍殺了 210 名。5 月 23 日《人民日報》公佈了被搶殺的 210 人，以及另外 290 多名無期、有期徒刑犯人的名單。毛澤東在一份文件上寫道：「天津準備於今年一年內殺一千五百人（已殺一百五十人），四月底以前先殺五百人。……人民說，殺反革命比下一場透雨還痛快，我希望各大城市、中等城市，都能大殺幾批反革命。」〔註13〕在這種特殊的時刻，看到《武訓傳》這樣的電影，無疑會「都不高興」。

　　胡繩撰文指出：「不僅要肅清帝國主義、封建主義、官僚資本主義的思想，而且還要在資產階級的反動思想尚能影響群眾時，向群眾揭露這種思想的危害，好使群眾擺脫這種影響而堅決地勇敢地迎接新的鬥爭。必須用人民民主革命的思想來批評和**打擊資產階級改良主義思想**。」〔註14〕楊耳〔註15〕

〔註11〕1951 年 5 月 20 日《人民日報》，另見《建國以來毛澤東文稿》第 2 卷，第 316 ～317 頁，北京，中央文獻出版社，1988。

〔註12〕《建國以來毛澤東文稿》第 2 冊，第 36 頁、第 139 頁，北京，中央文獻出版社，1988。

〔註13〕《建國以來毛澤東文稿》第 2 冊，第 168～169 頁，北京，中央文獻出版社，1988。

〔註14〕胡繩：《為什麼歌頌武訓是資產階級反動思想的表現》，1951 年 6 月 7 日《人民日報》。

〔註15〕楊耳（1917～2000）即許立群，原名楊承棟，1936 年畢業於清華大學。建國後歷任團中央宣傳部副部長，中宣部常務副部長兼《紅旗》副總編，中央編譯局局長等職。

的那篇經過毛澤東親自審閱並修改的文章指出：「最觸目的是電影對於武訓時期農民革命鬥爭的否定和污蔑，同時也就是對於中國歷史的污蔑。電影裏用武訓和周大個中心人物來代表當時中國的兩條道路——改良和革命。可是，周大所代表的農民起義的革命路線，在電影中是慘敗，是不能解決問題的無益的鬥爭。……」〔註16〕

　　1951 年 8 月 8 日，周揚在《人民日報》上發表了具有理論總結性質的文章，明確指出「《武訓傳》是資產階級的反動的改良主義思想在藝術上的表現」。周揚引用電影小說《武訓傳》中的對白：「呃，武七，跟咱們一塊走吧！……」周大告訴武訓。「這種世道不是人活得下去的！咱們就只有殺！殺盡那些狗官惡霸！」「殺得完嗎？殺幾個惡霸就行了？……」武訓遲疑地說：「周大爺，我還是打算討飯積錢修義學……」。「單憑殺就行嗎？……那麼多的人怎麼殺得完呢？……」周大的頭不由得低了下來。他皺著眉恨恨地說：「可惜咱們就是少一個好的頭領給咱們好好地帶路。洪秀全在南京登了寶座就忘記了咱們窮人！……」。周揚評價說：「這……充分表露了作者對農民革命的一種消極的失敗主義的看法和情緒。……毛澤東同志就極高地評價了農民戰爭在歷史上的作用，認為『只有這種農民暴動和農民戰爭，才是中國歷史進化的真正動力』。……中國農民在歷次反對封建地主階級的鬥爭中所表現出來的堅決精神和英勇氣概，則永遠值得後人的歌頌。……中國革命的經驗就是這樣的：首先發動農民武裝鬥爭，在廣大農村中推翻反動統治，建立革命根據地；然後在這個根據地上面逐步地發展人民的經濟和文化。」周揚總結道：「《武訓傳》污蔑了中國人民歷史的道路，宣傳了資產階級的反動思想，用改良主義來代替革命，用個人奮鬥來代替群眾鬥爭，用卑躬屈節的投降主義來代替革命的英雄主義。電影中武訓的形象是醜惡的、虛偽的，在他身上反映了我國封建社會的黑暗和卑鄙，歌頌他就是歌頌黑暗和卑鄙，就是反人民的，反愛國主義的。」〔註17〕

　　這次批判運動對電影界和知識界的影響很大。夏衍說：「1950、1951 年，全國年產電影故事片二十五六部，1952 年驟減到兩部。劇作家不敢寫，……

〔註16〕　楊耳：《評武訓和關於武訓的宣傳》，《學習》第 4 卷第 5 期，見《武訓和武訓傳批判》第 67 頁，北京，人民文學出版社，1951。
〔註17〕　周揚：《反人民、反歷史的思想和反現實主義的藝術電影〈武訓傳〉批判》，1951 年 8 月 8 日《人民日報》。

文化界形成了一種不求有功，但求無過的風氣。……」〔註18〕

二、唯心主義：紅樓夢研究與胡適思想批判

　　從批判《武訓傳》的資產階級改良主義（作品中沒有描寫階級鬥爭），到批判文學研究中的胡適資產階級唯心主義（沒有讀出作品中的階級鬥爭），中間只隔了大約 3 年時間。這三年裏，全國人都在忙於「肅反」、「抗美援朝」、「三反」和「五反」。

　　1954 年 9 月，李希凡、藍翎在山東大學的《文史哲雜誌》發表一篇《關於〈紅樓夢簡論〉及其它》的文章，對俞平伯在《新建設》第 3 期的文章進行批評。李希凡和藍翎文章的主要觀點是：古典文學研究中的階級分析方法很重要，俞平伯沒有採用這種方法，而是「離開了現實主義的批評原則，離開了明確的階級觀點，從抽象的藝術觀點出發，本末倒置地把《水滸》貶爲一部過火的『怒書』，並對他所謂的《紅樓夢》『怨而不怒』的風格大肆讚揚，實質上是力圖貶低《紅樓夢》反封建的現實意義。」「俞平伯研究《紅樓夢》的觀點和方法基本上仍舊沒有脫離舊紅學家們的窠臼，並且與新考證學派在某種程度上保持著密切的聯繫。……在形式主義的泥潭中愈陷愈深。」不用階級分析的方法，而是採用以胡適爲代表的「新考證學派」的方法。這就足夠了！

　　毛澤東和江青讀到後認爲文章很好。「江青向《人民日報》提出是否可以轉載，主持《人民日報》工作的鄧拓婉言回絕。後來商定由《文藝報》轉載。」〔註19〕或許有了三年前批判《武訓傳》的前車之鑒，周揚也認爲，學術問題在黨報發表，分量太重，「報紙版面也不多，還是作爲學術問題討論爲好。」〔註20〕9 月底的《文藝報》（當時的主編是馮雪峰）轉載文章時加了編者按，認爲：儘管這篇文章「還有不夠周密和不夠全面的地方，但他們這樣地去認識《紅樓夢》，在基本上是正確的。」10 月 10 日《光明日報》「文學遺產」欄目再發表李希凡和藍翎的文章《評〈紅樓夢研究〉》一文，對俞平伯的新版舊作《紅樓夢研究》（即 1923 年版的、與胡適《紅樓夢考證》齊名的《紅樓夢

〔註18〕夏衍：《懶尋舊夢錄》（增補本）第448頁，北京，三聯書店，2000。
〔註19〕中央文獻研究室，逢先知、金沖及主編：《毛澤東傳（1949～1976）》（上）第289頁，北京，中央文獻出版社，2003。
〔註20〕袁鷹：《風雲側記——我在人民日報副刊的歲月》第59頁，北京，中國檔案出版社，2006。

辯》）進行批評。《光明日報》發表《評〈紅樓夢研究〉》時也加了一個編者按，認為作者「試圖」用馬克思主義觀點分析古典文學，可以「參考」。毛澤東對這兩個編者按都不滿，各加了 5 條批註，如「對兩個青年的缺點則決不饒過。很成熟的文章，妄加駁斥」，「這就是胡適哲學的相對主義即實用主義」，「不應該為俞平伯開脫」等。〔註 21〕

1954 年 10 月 16 日，毛澤東給 28 位黨內高層和文學官員寫了《關於〈紅樓夢〉研究問題的信》，措辭十分嚴厲：「……這是三十多年以來向所謂《紅樓夢》研究權威作家的錯誤觀點的第一次認真的開火。……這個反對在古典文學領域毒害青年三十餘年的胡適派資產階級唯心論的鬥爭，也許可以開展起來了。事情是兩個『小人物』做起來的，而『大人物』往往不注意，並往往加以攔阻，他們同資產階級作家在唯心論方面講統一戰線，甘心作資產階級的俘虜，這同影片《清宮秘史》和《武訓傳》放映時候的情形幾乎是相同的。被人稱為愛國主義影片而實際是賣國主義影片的《清宮秘史》，在全國放映之後，至今沒有被批判。《武訓傳》雖然批判了，卻至今沒有引出教訓，又出現了容忍俞平伯唯心論和阻攔『小人物』的很有生氣的批判文章的奇怪事情，這是值得我們注意的。」〔註 22〕這是文藝界又一次全國性批判運動的權威信號。

經過部署，批判行動首先從《人民日報》開始──

10 月 23 日，發表鄧拓授意鍾洛（文藝部編輯袁鷹）撰寫的文章《應該重視對「紅樓夢」研究中的錯誤觀點的批判》。

10 月 26 日，刊中國作家協會古典文學部，於 10 月 24 日召開關於《紅樓夢》研究討論會消息，「會議的目的在於通過學術上的自由討論，對古典文學研究中一直未曾肅清的資產階級唯心主義觀點進行批判，確立馬克思列寧主義的對待古典文學遺產的態度和方法，從而把古典文學研究工作引導到正確的方向。」

10 月 28 日發表了袁水拍的《質問〈文藝報〉編者》一文（經毛澤東審閱，並增加一段文字「文藝報在這裡跟資產階級唯心論和資產階級名人有密切的聯繫，跟馬克思主義和宣揚馬克思主義的新生力量卻疏遠得很」）。

〔註 21〕 《建國以來毛澤東文稿》第 4 冊，第 569～572 頁，北京，中央文獻出版社，1990。

〔註 22〕 《建國以來毛澤東文稿》第 4 冊，第 574～575 頁，北京，中央文獻出版社，1990。

11月4日，馮雪峰《檢討我在〈文藝報〉所犯的錯誤》見報。毛澤東在「這是立場上的錯誤，是反馬克思列寧主義的錯誤」一句旁邊加批註：「應以此句爲主題去批判馮雪峰」。〔註23〕

12月9日報導：文聯、作協主席團「從10月31日到12月8日先後召開了八次擴大聯席會議，就反對《紅樓夢》研究中的胡適派資產階級唯心論的傾向，《文藝報》在關於《紅樓夢》研究問題上的錯誤等問題展開了熱烈的討論，並檢查了《文藝報》的整個工作。會議最後作出了關於《文藝報》的決議，重新規定了《文藝報》今後的方針，改組了編輯機構，並提出了改進中國作家協會及其它各文藝團體機關刊物今後工作的辦法。」

12月9日刊登《關於文藝報的決議》：「《文藝報》在思想上和作風上的……錯誤主要是：對於文藝上的資產階級錯誤思想的容忍和投降；對於馬克思主義新生力量的輕視和壓制；在文藝批評上的粗暴、武斷和壓制自由討論的惡劣作風。這些錯誤的性質是嚴重的，是違背了馬克思主義的立場和黨的文藝方針的。」

12月10日，刊登周揚的文章《我們必須戰鬥——1954年12月8日在中國文聯、中國作協主席團擴大聯席會議上的發言》，主要內容有三，1、開展對胡適派資產階級唯心論的鬥爭；2、批判《文藝報》的錯誤；3、突然把矛頭指向胡風，對胡風11月7日和11月11日在主席團聯席會議上的發言進行長篇大論的批駁。胡風的兩次發言，一次是批評《文藝報》打壓青年，舉了路翎和阿壟爲例，說周揚和袁水拍壓制青年作家。一次是說《文藝報》的錯誤「是我們戰線上的失敗」，要全面否定周揚領導下的《文藝報》的工作。周揚認爲，儘管胡風也在批判，但在觀點上與「我們」存在根本的分歧，胡風的理論是「反馬克思主義」的理論。

12月31日，中國科學院、中國作家協會聯合召開的胡適思想批判討論會29日正式開始，分別舉行了關於「胡適的哲學思想批判」和「紅樓夢的人民性和藝術成就」兩個方面的第一次討論會。

在整整兩個月的時間中，《人民日報》一共發表包括批判文章、批判會議的消息報導、讀者來信等文章不到20篇（其中消息7篇），與上一次批判《武訓傳》相比，節奏明顯慢了，數量明顯少了。與此同時，11月29日的《人民日報》還說，收到與《紅樓夢》批評相關的稿件和讀者來信273件，有支持

有反對意見，當天的報紙摘了一些批駁李、藍的觀點。同一天還刊登了宗樹聲的商榷文章《關於賈家的典型性及其它》，對李、藍的錯誤觀點進行批駁，認爲「在分析賈家衰敗的社會原因及其典型意義上，我認爲李希凡、藍翎兩同志的意見就是錯誤的。」可見，在批判作者俞平伯和編者馮雪峰這件事情上，內部是有不同意見的。

上面周揚的講話中有兩點值得注意，一是重點轉向批判胡適資產階級唯心主義，二是將胡風拉出來了，這是後來的「胡風事件」的一個信號。關於批胡適，是經過毛澤東批示的。1954 年 12 月 2 日，周揚向毛澤東提交《關於批判胡適問題組織計劃的報告》：「根據你昨晚談話的精神，對原來討論胡適問題的計劃草案作了根本修改，並在下午召開的中國科學院院部與作協主席團的聯席擴大會議上討論通過了經過修正的批判胡適問題的計劃草案。這個計劃改爲以批判胡適的思想爲主，討論的題目也改定爲：一、胡適的哲學思想批判（召集人艾思奇），二、胡適的政治思想批判（召集人侯外廬），三、胡適的歷史觀點批判（召集人范文瀾），四、胡適的《中國哲學史》批判（召集人馮友蘭），五、胡適的文學思想批判（召集人黃藥眠），六、胡適的《中國文學史》批判（召集人何其芳），七、考據在歷史學和古典文學研究工作中的地位和作用（召集人尹達），八、《紅樓夢》的人民性和藝術成就及其產生的社會背景（召集人張天翼），九、關於《紅樓夢》研究著作的批判（召集人聶紺弩）。關於討論會的組織和活動方式，改爲以個人研究爲主，採取較靈活的組織形式和討論方法。凡討論會的主要文章，都在《人民日報》發表。爲了領導這次討論，已正式成立了一個委員會，由郭沫若、茅盾、周揚、鄧拓、潘梓年、胡繩、老舍、尹達等組成。」毛澤東批示「照此辦理」。〔註24〕

於是，對俞平伯《紅樓夢》研究方法和《文藝報》的批判，轉向了對胡適資產階級唯心主義的批判，使得一些具體的人躲過了一劫。批判胡適並不是什麼新鮮事，建國後從來就沒有停止過，因爲胡適的思想影響實在是太大了。這一次不得不調動中國科學院社會科學學部和各高校的所有力量開始第二輪批判。這一時期，胡適正以普林斯敦大學葛思德東方圖書館榮譽主持人，聯合國文教組織「世界人類科學文化編輯委員會」委員等身份，在美國各地演講。

〔註24〕《建國以來毛澤東文稿》第 4 冊，第 620～621 頁，北京，中央文獻出版社，
　　　　1990。召集人資料由引者所加。

這次批判運動，從對《紅樓夢》研究批判開始，擴大到對胡適學術思想的批判，進而擴大到社會科學、人文科學和整個文化思想領域，一步一步升級擴展。其中的關鍵詞是反對古典文學和學術研究中的資產階級唯心主義方法。從此，任何一個領域的研究，都只能用所謂的「無產階級唯物主義」方法，也就是階級分析方法。

三、文學肅反：從資產階級到反革命集團

批判胡風的文藝思想，原本是一個「左翼」文藝界內部之爭的老問題。自 1946 年抗戰結束後的年重慶時代開始，經過 1948 年香港時期的批判，到第一次「文代會」期間的不點名批判，一直沒有中斷過。後來，由於周恩來的多次干預，主張採取廣泛團結的原則，準備讓胡風進入中國作家協會的領導層。但胡風一直採取消極態度，特別是對周揚為代表的文學領導層不滿。直接原因是胡風的文藝思想、文學趣味、對文學組織和文學刊物管理的設想，與當時正在實行的差距甚大。而歷史原因則更為複雜，比如胡風與周揚在 30 年代「左聯」時期的矛盾；比如 40 年代重慶時期胡風對毛澤東延安文藝座談會上的《講話》觀點持保留態度而又拒不檢討；又如胡風當時在青年作家中的巨大影響，以及他個性傲慢、「鯁直」、「易於招怨」（魯迅評價胡風的話，見《且介亭雜文未編》中《答徐懋庸關於抗日統一戰線問題》一文）而得罪了不少文學權貴，等等。爆發於 1954 年四五月間的「胡風事件」之前，他一直被定性為「資產階級或小資產階級、反馬克思主義、反現實主義的文藝思想」。思想問題是可以通過「學習」和「檢討」得以改正的。但隨著批判運動的展開，其性質逐步被人為地升級為「反黨集團」；最後，武斷地定性為「反革命集團」，成了無產階級專政的對象。批判方式也由最初的思想交鋒到思想批判，由官方的厲聲斥責到群起攻之的圍剿；最後通過朋友「告密」方式檢舉揭發，再到專政機關介入調查而治罪，終於形成了一次聲勢浩大的「文學肅反」運動。

1953 年 2 月 25 日，毛澤東收到一封署名「一個普通文藝工作者」的信，對中國作協 1953 年 1 月 29 日召集的「討論胡風文藝思想的座談會」表示不理解、感到壓抑、苦惱。毛澤東派人調查此事（說明毛澤東到 1953 年初尚未關注胡風問題）。調查的結果是：胡風 1952 年 7 月進京之後，（因文學界一直在批判他的文學思想而）主動向周恩來、周揚要求討論他的文藝思想。周恩

來指示中宣部負責處理。中宣部前後召集了 4 次座談會，批評胡風文藝思想，希望胡風能夠接受批評、檢討自己。但胡風仍然在為自己多方辯解。於是，中宣部指定何其芳和林默涵寫文章公開批評。〔註 25〕

林默涵發表在《文藝報》的文章《胡風的反馬克思主義的文藝思想》，1953 年 1 月 31 日被《人民日報》轉載，編者按說：胡風的文藝思想，是一種「在一些『左』的、『馬列主義』的詞句掩蓋之下」的資產階級、小資產階級文藝思想，「對於部分小資產階級知識分子就有迷惑的作用，因此，必須從根本上加以批判。」何其芳的長篇大論《現實主義的路，還是反現實主義的路》刊於《文藝報》1953 年第 3 期。林、何兩篇長文，全面「清算」了胡風的文藝思想的發展史，將其定性為「反馬克思主義的資產階級、小資產階級的，反現實主義的文藝思想」。

胡風 1954 年 7 月 22 日向中央提交了《關於解放以來的文藝實踐的情況的報告》（全文大約 28 萬字，簡稱「三十萬言書」），共 4 個部分：1、幾年來的經過和簡況。2、關於幾個理論問題的說明。3、事實舉例和關於黨性。4、作為參考的建議。胡風的「報告」系統地陳述了自己的文藝思想和對當前文藝工作的意見，並對林默涵、何其芳的觀點進行了反駁，以「書信」的形式向中央反映。在近半年時間裏，胡風沒有得到任何反饋信息。在 1954 年下半年的批判《紅樓夢》研究運動中，胡風的發言導致周揚的反攻。1955 年初，《人民日報》發表多篇文章批判胡風在會上發言。

1955 年 1 月 12 日，中國作協主席團決定，將胡風「三十萬言書」中的第二、四兩部分合在一起，以《胡風對文藝問題的意見》為題，印成約 16 萬字的小冊子隨《文藝報》1955 年第 1、2 號合刊附發。（第一、三兩部分涉及人事問題和與周揚等人的分歧內容，沒有發表；編者對胡風原文的標題進行了修改）。

1955 年 1 月 26 日，中央下發《中央關於組織宣傳唯物主義思想批判資產階級唯心主義思想的演講工作的通知》，《通知》說，「對俞平伯錯誤思想的批判告一段落，對胡適派思想的批判已經展開，對胡風及其一派的文藝思想的批判亦將展開。……」《通知》還規定了 8 條演講內容，其中有 2 條是關於胡風的。〔註 26〕2 月 5 日至 7 日，中國作協主席團召會議，決定展開對

〔註 25〕《建國以來毛澤東文稿》第 4 冊，第 83～84 頁，北京，中央文獻出版社，1990。召集人資料由引者所加。

〔註 26〕中國人民解放軍國防大學黨史政工教研室編：《中共黨史教學參考資料》第 20

胡風的資產階級唯心主義文藝思想的批判。《人民日報》於 12 日刊發了以新華社名義發表的這一決議：「胡風的文藝思想是資產階級唯心主義的，……會議認爲胡風的這種錯誤的文藝思想和行動表現，不僅給了過去進步的文藝事業以消極影響，而且對今後社會主義現實主義文藝的發展更是一種有害的阻礙。會議決定對胡風的錯誤理論展開徹底的全面的批判，以提高馬克思主義文藝思想水平，加強文藝界的團結，更好地爲國家的總路線服務。」

1955 年 4 月 1 日，郭沫若在《人民日報》發表《反社會主義的胡風綱領》一文，說：「胡風『對文藝問題的意見』洋洋十幾萬言，全面地攻擊了革命文藝事業和它的領導工作，表現了對馬克思主義的極深刻的仇恨，可以說是胡風小集團的一個綱領性的總結。在我國文藝界以至整個文化界，我看再也找不出第二個像胡風那樣頑強地堅持錯誤的文壇野心家了。……胡風以肉搏戰的姿態向當前的文藝政策進行猛打猛攻並端出了他自己的反黨、反人民的文藝綱領。這個綱領共有六條：反對作家掌握共產主義世界觀；反對作家和工農兵相結合；反對作家進行思想改造；反對在文藝中運用民族形式；反對文藝爲當前的政治任務服務；最後，建議解散文藝界統一組織，實際是取消黨的領導。胡風認爲提倡共產主義世界觀，提倡和工農兵相結合，提倡思想改造，提倡民族形式，提倡爲政治服務，是『放在作家和讀者頭上的五把刀子』」。與主席團決議僅僅強調「反馬克思主義文藝思想」相比，已經升級了。隨即，針對胡風的全國性大批判運動全面鋪開。

1955 年 5 月 11 日，周揚將胡風寫於 1955 年 1 月至 3 月的《我的自我批判》一文，還有根據偶而得到的胡風給舒蕪私信編成的《關於胡風反黨集團的一些材料》交給毛澤東審閱。毛澤東親自寫了「編者按」：「從舒蕪文章所揭露的材料，讀者可以看出，胡風和他所領導的反黨反人民的文藝集團是怎樣老早就敵對、仇視和痛恨中國共產黨和非黨的進步作家……假的就是假的，僞裝應當剝去。胡風反黨集團中像舒蕪那樣被欺騙而不願永遠跟著胡風跑的人，可能還有，他們應當向黨提供更多的揭露胡風的材料。隱瞞是不能持久的，總有一天會暴露出來。從進攻轉變爲退卻（即檢討）的策略，也是騙不過人的。檢討要像舒蕪那樣的檢討，假檢討是不行的。路翎應當得到胡風更多的密信，我們希望他交出來。一切和胡風混在一起而得有密信的人也應當交出來，交出比保存或銷毀更好些。胡風應當做剝去假面的工作，而不是騙人的檢討。剝去假面，

冊，第 459～460 頁，北京，國防大學出版社，1986。

揭露眞相，幫助黨徹底弄清胡風及其反黨集團的全部情況，從此做個眞正的人，是胡風及胡風派每一個人的唯一出路。」〔註27〕5 月初，中宣部和公安部聯合成立「胡風專案組」，主要是收集和整理「胡風集團」的往來書信，林默涵、劉白羽、袁水拍、郭小川、張光年等人負責文字材料的注釋。1955 年 5月 15 日開始，胡風、梅志以及「胡風分子」相繼被捕。

　　1955 年 5 月 24 日發表《關於胡風反黨集團的第二批材料》，公佈了胡風給路翎、張中曉、綠原、賈植芳、梅志、滿濤、羅洛、冀汸、方然、朱懷谷、耿庸、謝韜等人的信件。

　　1955 年 6 月 10 日發表《關於胡風反革命集團的第三批材料》，也是胡風與友人的私人信件。毛澤東在這一批材料中加入了 17 條較長的按語。如「胡風集團不是一個簡單的『文藝』集團，而是一個以『文藝』為幌子的反革命政治集團。」〔註28〕1955 年 6 月 15 日，毛澤東為即將公開由人民出版社出版的《關於胡風反革命集團的材料》寫了序言和兩條較長的按語，還有 6 條注文。序言指出，通過閱讀者些材料，學會辨別「反革命分子的兩面派手法」，「胡風分子是以偽裝出現的反革命分子，他給人以假象，而將眞象蔭蔽著。……只要廣大的革命人民從這個事件和材料學得了一些東西，激發了革命熱情，提高了辨別能力，各種暗藏的反革命分子就會被我們一步一步地清查出來。」

　　胡風問題，終於變成了公安部門介入的刑事案件了，和當時正在全國進行的「肅反」運動同步進行。「根據 1980 年關於『胡風反革命集團』案件的覆查報告，在 1955 年胡風集團的清查中，共觸及 2100 人。……許多與胡風等人有親戚關係、友情關係、同時關係的人，相繼受到衝擊，或者被捕入獄，或者隔離審查，從此命運發生根本變化，一直到『文革』之後……」。〔註29〕在這 2100 人中，「被捕的 92 人，被隔離審查的 62 人，被停職反省的 73 人。在這些人員中，被正式定為『胡風分子』的 78 人，其中定為骨幹分子的 23人。在這 78 名『胡風分子』中，給予撤銷職務、勞動教養、下放勞動等處理的 61 人。」〔註30〕他們中的主要人物是：梅志（胡風之妻）、路翎（妻余明

〔註27〕《建國以來毛澤東文稿》第 5 冊，第 112～115 頁，北京，中央文獻出版社，1991。
〔註28〕《建國以來毛澤東文稿》第 5 冊，第 153～164 頁，北京，中央文獻出版社，1991。
〔註29〕李輝：《胡風集團冤案始末》第 339～357 頁，北京，人民日報出版社，1989。
〔註30〕《我所親歷的胡風案——法官王文正口述》第 5 頁，北京，中共黨史出版社，2007。

英）、阿壟（妻張瑞）、賈植芳（妻任敏）、張中曉、綠原（妻羅惠）、牛漢（妻吳平）、魯黎、冀汸、盧甸（妻子李嘉林）、呂熒、方然、羅洛（妻楊友梅）、侯唯動、耿庸、劉雪葦、彭柏山、滿濤、王戎、胡徵、徐放、化鐵、彭燕郊、曾卓、施昌東……，還有這些人的妻子兒女、親朋好友、同事同鄉。

　　就在胡風事件過後不久，丁玲也出事了。建國前，胡風不過是國統區的一名「進步作家」，也不是中共黨員，建國後屬於「統戰」對象。胡風出問題似乎還可以理解。丁玲呢？延安幹部，深得毛澤東青睞的作家，斯大林文藝獎的獲得者，中國作家協會領導之一，行政 7 級幹部。丁玲出事的確出人預料。但她就是出事了，成了「丁陳反黨集團」的頭號人物。

四、文學清場：從革命作家到反黨右派

　　「丁陳反黨集團」被揭露，被認為是中國作協批判「胡風反革命集團」運動和「肅反」運動的成果，實際上就是進一步擴大化。當時主管作協工作的是臨時成立的「肅反領導 5 人小組」：組長劉白羽，成員有阮章競、嚴文井、張僖、康濯。中宣部主管文藝工作的是副部長周揚。胡風事件之後不久的 1955 年 5 月，戈揚和康濯在作協學習會上提出，中國作協內部「有一股暗流」，「黨內有一股暗流」，「有兩個獨立王國」（指與丁玲相關的《文藝報》和文學講習所）。中國作協黨組將情況匯總，寫了一個報告交給中宣部部長陸定一。7 月，陸定一向中央提交《中共中央宣傳部關於中國作家協會黨組準備對丁玲等人的錯誤思想作風進行批判的報告》。報告中說：「在反對胡風反革命集團的鬥爭中，暴露出文藝界的黨員幹部以至一些負責幹部中嚴重的存在著自由主義、個人主義的思想行為，影響了文藝界的團結，給暗藏反革命分子的活動造成了便利條件，使黨的文藝受到損害。作家協會劉白羽、阮章競兩同志給中宣部的報告中，反映了這種嚴重的情況。他們根據一些同志所揭發的事實和從胡風反革命集團分子的口供中發現的一部分材料，認為丁玲同志自由主義、個人主義的思想作風是極嚴重的。」「去年檢查《文藝報》的錯誤時，……丁玲同志實際上並不接受批評，相反的，卻表示極大不滿，認為檢查《文藝報》就是整她。」報告中提出了幾點具體工作辦法，請中央審閱批准。報告後面還附有劉白羽、阮章競給中宣部的報告及有關丁玲等人的材料（康濯執筆，康濯本來應該屬於「丁陳集團」成員，但因揭露「丁陳集團」積極而未被劃為右派）。報告為丁玲羅列的「罪名」有四條：「一，拒絕黨的領導和監督，違抗黨的方針政策和指示；二，違反黨的原則，進行感

情拉攏以擴大反黨小集團的勢力；二，玩弄兩面手法，挑撥離間，破壞黨的團結；四，製造個人崇拜，散佈資產階級個人主義思想。」〔註31〕綜合起來，就是向「黨」搞自由主義、個人主義、宗派主義。因此才要定性為「反黨小集團」。「9 月，中國作協上報《中國作家協會黨組關於丁玲、陳企霞等進行反黨小集團活動及對他們的處理意見的報告》。這個報告後來由中央書記處簽發，於 12 月 15 日轉發全國。同一天，周揚在北京向全國各地作協的負責人和主管文藝的負責人以及有關工作人員大約近千人作了傳達。」〔註32〕這次受牽連的出丁玲、陳企霞外，還有陳明、艾青、李又然、舒群、羅烽、白朗等，對後面幾位還有一個新的命名：「舒羅白反黨集團」。

　　1956 年進入所謂的「百花時期」，丁玲問題重新討論。中宣部組織人員對丁玲問題進行重新核實，結果是「所謂『丁陳反黨小集團』的四條錯誤都是不能成立或不存在的。」〔註33〕「1957 年 6 月 6 日，作協黨組召開擴大會議，周揚同志以及邵荃麟、劉白羽都講了話，表示給『丁陳反黨小集團』的結論是錯誤的、過火的、站不住腳的；周揚在黨組擴大會上說，……看來 55 年的事情是搞過了，反黨小集團是不能成立的。大約是 1957 年 6 月，邵荃麟也在整風動員大會上說，『陳反黨集團』的帽子是不能成立的。但是，這一切都被後來迅速掀起的反右鬥爭摧毀了。」〔註34〕

　　從 1957 年 8 月開始，《人民日報》鋪天蓋地地刊登全國各地打擊「右派」的消息。1957 年 8 月 7 日，《人民日報》發表《文藝界反右派鬥爭的重大進展，攻破丁玲陳企霞反黨集團》的長篇消息，全文六千多字，是一篇比較典型的報導，現在全文照抄如下，在這一冤假錯案得以徹底平反的今天，讀起來真實別有一番滋味：

文藝界反右派鬥爭的重大進展攻破丁玲陳企霞反黨集團

　　　　本報訊文藝界正在進行一場反對丁玲、陳企霞等人的反黨活

〔註31〕李之璉：《回憶 1955～1957 年處理丁玲等問題的經過》，《新文學史料》1989 年第 3 期。李之璉（1913～2006），時任中宣部副秘書長，1958 年因「丁、陳事件」牽連而劃爲右派，到河北、新疆等地勞改，1978 年平反。

〔註32〕張僖：《隻言片語——中國作協前秘書長的回憶》第 81 頁，北京，十月文藝出版社，2002。

〔註33〕李之璉：《回憶 1955～1957 年處理丁玲等問題的經過》，《新文學史料》1989 年第 3 期。

〔註34〕張僖：《隻言片語——中國作協前秘書長的回憶》第 85 頁，北京，十月文藝出版社，2002。

動、維護社會主義文藝事業和維護文藝界的團結的鬥爭。中國作家協會黨組從 6 月 6 日到 8 月 6 日陸續舉行了十二次擴大會議。從 7 月 25 日起，會議範圍進一步擴大，參加會議的有黨和非黨的作家及文藝工作者二百多人。會上揭發了以丁玲為首的反黨小集團的活動。

在第一、二、三次會議上，丁玲、陳企霞利用資產階級右派向黨和政府猖狂進攻的時機，對黨發動了新的進攻。他們企圖推翻中共中央宣傳部和中國文聯、中國作協在 1954 年對《文藝報》的資產階級方向的檢查，以及作協黨組在 1955 年對丁玲、陳企霞反黨活動所作的結論。他們否定作協肅反成績，並煽動翻案。他們通過事前的布置和在會議上的煽動，影響了一部分會議的出席人，向黨猖狂進攻，並公然叫囂要追究 1955 年開會鬥爭他們的「責任」。

在第三次會議以後，中國作家協會天津分會在反右派鬥爭中，批判了與陳企霞有密切關係的柳溪的反黨言行，柳溪向中共天津市委宣傳部坦白交代了丁、陳反黨集團的一些罪行，使這一個反黨陰謀得以進一步暴露。從第四次會議起，大家揭露了他們的陰謀，許多發言者都從丁玲、陳企霞錯誤的性質，闡明 1955 年反對丁、陳反黨集團的鬥爭的必要性，並聯繫柳溪的交代，進一步揭發了他們最近一連串更猖狂的反黨活動。

1955 年作協黨組織為什麼批評丁玲陳企霞

1955 年的鬥爭，是從三封匿名信開始的。在 1955 年 4 月，陳企霞寫了三封匿名信給黨中央負責同志，污蔑中共中央宣傳部和作協黨組織，要求推翻對「文藝報」的檢查結論。在此以前，中共中央宣傳部和中國文聯曾在對「紅樓夢研究」的批判開展以後，對「文藝報」進行檢查，批評了「文藝報」的資產階級文藝思想投降和對馬克思主義新生力量採取貴族老爺式態度的錯誤。作協黨的組織並針對陳企霞頑強抗拒批評的態度給他以黨紀處分。陳企霞在匿名信裏捏造了事實，說檢查「文藝報」是「打擊壓制」，「假公濟私」。他誣蔑作協的黨組織「摧殘民主」、「無中生有」。儘管許多人指出匿名信有很大可能是陳企霞寫的，但他仍矢口否認，還污蔑黨冤枉好人。直到今年 8 月 3 日第十次會議上，在事隔兩年之後，陳企霞才坦白

文代山二封匿名信都是他自己寫的。

1955 年的黨組會從追查匿名信進而揭露了丁玲、陳企霞的反黨小集團活動。會上揭露了丁玲長期存在嚴重的資產階級個人主義思想和反黨情緒。這種思想情緒有它的歷史根源。1933 年丁玲在上海被國民黨特務逮捕以後，曾經在南京變節，這件事她曾長期對黨隱瞞。1942 年丁玲在延安擔任《解放日報》文藝版主編，曾經發表了她自己寫的《三八節有感》，和托派分子王實味寫的《野百合花》，在抗日戰爭最困難的時候，對黨、對革命進行了惡毒的誹謗。這些文章旋即被國民黨用來作爲反共的宣傳材料。全國解放以後，丁玲身負文藝界的重責，但卻滋長了更加嚴重的驕傲自滿和個人權力欲望，她與陳企霞勾結在一起，並以他們兩人爲中心，結成了一股反黨勢力。胡風反革命集團曾經認爲丁玲是可以爭取「合作」的「實力派」。

丁玲、陳企霞集團在文藝界進行了一系列的反黨活動。他們長期以來拒絕黨的領導和監督，在他們把持下的《文藝報》成了獨立王國。丁玲並在她主持文學講習所期間極力擴大個人影響，培植私人勢力。在中央檢查《文藝報》後，陳企霞誣蔑黨中央說這是「吳三桂借兵」（意即借胡風的手來批評《文藝報》，吳三桂就是指黨）。丁玲認爲檢查《文藝報》是《文藝報》「倒楣」，是「整」丁玲和陳企霞；陳企霞則充滿仇恨地說：「我有一支手槍，有七粒子彈，留最後一粒打死自己。」在黨的會議上許多人批評陳企霞的時候，丁玲竭力替陳辯解、開脫，激起了大家的不滿。長期以來他們違反黨的原則，背著黨的組織，進行小集團活動。他們總是拉攏那些落後的，或對黨不滿的人，擴大他們的勢力。他們經常散佈流言蜚語，製造不和，破壞團結。他們還提倡個人崇拜，在文藝界和青年中散播資產階級腐朽的個人主義思想。丁玲對黨內外一些有成就的作家採取宗派主義的排斥的態度，認爲他們沒有什麼了不起。她還在青年作者中散佈「一本書主義」的思想，她說：「一個人只要寫出一本書來，就誰也打他不倒。」陳企霞則在《文藝報》編輯部人員中提倡「士爲知己者死」的反黨思想。

1955 年的黨組擴大會對丁、陳的反黨言行，作了嚴肅的批判和

鬥爭，指出丁、陳的反黨活動，主要表現在：一，拒絕黨的領導和監督，違抗黨的方針、政策和指示；二，違反黨的原則，進行感情拉攏，以擴大反黨小集團的勢力；三，玩弄兩面派的手法，挑撥離間，破壞黨的團結；四，提倡個人崇拜，散播資產階級個人主義思想。但是兩年來他們不僅沒有從此吸取教訓，認識和改正自己的錯誤，反而繼續進行反黨活動。

利用國際反共浪潮變本加厲捲土重來

去年 10 月，匈牙利事件發生後，國際上出現了一股反共浪潮，國內一部分人也受到影響。丁玲、陳企霞等認為向黨反撲的時機已到，便積極準備捲土重來。陳企霞說：「現在的空氣對我們有利！」他們首先誣衊肅反運動，到處散佈聳人聽聞的讕言。陳企霞說作協肅反的收穫是「燒了房子剩下的木炭。」當別人反駁他的時候，他更狂妄地說：「我要更正：剩下的還不是大木炭，而是小木炭。」他們說黨對丁、陳的鬥爭，是「宗派主義」，是「政治陷害」，是「瞞上欺下」，是「違法亂紀」。丁玲甚至在會上提出要追查中共中央宣傳部部長辦公會議的記錄，並質問部長辦公會議是什麼性質，能否代表中央。

根據會上的揭露：丁玲曾四處活動，打聽情況，尋找可以利用的錯誤和缺點，進行煽動，製造對他們有利的空氣。丁玲到處對人說，她自己是「貧雇農」，意思是：在黨內她是被壓迫者，藉以騙取人們對她的同情，和煽起人們對黨的反感，以便逼使黨向他們屈服，企圖達到完全翻案的目的。陳企霞也去鼓動一些肅反中被審查的人，向組織要求翻案。陳企霞首先用感情關係和卑鄙手段迫使電影劇本創作所的編劇柳溪（女，黨員），共謀製造假信，向黨進行欺騙，以推翻柳溪在肅反中交代的有關陳企霞的材料，作為陳企霞翻案的張本。在這期間，文藝界有人竟把陳企霞說成是反對肅反運動的「英雄」。

配合右派的猖狂進攻，勾結《文匯報》狼狽為奸

今年春天，整風開始後，資產階級右派分子向黨猖狂進攻。丁、陳集團也利用了這一形勢，裏應外合向黨實行攻擊。

當時柳溪已決定調作家協會天津分會工作，陳企霞對柳溪說：「不要走，現在局面正好，你現在不要寫小說啦，寫寫雜文，配合運

動。」於是《北京文藝》八月號上便出現了柳溪的兩篇雜文：一篇是《搖身一變》，攻擊文藝界黨的領導，把黨說成是一群反覆無常的人；一篇是《要有這樣一條法律》，把整個文藝界描寫得陰風慘慘。據柳溪交代：這兩篇雜文事先事後都和陳企霞商議過，連主要的語言都是陳企霞的。陳企霞還叫柳溪到電影局和《文藝報》編輯部去放火。

反擊右派開始後，6 月 10 日，柳溪到作協天津分會去「躲風」。這時，天津作協的同志們對柳溪的兩篇雜文進行批評。6 月 24 日，柳溪又到北京來，在北京文聯的右派分子孫毓棠家中和陳企霞見面。當時孫毓棠說：「文聯要把我當右派了。」陳企霞聽後哈哈大笑，說：「右派就右派！」又說：「你又不是黨員，可以不參加會嘛！」

大鳴大放期間，陳企霞要柳溪去《文匯報》北京辦事處，請該報派記者去訪問丁玲，並對柳溪說：「丁玲一定不會講話，表示要請示黨組，看他們怎麼答覆。」又說：「他們不讓講，那就好辦了。」柳溪去找「文匯報」的記者姚芳藻，不但要他們去訪問丁、陳，並把丁、陳問題的所謂「內幕」泄露給姚芳藻，叫姚不要講出去，並問《文匯報》北京辦事處是否有黨員，姚芳藻說：「有一個，是工友，不要緊，他不懂。你放心好了，我決不出賣朋友。」

5 月底，在作協一次整風的會議上，陳企霞惡毒地攻擊了肅反運動以後，便興沖沖地飯也顧不得吃，到天壇去和柳溪見面。見面第一句話便說：「這一下可好了，局面打開了！」向柳溪泄露了會上的情形，並告訴柳溪：「會開得很緊張，為什麼《文匯報》不來記者？」要他們派人來！柳溪便去《文匯報》辦事處找了姚芳藻，姚芳藻立即打電話給作協黨組副書記郭小川，要求參加討論丁、陳問題的黨組會議。郭小川拒絕後，姚芳藻說：「你拒絕，我們要給你們登報！這是關門整風！」又馬上威脅地說：「我們要發表一篇『丁玲、馮雪峰為什麼這幾年沉默了？』的文章。」

在打電話的整個時間內，柳溪坐在姚芳藻的對面，幫她提示。6 月 6 日，姚芳藻寫成了一篇挑撥性的文章「作家們的竊竊私語」，準備在《文匯報》發表。她在這篇文章中，把文藝界描繪成陰森慘淡。她想趁機將 1955 年作協黨組批判丁、陳的問題公開報導出來。

6 月 7 日，浦熙修和姚芳藻按照計劃去訪問丁玲。浦熙修對丁

玲說：「文藝界的牆很難闖。」問丁玲文藝界有什麼謎？對她自己的問題怎麼看法？丁玲果然對這些問題避而不答，丁玲說：「你們去問邵荃麟，他們黨組知道。」丁玲的丈夫陳明並在一旁說：「你們發動貧雇農來了。」浦熙修和姚芳藻果然立刻找了邵荃麟，要求在報上公佈丁、陳問題。邵荃麟拒絕了這種挑釁性的要求。

會上揭露：在《文匯報》到處點火期間，李又然也參加了丁、陳向黨的進攻，李又然甚至囂張到提出要審查黨組副書記劉白羽的黨籍，並公開在黨的會議上號召別人向他們「起義」。艾青也為丁玲等傳播了一些反黨言論和活動消息。艾青曾告訴「文匯報」記者所謂「文藝界的兩個底」，誣衊黨批評丁、陳和江豐的錯誤是「黨內的宗派主義」，他說：「文藝界是非不清，一批是專整人的，一批是專挨整的。」以此去挑動「文匯報」向文藝界進攻。

與此同時，「文藝報」編輯部的唐因、唐達成等也提出要重新公開討論丁、陳問題。

丁、陳曾準備退出作協，企圖公開分裂文藝界

會上揭露的丁、陳反黨集團的另一毒辣陰謀，就是他們企圖公開分裂文藝界。據柳溪揭發和陳企霞交代：丁玲和陳企霞曾經共同密謀在今年 10 月準備舉行的第三次全國文藝界代表大會上向黨大舉進攻，如果失敗，就公開製造分裂。據葛文揭發，丁玲曾對她說過，要登報聲明，公開退出中國作家協會。陳企霞也交代說，他要在報上發表「告別文藝界」的文章，也退出作協。

丁玲、陳企霞所以預備要這樣做，是企圖造成一種局面，來威脅黨，要黨向他們屈服。也正是為了這樣一個目的，陳企霞在大鳴大放的時候，還想辦一個刊物，目的在搞垮《文藝報》。在《文藝報》內部，陳企霞以前的親信唐因、唐達成等不但利用職權，想把《文藝報》變成資產階級的「自由論壇」，走《文匯報》的道路，而且還在《文藝報》內部配合丁、陳，攻擊黨的領導，攻擊黨的文藝方針，企圖推翻前年對「文藝報」所犯錯誤的檢查結論。唐因、唐達成等並背著黨圖謀出版一個以文學評論為主要內容的「同人刊物」。這個組織同人刊物的秘密計劃也得到了馮雪峰的支持。陳湧也是這個刊物的密謀者之一，他準備辭去《文藝報》編委的職務，他認為「大

變動」的前夜到了。他們還準備要丁玲、劉賓雁等參加。他們把這個秘密計劃告訴了「文匯報」的梅朵，卻相約向黨隱瞞。唐因、唐達成等還準備同人刊物如辦不成，就退出《文藝報》。

他們這一切見不得人的陰謀活動，是採取隱蔽的方式背著黨的組織進行的。他們之間還曾多次訂立攻守同盟，企圖向黨狡賴到底。

在 7 月 25 日的第四次黨組擴大會議上，有人開始對丁、陳等在前三次會上的進攻進行反擊時，丁、陳等就驚慌起來了。他們秘密商量採取什麼態度來對付這個反擊。丁、陳之間的密商，大多經過陳明（黨員）。陳明告訴陳企霞：丁玲準備「逆來順受」。陳企霞說：「我不贊成，準備全面進攻。」他們這次見面中，訂立了攻守同盟。陳明說：「如果質問你和丁玲的關係，你可以把前次和丁玲見面的日子往後推遲一天，就說我們是從邵荃麟那裡出來偶然碰著的，你一定要進我家，進去只談了戲，談了作品，別的沒談。」陳明並要陳企霞告訴鄭重（陳企霞的妻子），不要把他們前次會面的事講出去。陳明與陳企霞之間的來往經常採取秘密方式，如打電話不講真姓名，在街頭約會，約陳企霞到丁玲家談話要選擇在丁玲家的一個公務員（共青團員）去上夜校的時候。陳企霞與柳溪之間也採用化名通信或寄「小冊子」、在雜誌夾縫裡寫上幾個字的詭秘方式傳遞消息。

7 月 30 日召開的第七次黨組擴大會前，陳企霞給陳明打電話，問：「怎麼辦？」陳明很慌張，說：「可以檢討，但我們說的事（指攻守同盟）還是照樣。」在這次黨組會上，丁玲、陳企霞果然抵賴、狡辯。直到 8 月 3 日的第十次會議上，陳企霞才開始轉變，交代了一些他和丁玲的密謀事實。陳企霞說：「我和丁玲在一起反黨很久了，我們最近見面雖然不算多，但我們是心照不宣的。在任何場合，一個手勢，一個眼色，一句話，彼此都能懂得是什麼意思。」

反黨小集團開始崩潰，丁玲、陳明繼續頑抗

黨組擴大會議由作協副主席、作協黨組書記邵荃麟主持。中共中央宣傳部副部長周揚、中宣部機關黨委書記李之璉出席了會議，並講了話。他們指出這是文藝界一場極重要的具有高度原則意義的鬥爭。中國作家協會主席茅盾和著名社會活動家、魯迅夫人許廣平也在會上講了話。他們認為這個會議有很大教育意義，並指出

丁玲的嚴重個人主義思想的錯誤，希望她改悔。茅盾說丁玲身上至今還有「莎菲女士」的影子。（按：丁玲的處女作叫做「莎菲女士的日記」，發表於 1927 年，「莎菲女士」是這部作品的主角，是一個專門玩弄男性以達到自私自利的目的的女人。）許廣平說丁玲現在的行為很像三十多年前魯迅所反對過的女師大校長楊蔭榆。在會上先後發言的有劉白羽、林默涵、張天翼、沙汀、艾蕪、方紀、曹禺、田間、郭小川、魏巍（代表出席會議的十七位部隊作家）、康濯、邢野、嚴辰、逯斐等四十七人。劉白羽對丁玲等的反黨活動作了系統的揭露和分析，同時對 1955 年作協肅反和對丁、陳鬥爭的某些錯誤缺點也作了檢查。其它發言者也都熱烈擁護和支持這場維護社會主義文藝事業和黨的原則的鬥爭。

　　會議採取了實事求是、嚴肅說理的方針，使反黨分子陳企霞從狡賴轉變為開始坦白交代。在黨組和到會同志的幫助下，在柳溪的控訴和揭露下，陳企霞不得不對自己的嚴重罪行作了初步交代，並表示要下決心悔改，重新做人。陳企霞並用事實說明了丁玲企圖篡奪文藝界領導權的野心，同時揭發了馮雪峰對他的反黨活動表示支持的言論，和另外一些反黨的言論。丁玲前後作了四次發言，先是向黨猖狂進攻，要求翻案，在進攻失敗後，她就假作檢討，一方面避重就輕，百般抵賴，一方面把自己裝成十分受委屈的樣子，把她的反黨行為說成只是對文藝界某些黨的領導同志的意見，這樣來企圖取得一部分人的同情。陳明則始終百般為丁玲開脫狡辯，自己不作任何交代。馮雪峰作了初步檢討，承認自己有嚴重的個人主義和反黨情緒，承認自己的文藝思想同黨與毛澤東同志的文藝思想是有牴觸的。艾青也初步承認了自己的錯誤，並揭發了丁玲的一些反黨言行。出席會議的人一致認為，會議有很大教育意義，這是文藝界社會主義思想對資產階級思想的鬥爭，黨的路線和反黨路線的鬥爭：丁、陳集團如果從 1942 年算起，已經存在了十五年之久，對這個反黨集團的鬥爭，現在僅僅取得了初步勝利。大家對柳溪的交代和她對陳企霞的控訴表示同情和支持，對陳企霞的開始認罪，也表示歡迎，希望他們以及其它與這個集團有關的人繼續向黨坦白。會議對丁玲、陳明等的繼續頑抗一致表示憤慨，責成他們必須全部、

　　徹底、乾淨地交代他們的罪惡活動事實。

　　1957 年 8 月開始，又一次全國性的批判運動開展了。與此同時，電影戲劇界揭露了「吳祖光為首的『小家族』右派集團」；美術界挖出了「江豐反黨集團」；還有電影界的鍾惦棐，文藝批評界的黃藥眠等。他們都被劃為右派。幾乎所有要求「進步」的、想開脫的、害怕惹禍上身的、暫時躲過一劫的文藝界人士，從領導階層、文化名流，到普通作家、編輯，都在積極寫文章大罵丁玲、陳企霞、馮雪峰等人。

　　1957 年至 1958 年，全國共劃右派的人數有兩個數據，一個是 1960 年 1 月的統計表，共劃定右派 439305 人，另一個數據是 1978 年右派改正工作時的改正人數為 552877 人（不包括沒有列入正式人事編制的在校學生、民辦教師、工商界人士和不拿工資的民主黨派人士），〔註35〕中國作協機關的專業幹部和行政幹部，大部分被劃為右派分子和「有右派傾向」的人。劃為右派分子的共有 30 人：丁玲（專業作家），陳企霞（《文藝報》副主編），羅烽（專業作家），白朗（專業作家），艾青（專業作家），李又然（專業作家），陳明（專業作家），張松如（公木，文學講習所負責人），黎辛（作協副秘書長），秦兆陽（《文藝報》常務編委），戈揚（《新觀察》主編），唐因（《文藝報》總編室主任），唐達成（《文藝報》總編室副主任），侯敏澤（《文藝報》總編室副主任），羅仙洲（《文藝報》助理編輯），馬敏行（《文藝報》助理編輯），蕭乾（《文藝報》副主編），湯浩（《文藝報》編輯），李清泉（《人民文學》編輯部主任），杜黎均（《人民文學》編輯），高光啓（《人民文學》編輯），唐祁（《詩刊》編輯），張鳳珠（《新觀察》編輯），黃沙（《新觀察》編輯），盧盛法（《新觀察》編輯），李興華（《文藝學習》評論組長），楊覺（《文藝學習》文化生活組長），俞林（《人民文學》編輯），楊犁（創作委員會幹部），何壽亭（資料室幹部）。因「右傾」而受到了批評和處分的 11 人：舒群（專業作家），徐剛（文學講習所主任），古立高（專業作家），韋君宜（《文藝學習》主編），葛洛（《人民文學》副主編），菡子（創作委員會副主任），黃秋耘（《文藝學習》編輯部主任），瑪金（文學講習所幹部），沙鷗（文學講習所教師），張白（文學講習所幹部），王景山（文學講習所幹部）。〔註36〕

〔註35〕戴煌：《胡耀邦與平反冤假錯案》第 1 章，北京，中國工人出版社，2004。
〔註36〕張僖：《隻言片語——中國作協前秘書長的回憶》第 147～149 頁，北京，十月文藝出版社，2002。

　　有一件事情一直是個迷。究竟是誰敢對丁玲這樣的顯赫人物下手？中國作協和周揚本人，毫無疑問都不敢輕舉妄動。問題是，並沒有文字顯示毛澤東介入過這件事情。歷次思想批判運動都能看到毛澤東的批示文字，比如「丁玲事件」之前的「武訓傳事件」、「紅樓夢研究事件」；還有之後的「小說《劉志丹》『利用小說反黨』事件」、「新編歷史劇《海瑞罷官》事件」等等，都有毛澤東的批示文字。惟獨「丁玲事件」（1955 年到 1957 年之間）沒有見到毛澤東的「批示」文字。在定性之前，毛澤東對這件事情的態度，只有一些當事人事後的回憶才略有涉及。當事人之一李之璉回憶說：1956 年 12 月的一次部務會議，由陸定一主持，專門工作小組張海等作了調查結果的彙報，最後提出『究竟應該根據落實的結果，實事求是地處理，還是按過去定性的反黨小集團結論處理，要求明確指示』。陸定一聽了彙報後，感到很尷尬，並對周揚有埋怨情緒。他說：『當時一再說要落實，落實，結果還是這樣的！』對今後如何處理，陸定一說：『也只能實事求是，根據查實的結果辦。』周揚這時表現得很不安。他即刻表明：1955 年對丁玲的批判不是他建議，是黨中央毛主席指示的。他說，他當時『還在毛主席面前講了丁玲的好話』。我對於周揚這種解釋感到很奇怪。批判丁玲既然是毛主席的指示，為什麼在當時不向有關組織說明毛主席是怎樣指示的？為什麼不和有關組織共同研究如何執行毛主席的指示？批判結束後為什麼不落實揭發的題就向中央作這樣的報告？……在毛主席面前『講了丁玲的好話』又是什麼意思？特別是現在，在這個會上未說明這一點又是什麼目的？這一切歸納起來，使我不得不懷疑周揚在批判丁玲的問題上，確有令人難解的奧秘。機關黨委的同志們心中也都有這樣的疑問。〔註 37〕

　　直到 1958 年才見到毛澤東的相關文字。1 月 19 日的《對〈文藝報〉「再批判」特輯編者按的批語和修改》，才見到毛澤東的文字資料。該批示的注釋[1]說：「根據毛主席的指示，《文藝報》準備在第二期出一個特輯，以『對《野百合花》、《三八節有感》、《在病院中》及其它反黨文章的再批判』為標題，並寫了一個編者按，請毛澤東審閱。」毛澤東批示：「題目太長，『再批判』三個字就夠了。」毛澤東在按語中增加的文字，明確說丁玲等人的文章是「反黨反人民的」。但是，此時「丁陳反黨集團」問題已經定性。

〔註 37〕　李之璉：《我參與丁、陳「反黨小集團」案處理經過》，見《炎黃春秋》1993
　　　　　年第 5 期。